Buffy – Im Bann der Dämonen

VERSCHWÖRUNG DER DRUIDEN

Craig Shaw Gardner

Buffy

Im Bann der Dämonen

Verschwörung der Druiden

Aus dem Amerikanischen
von
Thomas Ziegler

vgs

Die Deutsche Bibliothek – CIP-Einheitsaufnahme

Buffy, im Bann der Dämonen. – Köln : vgs
Verschwörung der Druiden / Craig Shaw Gardner.
Aus dem Amerikan. von Thomas Ziegler. – 2000
ISBN 3-8025-2712-7

Das Buch »Buffy – Im Bann der Dämonen. Verschwörung der Druiden«
entstand nach der gleichnamigen Fernsehserie
(Orig.: *Buffy, The Vampire Slayer*) von Joss Whedon,
ausgestrahlt bei ProSieben.

Erstveröffentlichung bei Pocket Books, New York 1999.
Titel der amerikanischen Originalausgabe:
Buffy, The Vampire Slayer.
Return to Chaos.

Umschlaggestaltung: Alex Ziegler, Köln
Titelfoto: © Twentieth Century Fox Film Corporation 1999

Satz: Kalle Giese, Overath
Druck: Pustet, Regensburg
Printed in Germany
ISBN 3-8025-2712-7

Besuchen Sie unsere Homepage im WWW:
http://www.vgs.de

Für Barbara und Connie
(die geheimen Gruftie-Girls)

Prolog

Alles würde Blut und Feuer sein.

Sie waren alle so einfach, so mühelos zu manipulieren. Die Menschen waren so jung, so unerfahren. Was für ein Wissen konnte man schon erwerben, wenn einem nur eine Lebensspanne von achtzig Jahren vergönnt war?

Die gemeinen Vampire waren kaum besser. Als sich die ersten Umrisse seines Planes abgezeichnet hatten, waren die meisten von ihnen Hals über Kopf aus dem Höllenschlund geflohen, voller Angst vor der Macht, die sich ankündete. Aber ob sie nur ein paar Kilometer weit flohen oder zum nächsten Kontinent – es würde sie nicht vor seinem Zorn retten.

Die Vampire, die geblieben waren – die Leichtsinnigen, die Naiven, die Unerfahrenen – sie würde er benutzen. Die Menschen würde er noch müheloser benutzen, unabhängig von ihrer Herkunft und ihrem angeblichen Wissen.

Schon jetzt konnte er den Beginn der Veränderung spüren. Sein Plan, in Jahren geschmiedet, die doch nur ein Augenblick in seinem Dasein waren, gewann an Kontur. Er konnte spüren, wie die Diener des Chaos an den Rändern der Realität nagten. Andere, die darin weniger geübt waren als er, würden es bald spüren, aber niemand würde seine wahren Absichten erkennen können, bis es schließlich zu spät war.

Und was war mit der Jägerin?

Er lächelte bei dem Gedanken. Welche Ironie, dass sich die grundlegende Natur der Dinge im eigenen Hinterhof der Jägerin verändern würde. Die Jägerin hatte den Auftrag, die Welt zu beschützen. Aber wenn das Chaos zurückgekehrt und er der Herrscher über alles war, würde die Welt, die die Jägerin kannte – die Welt der Familien, der Arbeit und Schulen, die Welt der menschlichen Gefühle und Belange – aufhören zu existieren.

Was würde die Jägerin dann beschützen?

Er entschloss sich, die Jägerin lange genug am Leben zu lassen, sodass sie die Veränderung sah; damit sie erkannte, dass die Menschen zwar weiter existierten, aber nur, um den Launen des Herrn des Chaos zu dienen, und dass er es war, der entschied, ob sie lebten oder starben oder wahnsinnig wurden. Wahnsinnig oder bei Verstand, ihr Blut war immer dasselbe.

Erst wenn die Jägerin die völlige Hoffnungslosigkeit ihres Daseins erkannte – erst dann würde er sie vernichten. Würde er sie töten? Würde er sie zu einer der seinen machen?

Wie auch immer seine Entscheidung ausfiel, sie würde ihm allergrößtes Vergnügen bereiten.

1

Er sah sie zuerst in den Schatten; eine Bewegung in den Winkeln, wo das Licht der Straßenlaternen nicht hinreichte. Schnelle Bewegungen, nahezu lautlos. Er wusste, was das bedeutete.

Sie wurden von Vampiren verfolgt.

Xander Harris seufzte. Warum mussten seine nächtlichen Spaziergänge durch Sunnydale immer auf diese Weise enden?

Einer der Verfolger trat aus der Dunkelheit. Er stand einfach da und wartete auf sie. Das, dachte Xander, ist auch kein gutes Omen. Aber schließlich waren Vampire und gute Omen nicht gerade wie siamesische Zwillinge.

»Schau nicht hin«, zischte er der jungen Frau an seiner Seite zu. »Unidentifiziertes laufendes Subjekt auf zehn Uhr.«

Buffy Summers sah ihren Freund fragend an. »Zehn Uhr? Wo ist das?«

Xander deutete zur nächsten Ecke. »Um genau zu sein, er steht unter diesem Laternenpfahl.« Er warf einen Blick auf seine Uhr. »Mein Fehler. Er steht dort auf 10:17.«

Buffy nickte, während sie den großen bleichen Kerl betrachtete, der am Ende der Straße wartete. »Ich habe einige Aktivitäten drüben in den Büschen bemerkt. Das ist eindeutig Vampirmaterial. Und sieh dir mal seine Kleidung an.«

Xander sah, was sie meinte. Die schweigende bullige Gestalt trug einen zerbeulten Footballhelm, dreckige Jeans und ein zerrissenes gelbes Trikothemd mit der Nummer Dreizehn. Xander hielt dies für passend. Die Pech bringende Dreizehn. Wenn man ein Vampir war, dann war eine Begegnung mit Buffy eindeutig Pech.

»Spielt siebzehn«, rief der Vampir.

»Was?« Buffy kramte hastig in der großen Tasche, die sie oft nachts mit sich herumtrug. »Was soll ›Spielt siebzehn‹ bedeuten?«

»Vielleicht ist er gerade aus Las Vegas zurückgekehrt«, meinte Xander. In Wirklichkeit hatte er keinen blassen Schimmer, was die Worte bedeuteten. Also machte er wie gewöhnlich einen Scherz.

Natürlich war Xander nicht gerade der Footballspielertyp. Nach seiner nicht allzu berauschenden Zeit als Mitglied des Highschool-Schwimmteams – wobei er fast in ein Fischmonster verwandelt worden war – hatte er aus guten Gründen allem Schulsport entsagt.

Buffy gab einen Hurra!-Ich-habe-es-gefunden!-Schnaufer von sich und blickte von ihrer Tasche auf. »Pech für ihn, dass er für die neue Footballsaison sechs Monate zu früh dran ist.«

»Wenn ich mir seine Klamotten ansehe«, erwiderte Xander, »würde ich eher sagen, dass er zehn Jahre zu spät kommt.«

»Spielt siebzehn!«, schrie der Footballtyp wieder. Die Worte hallten durch die stille Straße. Xander bemerkte erneut, wie sich in den Schatten etwas bewegte.

»Mehr fällt ihm nicht ein?«, wunderte sich Buffy, während sie einen der zugespitzten Holzpflöcke zum Vorschein brachte, die sie immer parat hatte.

»Vielleicht hat er ein paar Bälle zu viel mit dem Kopf gestoppt«, spekulierte Xander.

Buffy lächelte grimmig und hielt den Pflock stoßbereit in der Hand.

»Ich denke«, sagte sie leise, »dass seine aktive Zeit gerade zu Ende geht.«

»Spielt siebzehn!«, verlangte der große Bursche erneut. Er wartete und sah sich um. Bis auf die drei blieb die Straße leer.

»Wieder mal versetzt, was?«, rief Buffy. »Ich sage dir, Blind Dates können *richtig* enttäuschend sein.«

Der Vampir blickte verwirrt drein, als hätte er nie erwartet, dass jemand es wagen würde, in einem derartigen Ton mit ihm zu reden. Buffy machte mit dem Pflock in der Hand einen Schritt nach vorn.

Mit einem bestialischen Gebrüll stürzte sich der Vampir auf sie.

Buffy rannte los, um ihn auf halbem Weg abzufangen; ihre Bewegungen waren eine Mischung aus den besten olympischen Turnübungen und der Schnelligkeit eines Jackie Chan. Xander musste jedes Mal aufs Neue staunen, wenn er sie in Aktion sah.

Ihre rasante Reaktion überraschte auch den Vampir. Er gab ein lautes Grollen von sich und warf sich nach vorn, als wollte er den Quarterback rammen und ausschalten. Buffy wich ihm einfach Rad schlagend aus und der Vampir walzte an ihr vorbei.

Der große Kerl kam stolpernd zum Stehen, als Buffy herumwirbelte und sich für seine nächste Attacke wappnete. Für jemand, der so groß war, drehte er sich sehr schnell und stürmte erneut auf sie zu. Aber Buffy setzte bereits zum Gegenangriff an und rammte den Holzpflock mitten ins Herz des Vampirs.

Er löste sich auf, verwandelte sich blitzartig von einem marodierenden Blutsauger in eine zerplatzende Staubwolke.

»Er war nicht schlecht. Aber leider nicht gut genug.« Xander stieß einen Seufzer der Erleichterung aus. Obwohl er mit Buffy häufig in derartige Schwierigkeiten geriet, würde er sich nie daran gewöhnen. Tja, sagte er sich, sie sind nun mal Vampire. Ein derartiges Erlebnis konnte sogar noch grauenhafter sein als die Highschool.

»He, Xander!«, rief Buffy. Die Jägerin deutete an ihm vorbei. »Wie's aussieht, hat er noch ein paar Teamkameraden mitgebracht.«

Drei weitere bullige Gestalten waren unter der Straßenlaterne aufgetaucht. Ihre Footballtrikots waren noch zerrissener und dreckiger als das der kürzlich verstorbenen Nummer Dreizehn, sofern dies überhaupt möglich war.

Aber Xander hatte im Moment andere Sorgen – zum Beispiel das Rascheln und Stampfen in den Büschen hinter ihm. Xander war noch nie ein großer Fan von Dingen gewesen, die sich im Gebüsch bewegten. Doch dem Lärm zufolge war es sogar möglich, dass die Dinge die Büsche bewegten.

Die drei Vampire unter der Straßenlaterne stürmten los. Sie gaben nicht einen einzigen Laut von sich. Eigentlich war es schlimmer, wenn sie keinen Lärm machen. Wie es aussah, würde Buffy in den nächsten Minuten alle Hände und Füße voll zu tun haben.

Xander drehte sich um.

Er sah sieben oder acht riesige Gestalten durch das Unterholz schleichen. Noch bevor sie aus den Schatten traten, wusste Xander, was sie waren. Die gute alte Nummer Dreizehn hatte die gesamte Mannschaft mitgebracht. Ohne die unterschiedlichen Farben ihrer Trikots und die aufgenähten Nummern wären sie exakte Kopien der Blutsauger gewesen, mit denen sich Buffy derzeit herumschlagen musste.

»Hallo, Jungs«, rief Xander. Wenn er sie schon nicht besiegen konnte, dann konnte er sie vielleicht wenigstens ablenken. »Etwas spät für eine flotte Rempelei auf dem Spielfeld, was?«

Das Footballteam blieb stehen und starrte ihn an. Nun, der Ablenkungsplan funktionierte also. Allerdings etwas zu gut. Die ganze Gruppe knurrte jetzt.

»Ihr seid wohl ziemlich sauer, weil eure Verträge nicht verlängert wurden, hm?«, stichelte Xander.

Offenbar hätte er das nicht sagen sollen. Mit einem kollektiven Gebrüll stürzten sie sich auf ihn. Er vermutete, dass vampiristische Footballspieler für Feinheiten nicht viel übrig hatten.

Xander wich hastig ein paar Schritte zurück. Wenn es um die Vampirbekämpfung ging, war er auf Buffy angewiesen. Die aber gerade ziemlich beschäftigt war.

Xander hatte zwar schon einige Vampire erledigt, aber das war meistens Glück gewesen. Er war auch schon niedergeschlagen, verprügelt und fast getötet worden. Angesichts des halben Dutzends Vampire nahm er an, dass der Tod hier die realistische Option war.

Die Vampire bildeten eine unregelmäßige Kette, während sie durch das Buschwerk brachen. Als sie ins Licht traten, erkannte Xander, dass es weit mehr als nur ein halbes Dutzend waren. Es schien wirklich das *gesamte* Team zu sein. Sie würden ihn nicht nur töten, sie würden ihn in Stücke reißen. Und dann würden sie seinen Kopf als Football benutzen.

»Verzeihung, mein Freund!«

Eine Gestalt – männlich, jung, ungefähr in Xanders Alter, Kopf und Oberkörper unter einer Kapuze und einem wehenden Umhang verborgen – war zwischen Xander und dem Footballteam aufgetaucht. Der Neuankömmling hielt etwas in den Händen – es sah wie eine Armbrust aus – und feuerte blitzschnell zwei von diesen kleinen Pfeildingern – Bolzen, ja, das war die richtige Bezeichnung – auf die beiden nächsten Vampire ab.

Beide Vampire kippten nach hinten und lösten sich eine Sekunde später auf. Wer auch immer der mysteriöse Fremde war, er hatte sich als hervorragender Schütze erwiesen.

Außerdem war jetzt der Rest der Mannschaft hinter ihm her. Xander fand keinerlei Beachtung mehr, als sich die Vampire auf die wahre Bedrohung stürzten. Der mysteriöse Fremde entging ihrer ersten unbeholfenen Attacke mit einem Salto, landete unter einem Baum, ging in die Hocke und feuerte zwei weitere Holzbolzen ab. All das mit diesem wehenden Umhang. Hätte Xander etwas Derartiges versucht, er wäre längst über den Saum gestolpert und hätte sich selbst erschossen. Wer war dieser Typ – etwa Batman?

Zwei weitere Vampire bissen ins Gras.

»Xander!«

Xander blickte zu Buffy hinüber, die gerade den letzten ihrer Gegner mit einem abgestorbenen Ast aufgespießt hatte.

»Ja!«, rief er zurück. »Hier drüben ist auch einiges los! Jemand hat ...«

Bevor Xander seine Erklärung beenden konnte, war Buffy schon an ihm vorbei und griff in den Kampf ein. Der geheimnisvolle Unbekannte schoss zwei weitere Bolzen ab, als Buffy einem dritten Vampir in den Bauch trat. Xander kam sich reichlich überflüssig vor.

Aber, he – die Superstars waren zwar auf dem Spielfeld, doch sie brauchten schließlich einen Balljungen, oder nicht? Xander kniete neben Buffys Tasche nieder und fischte zwei Holzpflöcke heraus.

»Buffy!«, schrie Xander, als seine Freundin vorbeiwirbelte. Er hielt in jeder Hand einen zugespitzten Pflock und spürte mehr als er sah, wie sie nach ihnen griff. Einen Augenblick später waren zwei weitere Blutsauger tot.

Genau wie die anderen, erkannte er. Alle waren tot. Mr. Kapuze-und-Umhang musterte die nun stille und leere Straße. Das war das Schöne an den Vampiren. Da sie sich nach ihrem Tod auflösten, musste man ihre Überreste nicht beseitigen.

Buffy lächelte den Fremden an. »He, danke. Aber wir wurden uns noch nicht vorgestellt.«

Der Fremde schüttelte den kapuzenverhüllten Kopf.

»Ich dürfte gar nicht hier sein!«

Er wandte sich ab und verschwand mit drei schnellen Schritten in den Schatten.

Buffy und Xander waren allein.

Buffy seufzte. »Na ja. Eine ganz normale Nacht im Höllenschlund.«

2

Joyce Summers hörte den Schlüssel in der Haustür.

»Buffy? Bist du das?«

Natürlich musste es Buffy sein. Nur Joyce und ihre Tochter hatten einen Schlüssel. Im Grunde interessierte sie aber nicht so sehr, ob Buffy nach Hause gekommen war, sondern vielmehr, in welchem Zustand sich ihre Tochter befand.

Sie gehörten zu Buffys Job – diese nächtlichen Patrouillen. Aber in jeder zweiten oder dritten Nacht, wenn Joyce ihre Tochter sah, bemerkte sie die Spuren der Gefahr, in der sich Buffy befunden hatte. Normalerweise waren es nur kleine Verletzungen – ein schwarz-blauer Bluterguss an ihrem Arm, ein Kratzer auf ihrer Wange –, aber Joyce spürte jede Schramme, als sei es ihre eigene.

Buffys Verletzungen heilten erstaunlich schnell. Wenn sie nachts aussah, als hätte sie gerade den Kampf ihres Lebens bestanden, dann war sie am nächsten Morgen wieder kerngesund. Joyce wusste, dass es mit der Tatsache zusammenhing, dass sie die Auserwählte war. Oder die Jägerin. Sie fröstelte jedes Mal, wenn sie an dieses letzte Wort dachte.

Nachdem Joyce von Buffy und Giles in ihr Geheimnis eingeweiht worden war, hatten die beiden versucht, es ihr zu erklären. Und sie glaubte, dass sie es halbwegs verstanden hatte – zumindest intellektuell. Aber emotional? Das war eine andere Sache.

Offenbar wurde in jeder Generation nur eine auserwählt, die den Auftrag hatte, die Mächte der Finsternis zu bekämpfen.

Joyce nahm an, dass es eine große Ehre war. Aber warum musste es ausgerechnet ihre Tochter sein?

Es war schon schwer genug, in eine fremde Stadt zu ziehen und zu versuchen, dort ein Geschäft aufzubauen. Nicht, dass ihre Galerie schlecht lief. Von Sunnydale ging irgendetwas aus, das die Menschen zum Leichtsinn verführte, eine Art Nach-mir-die-Sintflut-Haltung, die risikofreudig machte, und dazu gehörte auch der Erwerb von Kunstobjekten. Aber ein neues Geschäft zu etablieren war sehr zeitaufwändig. Joyce befürchtete, dass sie in ihrem ersten Jahr hier dem Geschäft zu viel Zeit gewidmet hatte und ihrer Tochter zu wenig. Wie war es sonst zu erklären, dass sie nicht bemerkt hatte, was vor sich ging? Erst als Buffy von zu Hause ausgerissen war, hatte Joyce die Wahrheit erfahren. Jetzt blieb ihr nur noch, es zu akzeptieren und einen Weg zu finden, mit ihrer Tochter darüber zu reden, damit sie nie wieder das Gefühl bekam, ausreißen zu müssen.

»Buffy?«, rief sie erneut.

»Ja, Mom«, antwortete ihre Tochter mit erschöpft klingender Stimme, während sie durch den Flur zur Küche schlurfte.

Joyce biss sich auf die Unterlippe, als Buffy hereinkam. Die Hose ihrer Tochter war zerrissen und von ihrem linken Handgelenk bis zum Ellbogen zog sich ein langer gezackter Kratzer. Ihr blondes Haar sah aus, als wäre es in einen Windkanal geraten und in drei verschiedene Richtungen geweht worden, und auf ihrem hübschen Gesicht zeichnete sich ein halbes Dutzend Flecken ab, von denen einige wie Blut aussahen.

Joyce atmete tief durch und setzte ihr Verständnisvolle-Mutter-Lächeln auf. »War es eine schlimme Nacht?«

»Die schlimmste«, nickte ihre Tochter. Sie warf ihrer Mutter einen kurzen Blick aus diesen durchdringenden blauen Augen zu, als würde ihr dämmern, dass sie vielleicht ein wenig zu ehrlich war. Sie zuckte die Schultern. »Nicht, dass ich ernsthaft in Gefahr war oder so.«

Joyce wollte auch gar keine Einzelheiten wissen. Ihre Fantasie war ohnehin viel zu lebhaft, wenn es um die Dinge ging, die ihrer Tochter zustießen. Dennoch, es war wichtig, dass sie redeten. Und am besten kam man miteinander zurecht, wenn man Interesse an der Freizeitgestaltung seines Kindes zeigte. Das stand in allen guten Ratgebern.

Joyce schluckte. »Vampire?«

Buffy nickte. »Wie üblich – nur dass sie diesmal Footballhelme trugen.«

»Footballhelme.« Joyce stutzte. »Football spielende Vampire?«

»Hier in Sunnydale gibts alle Sorten.«

Joyce entschloss sich, das Thema zu wechseln.

»Ist heute Nacht sonst noch was passiert?«

»Weiß nicht.« Ihre Tochter zuckte erneut die Schultern. »Ich habe einen Typen kennen gelernt. Ist was zu essen da?«

»Im Kühlschrank sind noch Hühnchenreste.« Joyce musste unwillkürlich lächeln. Buffy hatte einen Jungen kennen gelernt? Das war endlich mal etwas aus der wirklichen Welt; die Art Dinge, über die sich *andere* Mütter Sorgen machten.

»Nun, dann erzähl mir von diesem jungen Mann.«

Für einen Moment war Buffy zu sehr mit dem Essen beschäftigt, um zu sprechen.

Joyce musste sich zwingen, ihrer Tochter keinen vorwurfsvollen Blick zuzuwerfen. »Warum holst du dir keinen Teller?«

Buffy schluckte. »Tut mir Leid, Mom. Ich fürchte, ich habe das ganze Huhn schon verputzt. Ich könnte aber noch ein Glas Milch vertragen.«

Joyce griff in den Küchenschrank und holte ein sauberes Glas heraus. Buffy nahm es mit einem Nicken entgegen und wandte sich wieder dem Kühlschrank zu.

»Also«, versuchte es Joyce erneut, »was war mit diesem ...«

»Diesem Typen?« Buffy griff nach dem Milchkarton und füllte das Glas schwungvoll bis zum Rand. »Ich weiß nicht viel über ihn. Er scheint nett zu sein. Er jagt auch Vampire.«

»Oh«, machte Joyce. Sie wusste nicht, was sie sonst sagen sollte. Sie wollte noch immer nicht besorgt klingen, aber etwas wie »Das ist aber schön« kam ihr einfach nicht passend vor. Es war ihre eigene Schuld, wenn sie im Leben ihrer Tochter nach Normalität suchte. Bei Buffy war nichts ganz normal.

Buffy seufzte, als hätte sie das Schweigen ihrer Mutter nicht bemerkt. Sie leerte in drei großen Zügen das Glas Milch.

»Nicht, dass es eine Rolle spielt«, sagte sie, als sie das Glas von ihren Lippen löste. »Ich glaube nicht, dass ich ihn wiedersehen werde. Er ist eher der geheimnisvolle Typ.«

Wie dein letzter Freund, dieser Angel?, dachte Joyce. Sie wusste noch immer nicht genau, was damals passiert war. Doch es war völlig aussichtslos, darüber mit ihrer Tochter zu reden.

»Nacht, Mom.« Buffy stellte das Glas in die Spüle und wandte sich zur Tür.

»Gute Nacht, Schatz«, sagte Joyce automatisch. Wenigstens hatten sie endlich miteinander geredet, auch wenn es kein tief gehendes Gespräch gewesen war. Joyce spürte wieder einmal, wie wichtig ihr diese Mutter/Tochter-Momente waren. Wenn ihre Tochter schon dazu bestimmt war, die Auserwählte zu sein, dann wollte Joyce daran Anteil nehmen – nun, zumindest was die netten, positiven, unblutigen Seiten des Lebens als Auserwählte betraf.

Sie hörte Buffy die Treppe hinaufgehen. Jetzt musste Joyce seufzen. Vielleicht verlangte sie zu viel. Es war noch nicht lange her, seit Buffy versucht hatte, vor allem davonzulaufen. Vielleicht würden sie besser miteinander zurechtkommen, wenn sich das Leben wieder etwas normalisiert hatte.

Joyce drehte den Wasserhahn auf, um das Glas zu spülen. Das Leben musste sich doch irgendwann normalisieren, oder?

Rupert Giles hatte es am Anfang für eine gute Idee gehalten. Doch unglücklicherweise war der vor ihm liegende Ausdruck nutzlos – eigentlich waren es nur zwanzig Seiten voller Unsinn. Sie hatten wochenlang daran gearbeitet, aber für jede Lösung, die sie gefunden hatten, waren zwei neue Probleme aufgetaucht.

Er hatte es gut gemeint. So, wie er es nach seinem eigenen Empfinden immer gut meinte.

Alles war nach Buffys Verschwinden herausgekommen. Erst da hatte Giles begriffen, wie kurzsichtig er gewesen war. Ihm war völlig entgangen, wie unglücklich sich Buffy gefühlt hatte. Vermutlich hatte er es nicht sehen wollen. Ihm fiel keine andere Erklärung ein.

Wahrscheinlich war ich von meinem eigenen Schmerz über Jennys Tod geblendet, dachte Giles und seufzte. Ein Wächter konnte sich derartige Entschuldigungen nicht leisten. Er hatte einfach nicht gut genug über Buffy gewacht.

Jeder Teenager stand unter enormem Druck, eine Folge der körperlichen Veränderungen und der Verwirrung der Gefühle, die mit dem Heranwachsen einhergingen. Nur weil sie die Jägerin war, bedeutete dies noch lange nicht, dass sie sich von anderen Jugendlichen unterschied. Giles war bis jetzt nicht bewusst gewesen, dass er sich auch darum kümmern musste.

Außerdem gab es noch andere Probleme in Sunnydale. Direktor Snyder hielt Buffy für eine Unruhestifterin. Zwar hatte sich Giles für sie eingesetzt, aber es würde trotzdem nicht einfach für das Mädchen werden.

Der Höllenschlund schien jede Art übernatürlicher Aktivität anzuziehen. Bis jetzt war es ihnen gelungen, über alle Bedrohungen zu triumphieren. Aber im Grunde hatten sie die Krisen nur auf sich zukommen lassen und im letzten Moment reagiert. Eines Tages, fürchtete Giles, würden sie mit etwas konfrontiert werden, dem sie nicht gewachsen wären, etwas, das sie vernichten würde.

Die Jägerin verfügte zwar über große Kräfte, aber sie war nicht unsterblich. Kendra, die Jägerin, die dazu bestimmt gewesen war, in Buffys Fußstapfen zu treten, war tot. Ein Schicksal, das möglicherweise auch Buffy und ihren Freunden drohte.

Giles konnte nicht viel tun, um Buffys persönliche Probleme zu lösen, aber vielleicht konnte er sie bei ihrem Wirken als Jägerin entlasten. Deshalb hatte er eine, wie er glaubte, einfache Lösung entwickelt und Willow Rosenberg, Buffys beste Freundin und ihr örtlicher Computerguru, um Hilfe gebeten.

Willow besuchte zwar noch die Highschool, war aber ein Genie, wenn es darum ging, die unergründlichen Weiten des World Wide Web nach den richtigen Informationen zu durchforschen. Bei Giles' Kampf gegen das Übernatürliche hatte sie sich als unschätzbare Hilfe erwiesen. Mit Willows elektronischen Verbindungen und Giles' umfassender Bibliothek des Okkulten konnten sie fast jede Situation meistern.

Willow hatte sofort verstanden, was er wollte. »Ein Wahrscheinlichkeitsprogramm, richtig? Wir listen alle gespenstischen Dinge auf, die in Sunnydale passiert sind, und gewichten sie nach der Wahrscheinlichkeit, dass sie sich wiederholen könnten. Wie eine Art Pyramide des Gespenstischen. Auf diese Weise können wir Buffy helfen, auf alles vorbereitet zu sein. Das schaffe ich schon.«

Und vielleicht würde es ihr irgendwann tatsächlich gelingen. Sie hatte ihre Fallstudien, die Ergebnisse ihrer Nachforschungen und alle historischen Unterlagen von Giles miteinander kombiniert. Aber statt zu einer einfachen Lösung zu führen, hatte dieses Vorgehen nur ein neues Problem aufgeworfen. Ihnen standen einfach zu viele Informationen zur Verfügung. Alle waren potentiell von Nutzen, aber welche davon waren wirklich wichtig?

Giles überflog noch einmal den neuesten Ausdruck – Seiten voller endloser Wortkolonnen, die teils aus ganzen Sätzen, teils nur aus Stichworten bestanden. Giles griff wahllos eine Seite heraus:

»Zehntausend Dämonen erwarten einc Armee der Untoten. Uzgrabel, der die Tränen der Menschen trinkt; Nicoteses, der die Schädel der Menschen spaltet; Lianectes, der Augenesser …«

Es war alles vage und verdorben – gespenstisch, wie Willow so treffend formuliert hatte. Wichtiger noch – Giles konnte sich keinen Kontext vorstellen, in dem die Angaben irgendeinen Sinn ergaben.

»Willow …«, begann er.

Sie riss den Ausdruck aus seiner Hand. »Alles noch mal überarbeiten, richtig? Ich kriege das schon hin.«

Ah, dachte Giles, der Optimismus der Jugend. Sie würden weitermachen. Und vielleicht einen Weg finden, um den Höllenschlund am Ende doch zu zähmen.

3

Er stand auf einem Hügel.

Es war der friedlichste und schönste aller vorstellbaren Hügel. Die Sonne war warm, der Wind kühl und das üppige Gras umschmiegte weich seine bloßen Füße.

Warum trug er keine Schuhe?

Er blickte an sich hinunter und sah, dass er nackt war. Ein Schreck fuhr ihm durch die Glieder. Er war nicht nur unbekleidet, sondern ihm fehlten auch all jene Werkzeuge, die er stets bei sich trug oder in seiner unmittelbaren Nähe aufbewahrte, Dinge, die ihn sowohl auf der körperlichen als auch der mystischen Ebene schützten. Sicher, dies war ein ruhiger, strahlender Tag und seine Umgebung war in keinster Weise bedrohlich, aber warum hatte er sich ohne jene Dinge hinausgewagt, auf die er sich normalerweise verließ?

Er spürte eine Erschütterung unter seinen Füßen. Der Boden, erkannte er, wurde nicht von der Sonne über ihm erwärmt. Sondern von einer Quelle tief in der Erde. Das Gras zwischen seinen Füßen wurde scharfkantig und spröde. Der Hügel unter ihm erbebte mit einer solchen Heftigkeit, dass er fast das Gleichgewicht verlor. Er sah, wie sich vor ihm im Boden ein Riss öffnete, ein Spalt, aus dem ein Licht strömte, das noch heller war als die Sonne.

Dies war kein friedlicher Hügel. Dies war kein unbeschwerter Tag. Dies war der Letzte Tag – der Zeitpunkt, an dem die Ordnung zusammenbrechen würde, die seine Art vor Tausenden von Jahren auf dieser Welt errichtet hatte.

Er stand genau auf der Stelle, wo das Ende seinen Anfang nehmen würde. Er erkannte die Risse, die seine Füße umschlängelten, er kannte das grausige Licht.

Denn er stand auf dem Höllenschlund selbst …

Dann erwachte er schweißgebadet in seinem Bett. Aber das Erwachen brachte ihm keine Erleichterung. Er kannte die genaue Bedeutung des Traumes.

Mit großer Wahrscheinlichkeit zeigte er die Zukunft der Menschheit.

Es gibt nichts, dachte Buffy, was sich nicht mit einer heißen Nacht im *Bronze* kurieren ließe. Nun, vielleicht nicht gerade kurieren, aber zumindest für ein paar Stunden bei guter Musik und in netter Gesellschaft vergessen.

Dieser einzigartige Club war das Beste, was Sunnydale zu bieten hatte. Die Stadt lag zwar im sonnigen Südkalifornien, aber nach einer Weile konnte selbst das herrlichste Wetter ziemlich langweilig werden. Und vom Wetter einmal abgesehen – *bitte!* Man musste in die nächste Stadt fahren, nur um ein anständiges Einkaufszentrum zu finden! Aber das *Bronze* war klasse – ein Club für alle Altersstufen, in den jeder eingelassen wurde, der alt genug war, um einen Highschool-Ausweis zu haben; ein riesiges, düsteres ehemaliges Lagerhaus, in dem an drei oder vier Abenden in der Woche Live-Bands spielten – das *Bronze* war der perfekte Ort, um sich nach einem hektischen Tag in der übernatürlichen Folterkammer namens Highschool zu entspannen – ein Ort zum Ausgehen und Spaß haben. Oder zumindest das, was man in Sunnydale unter Spaß verstand.

Die Band jammte, aber sie konnte trotzdem die Stimmen ihrer Freunde aus zehn Meter Entfernung hören.

»Xander!«, überschrie Cordelia Chase die Musik, während sie auf Buffys Tisch zumarschierte. Es war offensichtlich, dass sie vor Xander weglief. »Nach dem, was du gerade gesagt hast, weiß ich nicht, ob wir noch miteinander reden!«

Xander joggte hinter der klassischen brünetten Schönheit her wie ein Hofnarr, der seiner Königin folgt. Cordelia trug heute eine hautenge rote Kreation, die eine Mischung aus Kleid und Hosenanzug war. Aber spielte es wirklich eine Rolle, was Cordelia trug? Sie sah in allem hinreißend aus. Wenn Cordelia nicht gerade mit Reden beschäftigt war, führte sie die neueste Mode vor.

»Natürlich reden wir«, rief Xander seiner entschwindenden Freundin nach. »Dein Mund öffnet sich, deine Lippen bewegen sich, du produzierst Geräusche – das nennt man Reden.«

Buffy kannte den Ausdruck auf Xanders Gesicht – dieses superschlaue Grinsen, das etwas Bissiges zum Ausdruck bringen wollte; zum Glück für Xander befand sich dieses Grinsen direkt unter seinen Welpenaugen, die einfach nur geliebt werden wollten. Ein Teil von Xander verlor nie diese Welpeneigenschaft.

Xander trug eine seiner üblichen Aufmachungen, ein buntes Hemd mit schwarzer Hose. Der übliche Gammel-Look, der übliche Ich-habe-noch-nie-das-Wort-Mode-gehört-Look. Jedes Mal, wenn Buffy die beiden zusammen sah, konnte sie es aufs Neue nicht fassen: die Mode-Queen und Mr. Penner-Teen. Wenn es je einen Beweis dafür gegeben hatte, dass Gegensätze sich anzogen – nun, im Grunde sollten Cordelia und Xander als Fallbeispiel in die Lehrbücher eingehen.

Cordelia blieb abrupt stehen und fuhr herum, um Xander mit einem ihrer patentierten Blicke zu fixieren. »Du magst ja reden, aber ich höre nicht zu!«

»Aha, statt deinen Mund zu schließen, hast du gelernt, deine Ohren zu schließen?«, stichelte Xander.

»Ich wusste nicht, dass wir hier den Dritten Weltkrieg erleben würden!«, schrie jemand neben Buffy gegen die laute Musik an. Buffy drehte sich und sah Willow über den Tisch auf die Xander-

und-Cordy-Show deuten. Buffy war so auf den Streit konzentriert gewesen, dass ihr entgangen war, wie sich Willow neben sie gesetzt hatte.

Buffy nickte. »Es ist ein Sonderprogramm. ›Besuchen Sie das *Bronze*. Sehen Sie heiße neue Bands und eine nukleare Kernschmelze.‹«

Willow lächelte auf ihre unnachahmlich muntere Art. Oz ließ sich auf den Stuhl neben Willow sinken und grinste ebenfalls. Oz war nicht nur Willows Freund, sondern wahrscheinlich auch der lockerste Mensch auf der ganzen Welt. Oz war glücklich. Willow war glücklich. Neben ihnen wirkte Barney, der Dinosaurier wie Oscar, das Mülltonnenmonster.

War Buffy verbittert? Natürlich nicht. Nur einsam und unglücklich und auf der Suche nach dem nächsten Loch, in dem sie sich verkriechen konnte. Aber verbittert? Nun – vielleicht.

Jetzt war Oz an der Reihe, dem Xander/Cordelia-Kampf zuzunicken. »Und da heißt es, in Sunnydale ist nichts los.«

Der letzte Song der Band endete mit einem furiosen Schlagzeugsolo. Xander und Cordelia verstummten mitten im schönsten verbalen Schlagabtausch. Ihnen dämmerte, dass ihre eskalierende Auseinandersetzung ohne den Rock and Roll im Hintergrund jede Menge Aufmerksamkeit erregen konnte.

Beide sahen Buffy, Willow und Oz verlegen an, als hätten sie ihre Freunde erst jetzt bemerkt. »Hi«, sagte Xander. »Jeder weiß, dass wir unsere kleinen Differenzen haben. Müssen wir sie mit allen teilen? Ich glaube nicht.« Er griff nach Cordelias Arm. »Vielleicht sollten wir irgendwohin gehen, wo wir ungestört sind, und dort weiterstreiten.«

Cordelia starrte Xanders Hand auf ihrem Arm an und machte ein Gesicht, als hätte sie noch nie zuvor eine Hand gesehen. Vor allem nicht diese bestimmte Hand, die es durchaus wert war, sich viel näher mit ihr zu befassen. »Ja«, stimmte sie zu. »Wo wir ungestört sind.«

Buffy konnte erkennen, wie beider Wut verrauchte, während sie sich ansahen. Xander und Cordelia waren schon so lange zusammen, dass Buffy jede Drehung und Wendung ihrer »Gegensätze-ziehen-sich-an«-Routine kannte. Sie hatten den Gegensätze-Teil hinter sich gelassen – den Streit. Jetzt war es Zeit für die Anziehung. Buffy vermutete, dass dies das Grundgesetz der Xander/Cordelia-Beziehung war: Es gab keine Auseinandersetzung, die sich nicht mit einer guten halben Stunde Schmusen auf der Hintertreppe des *Bronze* beilegen ließ.

»Cordelia!«, drang von oben eine Stimme. »Ich habe dich schon die ganze Zeit gesucht!«

Amanda Singer kam die Metalltreppe von der oberen Etage des Clubs herunter, gefolgt von drei jungen Männern. Interessant, dachte Buffy. Amanda war ein attraktives junges Ding und wurde oft von diversen Vertretern des anderen Geschlechts verfolgt, aber diese drei schienen irgendwie anders zu sein. Die Art, wie sie sich umschauten, wirkte sonderbar, nicht unfreundlich, aber wachsam, als wären sie noch nie zuvor an einem Ort wie dem *Bronze* gewesen. Ihre Jägersinne waren im Alarmzustand.

»Amanda?« Cordelia blinzelte, als sie sich für einen Moment aus Xanders Bann befreite.

Cordelia lebte in zwei Welten. Die eine war die Cheerleader-zentrierte, Beliebtheit-ist-alles-und-du-gehörst-nicht-dazu-Seite der Highschool; als Buffy nach Sunnydale gezogen war, hatte Cordelia als Königin über diese Welt geherrscht. Doch inzwischen hatte Cordelia die fremdartigere, eindeutig gespenstischere Welt betreten, in der Xander und seine Freunde zu Hause waren. Man musste es Cordelia hoch anrechnen, dass sie beide Welten akzeptiert und sogar Amanda und ihre anderen alten Freundinnen zurechtgewiesen hatte, als sie Xander fertig machen wollten.

»Ich bins wirklich, Cordelia«, riss Amandas unangenehm fröhlich klingende Stimme Buffy aus ihren Gedanken. »Meine drei Cousins aus dem fernen England sind zu Besuch!«

»Eigentlich aus Wales«, sagte der größte der drei Neuankömmlinge. Buffy entschied, dass er ein sehr nettes Lächeln hatte. Sie waren also fremd hier. Aber sie waren nicht besonders fremdartig gekleidet. Vielleicht etwas gruftig mit ihren schwarzen Jeans und den schwarzen Pullis, doch das fiel im *Bronze* nicht besonders auf. Nur diese Aura der Fremdartigkeit – sie hatte bei Buffy die Alarmglocken ausgelöst. Von Giles wusste sie, dass sie einen siebten Sinn hatte, der sie zur Jägerin machte und stets reagierte, wenn etwas Neues und Ungewöhnliches passierte. Dank diesem Sinn konnte sie erkennen, wer ein Vampir war.

Offenbar reagierte er auch auf Typen aus Wales.

Amanda warf ihr langes, ganz und gar nicht naturblondes Haar zurück. »Na ja, sie sind mit meinem Onkel herübergekommen und er hat mich gebeten, mit ihnen auszugehen und einen draufzumachen. Kannst du dir das *vorstellen?* Nun, jedenfalls fragte ich mich gerade, zu wem die drei wohl passen könnten, als mir deine kleinen Freunde einfielen.«

Cordelia runzelte die Stirn. »Amanda, du weißt doch noch, was ich dir über das Coolsein gesagt habe. Alle, mit denen ich zusammen bin …«

»… sind cool?« Amanda blinzelte unschuldig. »Nun, natürlich, Cordelia. Das versteht sich von selbst.« Sie wies auf Buffy und die anderen. »Na ja, ich schätze, ich verstehe sie einfach nicht. Und ich verstehe auch meine Cousins nicht. Soll keine Beleidigung sein, Jungs. Und so dachte ich mir – na ja, warum stelle ich sie euch nicht mal vor?«

Der Große in der Mitte hatte jetzt genug davon. Er trat vor. »Hi. Ich bin Ian. Meine Brüder hier sind Tom und Dave.« Obwohl seine Worte an alle gerichtet waren, bemerkte Buffy, dass er sie direkt ansah.

Sie sahen tatsächlich wie Brüder aus. Alle drei hatten blasse Haut und schwarze Haare. Tom und Dave hatten leicht rundliche Gesichter. Sie wirkten jünger als Ian, obwohl Dave versuchte, älter zu wirken, indem er sich einen stoppeligen Kinnbart wachsen ließ. Ians Gesicht war mehr oval und er besaß ausgeprägtere Wangenknochen als seine Brüder. Zusammen mit seinem leichten Akzent erinnerte er Buffy an eine Art englischen Lord aus dem *Masterpiece Theater.*

»Seht ihr?«, flötete Amanda. »Das war doch gar nicht so schwer. Und das sind Xander und Willow und Buffy und – oh, dieser Typ, der in einer Band spielt ...«

»Oz«, sagte der Typ, der in der Band spielte, mit einem viel zu nachsichtigen Grinsen. Buffy schätzte, dass es am besten war, wenn Amanda *nie* erfuhr, wer Oz wirklich war.

»Gut. Ich bin froh, dass *das* erledigt ist.« Amanda drehte allen außer ihrer alten Freundin den Rücken zu. »Sag mal, Cordelia, hast du Naomi gesehen?«

»Seit Wochen nicht mehr«, antwortete Cordelia. »Hast du irgendwelchen Schmutz gehört?«

Amanda warf die Hände hoch, als wäre ihr alles zu viel. »Nun, ihr Vater ist auf einer Geschäftsreise, also könnte es irgendeine Eltern-Kiste sein.«

Xander setzte sich an Buffys Tisch. »Entschuldigung, aber könnte ich mal mit ein paar realen Menschen reden?«

Ian runzelte die Stirn. »Ist Cordelia nicht real?«

Buffy lächelte die drei Neuankömmlinge an. »Ich glaube, Xander will damit sagen, dass Cordelia ihre eigene Version der Wirklichkeit hat.«

»Klatschland, USA«, fügte Willow hinzu.

Ians Brüder lachten. Ian sah sie immer noch stirnrunzelnd an.

»Ihr müsst unserem Bruder verzeihen«, erklärte Dave. »Er ist der Älteste, deshalb muss er so ernst sein, dass es für uns alle reicht.«

»Es ist eine ungeheure Verantwortung«, fügte Tom hinzu, »aber Ian kommt damit schon zurecht.«

Ian schüttelte den Kopf und blickte zu seiner Cousine hinüber, die sich intensiv mit Cordelia über Naomis aktuelle Haarfarbe unterhielt. »Das wird noch eine Weile so weitergehen, oder?«

»Darauf kannst du wetten«, versicherte Xander. »Wir kennen uns aus.«

Buffy winkte die drei Neuankömmlinge zu sich. »Setzt euch. Esst was.«

»Hört zu«, sagte Willow. »Oder redet selbst.«

Ian nickte und die drei schauten sich an den Nachbartischen nach freien Stühlen um.

Xander sah Buffy und Willow bekümmert an. »Manchmal denke ich, dass es irgendwo dort draußen ein anderes Mädchen für mich gibt.«

Willow schnalzte mit der Zunge. »Deine Erfolgsbilanz sieht nicht gerade rosig aus. Mumien, Käfer und jede Frau in Sunnydale – alle wollten dich zu ihrem Liebesspielzeug machen. Na, klingelts bei dir?«

Sie alle konnten auf eine lange Liste von Begegnungen mit dem Übernatürlichen zurückblicken – kein Wunder, wenn man auf dem Höllenschlund lebte. Bei Buffy war es ihre Beziehung mit Angel gewesen, einem Vampir mit einer Seele. Sie zuckte innerlich zusammen. Würde der Gedanke an Angel denn niemals aufhören wehzutun?

Und wie war es bei Xander gewesen? Nun, die dunkelhäutige, exotische Fremde, die wie eine hübsche südamerikanische Austauschstudentin ausgesehen hatte, war in Wirklichkeit eine uralte Mumie gewesen, deren Kuss die Lebenskraft aus einem Menschen saugte. Und *fast* wäre es auch zu diesem Kuss zwischen Xander und der Mumie gekommen. Und dann war da noch dieser Hexenzauber, der auf grauenhafte Weise schief gegangen war …

»Inka-Mumien-Mädchen«, murmelte Xander langsam. »Jede Frau in Sunnydale. Oh ja.« Er winkte seiner Freundin zu. Sie ignorierte ihn standhaft. »Cordelia und ich werden *für immer* zusammenbleiben.«

»Entschuldigung.« Ian und die anderen waren wieder zurück, mit Stühlen in den Händen. »Hast du gerade was von einer Inka-Mumie gesagt?«

Schluck, dachte Buffy. Es war wahrscheinlich besser, wenn Fremde von derartigen Dingen nichts mitbekamen. Schließlich musste sie ihre Identität als Jägerin geheim halten.

Willow sprang ein. »Nun, es wäre wahnsinnig schwer zu erklären ...«

»Wir haben Gerüchte gehört, dass sich hier auch Vampire herumtreiben sollen«, sagte Dave, als er neben seinem Bruder Platz nahm.

»Gerüchte?«, fragte Buffy unschuldig.

Oz nickte. »In Sunnydale gibts jede Menge davon – oder auch nicht.«

»Er meint die Gerüchte«, fügte Willow freundlich hinzu.

Ian lächelte. »Genau. Deshalb sind wir hier.«

Hallo! Was sollte das denn bedeuten? Buffy blinzelte. Ihr Jägerradar war wieder aktiv. Ian lehnte sich auf seinem Stuhl zurück, sodass sein Gesicht nicht mehr von den Strahlern an der Decke beleuchtet wurde. Als sie sein Gesicht so im Schatten liegen sah, kam es ihr plötzlich bekannt vor. War er vielleicht der Fremde von gestern Nacht?

Sie beugte sich über den Tisch zu Ian. »Haben wir uns schon mal getroffen?«

Ian lächelte. »Ich hatte bisher noch keine Zeit, irgendjemand zu treffen.«

Nun, das beantwortete die Frage nicht, oder? Eine unbehagliche Stille senkte sich über den Tisch. Buffy konnte hören, wie Cordelia und Amanda darüber diskutierten, welches Kleid sie beim offiziellen Frühjahrsball tragen sollten. Offenbar machte Badgeley Mischka das Rennen vor Calvin Klein. Wieder einmal.

»Nun, ihr seid jetzt da, wo was los ist«, meinte Xander schließlich. Er blickte kurz zu Cordelia hinüber. »Sofern in Sunnydale überhaupt was los ist.«

»Gibt es bei euch zu Hause auch so etwas wie das *Bronze*?«, fragte Willow.

»Wie das *Bronze*?«, wiederholte Ian. »In Wales?«

Buffy zuckte zusammen. Natürlich gab es bei ihnen nicht so etwas Cooles wie einen kalifornischen Club ... oder doch? Nun, was kümmerte es sie, wenn die Jungs in Verlegenheit gerieten? Andererseits war Ian mit seinen dunklen Haaren und den durchdringenden blauen Augen irgendwie niedlich. Sie entschied, dass er doch kein *Masterpiece Theater*-Typ war. Mit seiner schmalen Nase und den hohen Wangenknochen sah er eher wie ein mittelalterlicher Ritter aus.

»Wie das *Bronze*?« Tom runzelte die Stirn. »Ich glaube, der Club bei uns daheim ist diese Woche auf einer Art Northern Soul/Acid-Jazz/Jungle-Trip.«

»Nein«, widersprach Dave, »das war letzte Woche.«

Tom schaute sich nickend um. »Bands, die ihre eigenen Instrumente spielen? Also wirklich, das kommt mir sehr amerikanisch vor.«

Beide grinsten breit. Scherzkekse.

»Aber wir sind nicht hier, um über Musik zu reden«, fuhr Dave fort. »Wir sind hier, um ...«

Ian räusperte sich

Dave kratzte sich an seinem Möchtegern-Bart und blickte unbehaglich drein. »Nun, da müsst ihr schon unseren Onkel fragen.«

Jetzt war Ian mit dem Nicken an der Reihe. Er sah Buffy offen an. »Wenn du die bist, für die wir dich halten, will er mit dir reden.«

Alarmzustand. »I-ich?«, stotterte Buffy. »Ich bin niemand. Für wen haltet ihr mich denn?«

Dave nickte, als würde er nur zu gut verstehen. »Wir haben zweifellos schon zu viel gesagt.«

Ian zuckte die Schultern. »Mein Onkel hat für Geschwätzigkeit nicht viel übrig. Das ist bei ihm vermutlich eine Art Berufskrankheit.«

Uh-oh. Gefahr, Will Robinson! Buffys Jägerradar machte Überstunden. Diese Typen waren total abgedreht. Warum mussten sie nur so gut aussehen?

Das war das große Problem mit Sunnydale. Abgesehen von den üblichen Sorgen wie der Frage, was man zum Tanzen anziehen sollte und ob er je wieder anrufen würde, bestand jedes Mal, wenn man jemand kennen lernte, die Möglichkeit, dass man es mit einem anderen Angel oder Inka-Mumien-Girl zu tun hatte – oder etwas Schlimmerem.

Wenn man vom Teufel sprach …

Amanda kam an den Tisch. »Na, habt ihr euch angefreundet? Ich hoffe es, denn Mom hat mir gesagt, dass ich euch Jungs bis zehn nach Hause bringen muss.«

Ian lächelte Buffy erneut an. »Ich denke, wir haben für heute genug gesehen.«

»Das ist super!«, sagte Amanda ohne echten Schwung. »Und Cordelia und ich hatten endlich Gelegenheit, ungestört miteinander zu reden. Wer hätte gedacht, dass sich alles so gut entwickeln würde?«

»Ich bestimmt nicht«, flötete Xander. »Cordelia, glaubst du, wir haben noch ein paar Minuten Zeit zum *Reden?*«

»Nun …« Cordelia zögerte. »Vielleicht …«

»Aber Cordelia!«, stöhnte Amanda. »Wir haben noch immer nicht besprochen, wer das Dekorationskomitee übernehmen soll.«

»Was?«, entfuhr es Xander ungläubig. »Jetzt werde ich schon als Dekorationskomitee bezeichnet?«

Cordelia bedachte ihn mit einem mitfühlenden Lächeln.

»Xander, wir müssen den Frühlingsball vorbereiten. Er ist schließlich eines der wichtigsten Ereignisse unseres Highschool-Lebens.«

»Und Cordelia und ich werden dafür sorgen, dass er *perfekt* wird!«, bekräftigte Amanda und wedelte mit ihrer perfekt manikürten Hand.

»Highschool-Leben?«, wiederholte Xander, inzwischen völlig fassungslos. »Perfekt? Welches Wort passt nicht in diesen Satz?«

Cordelia sah die triumphierende Amanda an, dann wieder ihren Freund. »Nun, wir werden uns wahrscheinlich in der nächsten Zeit nicht so oft sehen können.«

Xander blickte bestürzt drein. »Was? Was willst du damit sagen? Ich weiß, wir haben uns gestritten. Wir streiten uns ständig! Brauchst du Beziehungsurlaub oder was?«

Cordelia funkelte ihn schweigend an.

»Wie lange brauchst du Beziehungsurlaub? Eine Woche? Einen Monat? Ein Jahr?«

Sie funkelte ihn weiter schweigend an.

Er verstummte und schluckte. »Willst du dich von mir trennen?«

Cordelia wirkte fast überrascht. »Xander, bitte! Ich kann mich unmöglich von dir trennen. Nicht vor dem Frühjahrsball.«

Cordelia und Amanda wechselten einen Blick. Ihnen war klar, dass die Männer es niemals begreifen würden.

Sie beugte sich nach vorn und hauchte Xander einen Kuss auf die Wange.

»Ich denke, ich werde mit Amanda und ihren Cousins nach Hause gehen.«

»Es ist nie zu früh für eine Veränderung«, nickte Amanda.

Aber Xander war nicht bereit, so schnell aufzugeben. Buffy konnte fast sehen, wie sich die Räder in seinem Kopf drehten; wie konnten diese Typen es wagen, mit seinem Mädchen nach Hause zu gehen?

»Bist du sicher? Was wissen wir denn eigentlich über diese Burschen?«

»Sie sind Amandas Cousins«, erinnerte Cordelia leise lachend. »Was soll schon passieren?«

Das, dachte Buffy, war eine Frage, die man in Sunnydale niemals stellen sollte. Aber wenn sich Cordelia erst einmal etwas in den Kopf gesetzt hatte, konnte es ihr niemand mehr ausreden.

Cordelia und Amanda gingen bereits schwatzend davon. Dave und Tom eilten ihnen hinterher.

Ian zögerte einen Moment und lächelte Buffy an. »Wir unterhalten uns ein anderes Mal weiter. Laut meinem Onkel ist es Schicksal.«

Da geht er hin, dachte Buffy. Ein weiterer gut aussehender Mystery Man, der sie mochte. Nicht, dass sie auf eine lange Liste von Begegnungen mit Mystery Men zurückblicken konnte.

Hatten andere Jägerinnen auch diese Probleme?

4

»Was waren denn das für Typen?«, sagte Xander, als er mit den anderen das *Bronze* verließ. »Spion & Spion? Kobra, übernehmen Sie? Solo für S.U.N.N.Y.D.A.L.E.?«

»Sie waren schon recht seltsam«, meinte Willow, die zusammen mit Oz Xander und Buffy folgte.

»Hör mal«, sagte Oz leise, als Willow ihn ansah, »wir haben uns seit drei Nächten nicht gesehen.«

Uh-oh, dachte Xander. Oz spielte auf seine unglückselige Neigung an, sich bei Vollmond in einen Werwolf zu verwandeln. Drei Nächte in jedem Monat, wie jene drei, die gerade vergangen waren, musste er sich aus Sicherheitsgründen einschließen – zu seiner Sicherheit und zur Sicherheit von Sunnydale.

»Nun, wir haben uns am Tag gesehen«, erinnerte Willow.

»Am Tag, klar. Aber es sind die Nächte, die zählen.« Er sah die Straße hinunter und wandte sich dann wieder an Willow. »Ich weiß es zu schätzen, dass du trotz allem bei mir bleibst.«

»Trotz was?«

»Du weißt schon. Die Haare, die Zähne, die Klauen. Die ganze Vollmondkiste.«

Willow umarmte ihn. »Kein Problem. Ich denke, es macht dich zu etwas Besonderem.«

Xander hatte genug von diesem Wahre-Liebe-Zeug, vor allem nach seinem unbefriedigenden Abend mit Cordelia. »He, ich habe über die Mystery Men gesprochen. Können wir bitte beim Thema bleiben?«

Oz nickte weise. »Ihre Bands spielen ihre Instrumente nicht selbst. Alles ist möglich.«

»He, Jungs!«, rief Willow. »Ich muss mich jetzt verabschieden!«

Xander blickte zur Seite und sah, dass sie inzwischen Willows Haus erreicht hatten. Er war so mit Cordelia beschäftigt gewesen, dass er nicht mehr auf seine Umgebung geachtet hatte. Das Leben, dachte er, fliegt an einem vorbei, wenn man in der Patsche sitzt.

»Okay«, fügte Oz hinzu, »ich denke, ich werde sie noch zur Tür bringen ...«

»Okay«, nickte Willow. »Natürlich nur, um dafür zu sorgen, dass ich auch ins Haus finde und so ...«

»Genau«, bestätigte Oz. »Das heißt, wir könnten uns auch noch eine Minute unterhalten oder so.«

»Okay, okay! Ich habs kapiert«, sagte Xander seufzend. »Buffy und ich verschwinden dann eben.« Er warf dem blonden Mädchen an seiner Seite einen Blick zu. Seit sie das *Bronze* verlassen hatten, war sie Besorgnis erregend still gewesen.

»He«, sagte er sanft, »alles in Ordnung mit dir?«

»Hm?« Buffy fuhr wie aus einer Trance hoch. »Oh, klar.« Sie winkte Willow und Oz zu. »Bis demnächst, Leute. Es hat Spaß gemacht.«

Aber ihre Stimme klang mehr nach tiefster Depression denn nach Spaß.

Xander schloss daraus, dass die Begegnung mit diesen neuen Jungs im *Bronze* Buffy an ihr Liebesleben erinnert haben musste – oder an das Fehlen desselben.

Die arme Buffy. Seit dieser ... Auseinandersetzung zwischen ihr und Angel hatte sie keine Beziehung mehr gehabt. Dann war da noch ihre Flucht aus der Stadt. Keiner von ihnen hatte das bis jetzt verarbeitet. Und jetzt ging sie Seite an Seite mit dem einsamsten Jungen von Sunnydale. So war sie – wenigstens im Moment – mit ihrem Unglück nicht allein.

Xander kannte eine Methode, sie von ihrem Beziehungsfrust abzulenken. »Ist es nicht Zeit für deine Patrouille?«

Buffys Gesicht leuchtete auf. »Ich wollte dich zuerst nach Hause bringen.« In ihrer Rolle als Jägerin machte Buffy fast jede Nacht einen kurzen Streifzug durch die Stadt. In Sunnydale tauchten Vampire und andere Monster mit alarmierender Regelmäßigkeit auf und am besten erledigte man sie sofort, bevor sie auf irgendwelche Ideen kommen konnten.

»Warum gehen wir nicht am Friedhof vorbei? Vielleicht tut sich da was.«

»Du meinst, dass wir vielleicht auf ein weiteres Vampir-Footballteam stoßen?« Xander grinste. »Du willst doch nur diesen maskierten Fremden wiedersehen.«

Buffy sah ihn stirnrunzelnd an. »Ich glaube, das haben wir schon – vorhin im *Bronze*. In Wirklichkeit würde ich diesen maskierten Fremden am liebsten dazu bringen, mir zu erklären, was er und seine Brüder hier treiben.«

»Glaubst du, dass sie irgendetwas Teuflisches vorhaben?«

»Das würde ich nicht sagen. Aber schließlich ist das hier der Höllenschlund. Ich bin sicher, dass ihr Besuch etwas damit zu tun hat.« Sie sah Xander an. »Ich würde sagen, dass sie irgendetwas ... Ungewöhnliches vorhaben.«

»Ich streite mich nie mit einer Jägerin«, antwortete Xander. Außerdem würde ihn ein Besuch der guten alten Grabsteine von Sunnydale von seinen eigenen Problemen ablenken. So blieb es ihm erspart, nach Hause zu gehen, wo sein Telefon auf ihn wartete – dieses Telefon, mit dem er zweifellos Cordelia anrufen würde.

Stattdessen würde er länger unterwegs sein und womöglich in echte Gefahr geraten. Was vielleicht dazu führte, dass Cordelia *ihn* anrief.

Manchmal konnte Sunnydale der stillste Ort auf Erden sein. Und in derartigen Momenten stürzten all ihre Gedanken auf sie ein.

Buffy wusste nicht mehr, wohin sie gehen sollte.

Oh, sie wusste, dass sie in Sunnydale war und zusammen mit Xander zum Friedhof ging. Und sie wusste, wenn sie auf Patrouille war, bewegte sie sich, reagierte, tat *irgendetwas*. Es war unendlich viel besser, als nach Hause zu gehen.

Buffy war nicht klar gewesen, wie gut es ihr ging, bis sie fast alles verloren hatte. Als sie Angel durch das Tor zur Hölle geschickt hatte, war ein Teil ihres Herzens mit ihm gegangen. Seitdem konnte sie nur noch an Flucht denken, wollte alles hinter sich lassen. Aber erst als sie nach Sunnydale zurückgekehrt war, hatte sie erkannt, dass sie auch fast den Rest ihres Herzens verloren hatte. Indem sie einfach davongelaufen war, ohne dem Rest der Gang, Giles oder ihrer Mutter etwas zu sagen, hatte sie alle enttäuscht.

Buffy seufzte. Nur weil sie davongelaufen war, hatte sie erkannt, wie sehr die anderen sie brauchten. Und wie sehr sie die anderen brauchte. Ihre Mutter sah sie noch immer an, als würde sie Buffy nicht trauen. Giles wirkte noch steifer als zuvor, als würde er sie überhaupt nicht mehr verstehen. Und die anderen? Sicher, die Gang alberte weiter herum, aber manchmal gab es Momente des Schweigens, in denen sich alle ein wenig befangen fühlten. Früher hatten alle perfekt zusammengepasst, wie die Teile eines vertrauten alten Puzzles. Jetzt hatte Buffy das Gefühl, dass trotz all ihrer Bemühungen einige Teile fehlten.

Angel war zurückgekommen, aber mit ihm würde es nie mehr dasselbe sein. Sie konnten ihre körperliche Beziehung nicht wieder aufnehmen – das ließ sich nicht ändern. Und der Rest der Gang erholte sich noch immer von den emotionalen Wunden, die seine vampiristische Seite, Angelus, ihnen zugefügt hatte.

Buffy und Xander blieben am Rand des Friedhofs stehen. Es sah aus, als gäbe es auch hier nichts zu tun.

»Alles friedlich«, sagte Xander dicht an ihrem Ohr.

Buffy wäre beim Klang seiner Stimme fast in die Luft gesprungen. Es lag nicht nur an ihrer seelischen Verfassung. In dieser Nacht schien irgendetwas in der Luft zu liegen – friedlich oder nicht, es fühlte sich einfach *falsch* an. »Friedlich? Dann sollte es sich eigentlich besser anfühlen.«

Sie nickten und gingen weiter. Die Grabsteine wirkten im Licht des fast vollen Mondes noch fahler als sonst. Eine kaum merkbare Brise flüsterte über ihnen in den Blättern und erstarb dann.

Sonst war alles still.

Sie kehrten zum Tor zurück und verließen den Friedhof.

»Nun, etwas Bewegung kann uns allen nur gut tun«, kommentierte Xander.

»Kräftigt die Muskeln auf zwölf verschiedene Weisen«, stimmte Buffy zu.

»Es lässt sich nicht länger hinausschieben. Ich schätze, ich gehe besser nach Hause und bringe *diesen* Anruf hinter mich.«

»Und ich werde nach Hause zu meiner Mom gehen.«

Xander sah sie einen Moment lang an. »Das klingt nicht gerade, als würdest du dich darauf freuen.«

»Auf meine Mom? Im Moment ist die Stimmung etwas angespannt.« Seit Buffys Rückkehr war ihre Mutter noch besorgter um sie als früher, als wüsste sie, dass Buffys besondere Kräfte nur ein weiterer Grund zur Besorgnis waren.

»Eltern«, nickte Xander. »Du kannst nicht mit ihnen leben, du kannst aber auch nicht ohne sie leben.«

»Wenigstens nicht, solange du keine achtzehn bist«, fügte Buffy hinzu.

»Dann lass uns aus diesem Vergnügungspark verschwinden.« Er blickte zu den Gräberreihen zurück. »Die Vampir-Geisterbahn. Echt abgefahren.«

»He! Es gibt schlimmere Dinge.«

Xander nickte. »Wenigstens verlangt hier keiner Eintrittsgeld.«

Sie machten sich auf den Heimweg.

Manchmal brauchte Cordelia einfach ihren Freiraum.

Xander konnte wirklich unmöglich sein. Wenn er nur nicht so gut küssen würde – nein, Cordelia wollte diesen Gedanken nicht weiterverfolgen. Manchmal war es das Beste, die Dinge nicht zu genau zu betrachten. Die beiden waren nur ein weiteres der ungelösten Geheimnisse von Sunnydale.

Was wollte sie eigentlich von Xander? Und warum vermisste sie ihn so sehr, wenn er nicht in ihrer Nähe war?

Sie wünschte, sie könnte mit Amanda darüber reden. Aber sie konnten nicht offen miteinander sprechen – nicht vor Amandas Cousins.

Dennoch, es gab Schlimmeres im Leben als ein nächtlicher Spaziergang mit drei hübschen Jungs. Vielleicht konnte sie sie aus der Reserve locken oder sogar ein wenig flirten …

Sie glitt an Toms Seite. Er hatte die breitesten Schultern von allen dreien; er sah aus, als würde er Bodybuilding machen. »Na, wofür interessiert ihr Jungs euch denn so? Sport?« Keine Antwort. »Autos?« Noch immer keine Reaktion. »Leichte Mädchen?«

Tom würdigte sie keines Blickes. Er war zu sehr damit beschäftigt, dic Straße vor ihnen zu beobachten. Sie hatte Tom und seinen Bruder Dave im *Bronze* lachen sehen. Jetzt wirkten sie todernst.

»Wir haben keine Zeit für Sport.«

Oh? Worüber konnte sie sich sonst mit ihnen unterhalten? Nun, sie kamen aus Wales. »Seid ihr viel auf Reisen?«

Tom schüttelte den Kopf. »Sind das erste Mal von zu Hause weg.«

Sein Bruder Dave maß Cordelia mit einem strengen Blick.

»Wir haben schon zu viel gesagt.« Er sah Ian an. »Was meinst du?«

»Wir sollten nicht darüber reden«, antwortete Ian grimmig.

»Wenn unser Onkel davon erfährt ...«, begann Dave.

»Wir können jetzt nicht darüber reden«, unterbrach Ian.

Das war offenbar das Ende der Unterhaltung.

Sollte dieses ganze Gespräch nur dazu gedient haben, ihr Angst einzujagen? Wenn ja, dann hatten sie gute Arbeit geleistet. Es klang, als würde sie geradewegs in eine teuflische Falle laufen. Andererseits sahen diese Jungs nicht gerade gefährlich aus. Und Amanda war vielleicht die am wenigsten teuflische Person, die Cordelia kannte.

Vielleicht war alles ganz harmlos. Aber wenn sie bedachte, was in dieser Stadt so vor sich ging, war es genauso wahrscheinlich, dass irgendeine böse Hexe oder eine Riesenechse aus den Tiefen der Erde dahinter steckte.

Was dachte Cordelia da eigentlich? Sollte sie das etwa beruhigen?

Sie vermisste Xander bereits.

Was hatte sie sich nur dabei gedacht? Xander einfach im *Bronze* zurückzulassen und ohne einen Gutenachtkuss nach Hause zu gehen ...

Im Vergleich zu den drei Walisern war Xander ein Charmebolzen. Nun, Xander war auf eine gespenstische Weise charmant. Und die Art, wie er küsste!

Nein, rief sich Cordelia zur Ordnung. Nicht daran denken ...

Sie konnte sich kaum noch erinnern, worüber sie sich gestritten hatten. Es war ihr ungeheuer wichtig erschienen, mit Amanda über das großen Tanzfest zu reden, aber sie hatten kaum ein paar Worte gewechselt, seit sie das *Bronze* verlassen hatten. Der Ball schien gar nicht mehr so wichtig zu sein, wenn Xander nicht dabei war. Sie würde in einem atemberaubenden lavendelfarbenen Kleid erscheinen. Xander konnte hinter ihr herzockeln und seine üblichen dummen Bemerkungen machen. Es würde ein perfekter Abend werden.

Cordelia seufzte. Wenigstens hatte ihre Begleitung sie heil nach Hause gebracht.

»He, hier wohne ich«, rief sie den anderen zu. »Es war toll mit euch.«

»Danke, dass du mir und den drei Schlaubergern hier Gesellschaft geleistet hast.« Amanda sah auf ihre Uhr. »*Schluck!* Wir sind eine halbe Stunde zu spät! Mein Onkel wird uns *umbringen*! Machs gut, Cordelia.«

Amanda und ihre Cousins trotteten hastig die Straße hinunter.

Cordelia ging zur Vordertreppe. Wo ist nur wieder mein Haustürschlüssel?, fragte sie sich stirnrunzelnd. Warum trage ich eigentlich dieses ganze Zeug mit mir herum? Selbst wenn sie ihre kleinste Handtasche mitnahm, brauchte sie jedes Mal fünf Minuten, um die Schlüssel zu finden.

Sie hörte ein Geräusch vom Rasen vor dem Haus. Ein Kratzen, dachte sie, und vielleicht eine Stimme.

Das Geräusch war sehr leise. Ja, es war eindeutig eine Stimme.

»Cordelia.«

Jemand hatte ihren Namen gerufen, aber es war kaum mehr als ein Flüstern gewesen.

»Cor – de – lia ...«

Lauter diesmal. Ihr Name klang fast musikalisch, mit melodisch an- und abschwellenden Silben.

Eine junge Frau trat aus den Büschen hervor – eine junge Frau in wallendem Weiß. Es war jemand, den Cordelia schon seit längerem nicht mehr gesehen hatte.

»Naomi!«, rief sie. »Wir haben soeben von dir gesprochen. Ich und Amanda, meine ich. Sie ist gerade die Straße hinunter. Ich könnte sie zurückrufen, wenn du willst.«

Aber Amanda und die anderen waren bereits außer Sichtweite. Wo waren diese drei öden Typen, wenn sie sie brauchte?

»Süße Cordelia«, sagte Naomi. Sie schien sprechen zu können, ohne die Lippen zu bewegen.

Sie hatte sich irgendwie verändert. Vielleicht lag es an der neuen Haarfarbe, die Amanda erwähnt hatte.

Sie kam näher. Sie schritt so leichtfüßig daher, dass sie fast über den Rasen zu gleiten schien.

»Mensch, Naomi. Du bist wahnsinnig blass. Hast du nicht genug Sonne abbekommen?«

Naomi lächelte.

5

Er rannte aus dem Höllenschlund. Aber die Risse im Boden wurden immer größer und spuckten Feuersäulen in die Luft. Er würde in eine der Spalten stürzen oder bei lebendigem Leibe verbrannt werden.

»Wo willst du hin, Bruder?«

Vor ihm, über den Flammen in der Luft schwebend, war sein Bruder Stephen.

»Was erhoffst du dir davon?«, fuhr Stephen fort.

»Ich – muss – weg – von – hier.« Er hatte Mühe, die Worte zu artikulieren.

»Es gibt keinen Ort, zu dem du fliehen kannst«, sagte Stephen sanft. »Die einzige Fluchtmöglichkeit ist, dich dem Höllenschlund zu stellen.«

»Mich diesen Wesen zu stellen? Ich habe gesehen, was passiert ist.«

»Damals waren wir noch nicht bereit. Wir wurden in die Irre geführt. Du musst die Wahrheit herausfinden.«

»Die Wahrheit?«, stieß er hervor. »Was ist die Wahrheit?«

Aber sein Bruder war zu nah an die Flammen herangetrieben. Feuer verschlang seine Gestalt. Er wich stolpernd zurück und wartete auf die Schreie.

Aber stattdessen lachte Stephen – ein grausiges Gelächter, das die ganze Luft erfüllte – ein Gelächter, das ihn so sicher verzehren würde wie das Feuer.

»Dieses Programm! Warum kann hier eigentlich nichts auf Anhieb funktionieren?«

Buffy hörte Rupert Giles schon, bevor sie ihn sah. Sie stieß die Schwingtür auf, die in die Bibliothek der Sunnydale Highschool führte.

Für den Rest der Sunnydale High war Giles der Schulbibliothekar. Giles, ein großer dünner Mann mit Hornbrille, hatte einen ausgeprägten britischen Akzent und war wahrscheinlich so alt wie Buffys Mutter. Aber er war außerdem Buffys Wächter.

Was genau machte ein Wächter? Selbst jetzt wusste es Buffy nicht genau. Sie hatte früher einen anderen Helfer gehabt, Merrick, in ihrer alten Highschool, der Hemery High in Los Angeles. Das war natürlich gewesen, bevor sie die Schule niedergebrannt hatte und nach Sunnydale umziehen musste. Buffy war es gelungen, die Vampire in ihrer alten Schule zu besiegen, aber vorher hatten sie ihren Wächter getötet.

Buffy war entschlossen, eine Wiederholung dieser Tragödie mit allen Mitteln zu verhindern.

Und was genau war ein Wächter? Nun, soweit sie es beurteilen konnte, war Giles teils Mentor, teils Trainer und teils eine wandelnde Enzyklopädie geheimen Wissens und gespenstischer Dinge. Im Lauf der gesamten Menschheitsgeschichte hatte es immer Jägerinnen gegeben – pro Generation wurde eine geboren –, die die Mächte des Bösen bekämpften. Soweit Buffy wusste, waren es immer junge Frauen etwa in ihrem Alter gewesen. Und all diesen Jägerinnen hatte stets ein Wächter zur Seite gestanden.

Im Großen und Ganzen passten sie auf einen auf. Für Buffy war die Tatsache, dass sie einen Wächter hatte, einer der Vorzüge ihrer Identität als Jägerin. Giles hatte ihr schon hunderte Male geholfen und als sie einige ihrer Mitschüler als Helfer angeworben hatte, war er sofort bereit gewesen, ihre Freunde zu akzeptieren. Buffy sah in ihm eine Art Pfadfinderführer des Okkulten.

Doch im Moment war dieser spezielle Pfadfinderführer nicht gerade ein glücklicher Camper.

»He!«, rief Willow. »Wenigstens druckt er jetzt vollständige Sätze. Zu viele vollständige Sätze.« Sie sah wieder auf den Monitor. »Viel zu viele.«

Hinter dem Bibliothekstisch, an dem Willow finster den Computer anstarrte, ging Giles ungeduldig auf und ab. Buffy war die dritte Person, die den großen büchergefüllten Raum betrat. Es war noch ziemlich früh am Morgen, rund dreißig Minuten vor Unterrichtsbeginn. Die anderen Schüler der Sunnydale High schienen mit der Bibliothek nicht viel anfangen zu können. Was im Grunde schade war. Der hohe Raum war ungefähr halb so groß wie die Schulaula, mit langen Tischen, die perfekt zum Lesen und Lernen geeignet waren. Auf einigen der Tische standen sogar Computer wie der, an dem Willow gerade arbeitete.

Hinter Willow führte eine Treppe hinauf zu noch mehr Büchern – die Bibliothek verfügte über ein Zwischengeschoss mit weiteren Regalen. Dort oben, im hinteren Teil des Raumes, wurden die Standardwerke über Okkultismus aufbewahrt. Dank Giles besaß die Bibliothek eine ganze Menge davon. Er hatte sogar eine kleine verschließbare Vitrine hinter dem Bibliothekarstisch stehen, in der er besondere Ausgaben verwahrte, von denen es nur noch wenige Exemplare gab.

Buffy fragte sich oft, was wohl die anderen Schüler und Lehrer von Giles' recht ausgefallener Sammlung hielten, ganz zu schweigen von den weggeschlossenen Bänden. Als sie das Thema zur Sprache brachte, hatte Giles ziemlich wichtigtuerisch die Nase gerümpft und gemeint, dass die Schulverwaltung sich glücklich schätzen könnte, einen Bibliothekar von seinem Format beschäftigen zu dürfen. Dass er einen Teil seines Forschungsmaterials mitgebracht hatte, war selbstverständlich.

Wenn Giles der Pfadfinderführer war, dann war dieser Raum für Buffy und ihre Freunde ein ganzjähriges Sommerlager. Giles beschwerte sich nie, wenn einer von ihnen vorbeischaute, nicht einmal an jenen Tagen, wenn es keine Krise gab. Für Buffy war diese Bibliothek tatsächlich eine Art zweites Zuhause.

Natürlich waren manche Tage in diesem Zuhause besser als andere. Offenbar kam der Bibliothekar im Moment mit seinen Nachforschungen nicht besonders gut voran.

»Gibt es denn *keine* Möglichkeit, das Problem zu beheben?«, stöhnte Giles.

Willow blickte zu Buffy auf und grinste. »He, mit Computern kann man fast alles machen.« Willows Glaube an die Macht der Computer war eine der Konstanten in Sunnydale. »Und hier haben wir fast alles.«

»Alles«, fügte Giles auf seine zerstreut wirkende Weise hinzu, »und noch viel mehr.« Er wies auf den Stapel Ausdrucke neben dem Laserdrucker der Bibliothek. Er war so dick wie zwei voluminöse Telefonbücher. »Da ist alles aufgeführt, was in Sunnydale passieren wird.«

Für Buffy ging alles viel zu schnell. »Einen Moment! Das ist das große Computerprojekt, das Sie letzte Woche begonnen haben, richtig? Das uns das Leben erleichtern sollte?«

Giles sah sie über den Rand seiner Brille an. »Nun, zunächst schien es ganz einfach zu sein. Das – wie hat Willow es noch einmal genannt?«

»Das ›Gönnen-wir-Buffy-eine-Pause‹-Programm«, warf Willow hilfsbereit ein.

»Ja, es sollte uns das Leben erleichtern – eine Art Frühwarnsystem für potentielle Katastrophengebiete.« Er schüttelte den Kopf. »Ich habe Willow genau erklärt, was sie in das Programm laden sollte. Alle deine Erlebnisse seit deinem Umzug nach Sunnydale ...«

»*Alle* meine Erlebnisse?«, entfuhr es Buffy.

»Nur diejenigen, die du in deiner Funktion als Jägerin hattest«, sagte Willow beruhigend. »Ich habe alles aufgezeichnet.«

»Und wir haben außerdem alle Informationen über die Geschichte von Sunnydale und seiner Umgebung zusammengetragen«, fügte Giles hinzu, »wobei wir uns auf unerklärliche Geschehnisse in der Vergangenheit konzentriert haben.«

Buffy ahnte, worauf er hinaus wollte. »Sie meinen eine Art Lebensgeschichte des Höllenschlunds.«

Giles schwieg einen Moment. Etwas wie Überraschung huschte über sein Gesicht. »Treffend ausgedrückt. Da wir nicht wussten, was sonst noch relevant sein würde, haben wir außerdem alle Daten aus unseren Untersuchungen früherer Zwischenfälle hinzugefügt, unabhängig davon, ob diese Untersuchungen zu einem Ergebnis führten oder nicht. Und anschließend haben Willow und ich noch sämtliche Informationen über unsere jeweiligen Lieblingsprojekte hinzugefügt – du weißt schon, Okkultismus, das Übernatürliche, unerklärliche Phänomene, die ›abgedrehten Sachen‹, wie du sie zu nennen pflegst.«

»Wow«, machte Buffy. »Haben Sie auch die Küchenspüle eingegeben?«

»Ich wünschte, wir hätten es getan. So hätten wir wenigstens erfahren, wie man sie abdreht.«

»Sie wollen mir also sagen, dass dieses ganze große Projekt nicht funktioniert hat.«

»Nein, im Gegenteil. Das Problem ist, dass es zu gut funktioniert hat.« Er klopfte auf den Riesenstapel Ausdrucke. »Dies war als ein Frühwarnsystem für dich gedacht, damit wir einige dieser Bedrohungen sozusagen schon im Keim ersticken können und uns nicht jede Woche mit einer neuen Krise herumschlagen müssen. Leider hat uns dieses Programm die wahre, überwältigende Natur unserer Aufgabe enthüllt.«

Willow blickte von ihrem Computer auf. »Wie Giles schon sagte, das Problem hier ist, dass alles zu einfach ist. Da sich Sunnydale direkt über dem Höllenschlund befindet, wird wahrscheinlich alles passieren.«

»Alles?« Buffy erkannte allmählich, was Giles so in Rage versetzt hatte. Inzwischen beunruhigte es sie auch.

»Nun, nicht *alles.*« Willow drückte ein paar Tasten auf ihrem Keyboard. Neuer Text füllte den Bildschirm. »Es ist unwahrscheinlich, dass es in den nächsten paar Monaten zu einem Erdbeben kommen wird.« Sie schwieg einen Moment und fügte hinzu: »Für die Jahreszeit scheint es nicht genug Regen zu geben. Und – äh – mindestens bis Juli haben wir keine Heuschreckenplage zu erwarten.« Sie sah zu Buffy hinüber und machte ihr Was-sollen-wir-jetzt-bloß-tun?-Gesicht. »Aber davon abgesehen ist es ein echtes Lotteriespiel.«

Doch Buffy wollte die Niederlage nicht akzeptieren – wahrscheinlich war sie deswegen die Jägerin. Vielleicht fehlte Willow und Giles nur der nötige Abstand zu dem Problem. »Also wirklich, Leute. Wie schlimm kann es denn werden?«

Giles schüttelte den Kopf. »Vielleicht können wir dir das wahre Ausmaß unseres Problems zeigen. Willow, wie siehts mit einer der kleineren Bedrohungen aus, die unser Programm generiert hat? Eine der Unterkategorien mit, sagen wir, weniger als zwanzig Einträgen?«

»Weniger als zwanzig?« Willows Tonfall verriet keine Begeisterung. Sie scrollte durch den Text auf ihrem Monitor. »Nun, vielleicht ›Monster aus dem Meer‹.«

»Monster aus dem *Meer*?«, wiederholte Buffy.

»He, Sunnydale hat doch einen Strand, nicht wahr? Einige der Szenarios sind richtig abgefahren.« Willow sah stirnrunzelnd auf den Bildschirm. »Hier ist eins, in dem wir von intelligentem Seetang überrollt werden. Oh, und Killermuscheln.« Sie grinste. »Mir gefällt besonders das mit dem Mutantenwal mit Füßen.«

»Füße?«, war Buffys einzige Reaktion.

Diesmal schien Giles' Seufzer ewig zu dauern. »Da siehst du, mit was wir uns herumschlagen müssen.«

Buffy sah es tatsächlich und es gefiel ihr ganz und gar nicht. »Statt die Möglichkeiten zu begrenzen ...«

»... scheint das Computerprogramm laufend *neue* zu erzeugen«, schloss Giles. »Nun, einige dieser Möglichkeiten klingen recht unwahrscheinlich ...«

»In Sunnydale?« Nun schüttelte Buffy den Kopf. »Alles ist möglich.«

Giles wies auf den Papierstapel hinter sich. »Ich habe nicht gesagt, dass sie in irgendeiner Hinsicht unzutreffend sind. Allerdings ging es uns nicht um das Mögliche. Uns ging es um das Wahrscheinliche. Das war der ursprüngliche Zweck des Programms – es sollte vorhersagen, auf was wir uns vorbereiten müssen. Wir wollten wissen, was wahrscheinlich nächste Woche passieren wird. Unglücklicherweise scheint dieses Wort – wahrscheinlich – beim Endergebnis nicht berücksichtigt worden zu sein.«

»Wir müssen uns also nicht auf Mutantenwale mit Füßen vorbereiten?«, fragte Buffy.

»Gütiger Himmel, ich hoffe nicht.«

Nun, dachte Buffy, das war wenigstens eine gute Nachricht. Vielleicht gab es einen Ausweg aus diesem Schlamassel. »Gibt es eine Chance, das Projekt zu retten? Von wie vielen Möglichkeiten reden wir hier?«

Giles schwieg einen langen Moment, bevor er antwortete. »Das ist sehr schwer zu sagen. Diese Gefahrenkategorie, die wir gerade besprochen haben ...«

»›Monster aus dem Meer‹«, fügte Willow hilfsbereit hinzu. »Und wir haben nur einen Bruchteil davon besprochen. Ich bin noch nicht mal zu den Vampirhaien gekommen ...«

»Ja, ›Monster aus dem Meer‹«, unterbrach Giles hastig. »Das ist nur eine Kategorie von vielen.«

»Wie viele?«, fragte Buffy.

Giles schnitt eine Grimasse. »Dreiundsiebzig.«

Wow, dachte Buffy. »*Nur* dreiundsiebzig?«

Giles grimassierte weiter. »Bis jetzt. Als wir erkannten, was passierte, haben wir das Programm gestoppt.«

Willow nickte ernst. »Ich schätze, es hätte sonst bis ... bis in alle Ewigkeit gefährliche Szenarien generiert.«

»Zweifellos haben wir aus all dem etwas gelernt.« Giles lächelte matt. »Es könnte sein, dass sich in den Daten sehr wertvolle Informationen verbergen – *irgendwo*.«

Buffy deutete auf die Ausdrucke. »Können wir denn mit dem Material, das wir haben, irgendetwas anfangen?«

»Hmm.« Giles beulte mit der Zunge seine Wange aus, während er die Möglichkeiten bedachte. »Basierend auf unserer Reaktionszeit in der Vergangenheit? Ich würde sagen, mit der fortschrittlichen Technologie, die uns zur Verfügung steht, und dem Einsatz all unserer Kräfte in unserer Freizeit – mit uns meine ich uns drei sowie Xander, Cornelia und Oz –, könnten wir das Material in ... etwa drei Jahren durchsehen.«

»Drei Jahre?«

Giles lächelte. »Keine Sorge, Buffy. Keiner von uns will drei weitere Jahre in dieser speziellen Highschool verbringen.«

Buffy erkannte allmählich die wahren Ausmaße ihres Problems. »Ich hatte gehofft, dass ich auf dem College was Besseres zu tun haben würde. Ich hatte gehofft, dass meine Aktivitäten als Jägerin zu einer Karriere führen würden.«

»Nun, wir sollten uns deswegen wirklich keine Sorgen machen. Das Programm in seiner derzeitigen Form verunsichert uns nur. Die Datenflut ist einfach überwältigend.«

Aber Willow setzte ihr tapferstes Lächeln auf. »Wir werden schon einen Weg finden, um dieses verfluchte Programm zum Funktionieren zu bringen.« Sie blickte auf den Computer vor ihr. »Nun, *ich* werde einen Weg finden.«

Giles nickte. »Wir haben bis jetzt noch jede Herausforderung gemeistert.« Er ging wieder hinter dem Tisch auf und ab. »Es gibt gute Gründe zu der Annahme, dass wir mit etwas Glück und Vorbereitung jedes Problem bereinigen werden. Selbst ein Computerprogramm.«

Willow blickte zweifelnd auf den Monitor. »Als wir anfingen, sah alles so viel versprechend aus.« Sie fing an zu tippen.

An diesem Punkt bin ich hereingekommen, dachte Buffy.

»Es muss irgendeinen Weg geben, unsere Parameter zu begrenzen«, murmelte Giles mehr zu sich selbst. »Diese Ergebnisse sind völlig nutzlos ...«

»Ich muss gehen!«, rief Buffy. Sie hatte noch ein paar Dinge zu erledigen, bevor der Unterricht begann.

Dennoch, sie hatte die beiden selten so bedrückt erlebt. Buffy glaubte, etwas Aufmunterndes sagen zu müssen.

»He«, rief sie über die Schulter, als sie die Bibliothekstür aufstieß, »wenn ihr auf einen Mutantenwal mit Füßen vorbereitet seid, dann seid ihr auf alles vorbereitet.«

Sie machten sich nicht einmal die Mühe aufzublicken, als sie die Bibliothek verließ.

6

Warum konnte sich Cordelia an nichts mehr erinnern?

Sie hatte vor der Haustür gestanden und ihre Schlüssel gesucht. Daran war absolut nichts Seltsames. Dann hatte jemand – was getan? Sie hatte fast mehr gespürt als gehört, wie jemand ihren Namen gerufen hatte.

Es muss Amanda oder einer ihrer Cousins gewesen sein, oder? Warum war sie dann so aufgewühlt? Sie konnte sich keinen Menschen vorstellen, der weniger unheimlich war als Amanda. Nun, einmal hatte Amanda diese Phase durchgemacht und sich die Haare färben lassen, in diesem komischen Rotton, aber das war eher verrückt als unheimlich gewesen.

Den ganzen Morgen über, von dem Moment an, wo sie aus dem Bett gestiegen war, bis zu dem Moment, wo sie die Treppe der Highschool hinaufgegangen war, hatte sie das Gefühl gehabt, dass etwas – fehlte. Aber sie war nicht einmal sicher, ob dies das richtige Wort war.

Es war eher so, als wäre etwas – *falsch*. Etwas, das sie wieder richtig machen musste. Aber wie konnte sie etwas richtig machen, wenn sie nicht einmal wusste, was es war?

Ihr blieben noch rund fünf Minuten bis zum Unterrichtsbeginn. Sie starrte in ihren Spind, als wäre die Antwort irgendwo zwischen ihrem Chemiebuch und ihrem Butterbrot versteckt.

Dann blickte sie in den kleinen Spiegel, den sie an der Rückseite der Spindtür befestigt hatte. Unter ihren Augen hatte sie Ränder, die so groß waren, dass sie sie nicht einmal mit ihrem

Concealer verdecken konnte. Sie sah aus, als hätte sie die ganze Nacht nicht geschlafen.

Cordelia blinzelte. Was ihr da aus dem Spiegel entgegenblickte, war nicht ihr Gesicht. Das Gesicht war ganz blass, fast so, als wäre die Person gar nicht da. Sie hatte dieses Gesicht früher schon gesehen – vor wenigen Momenten, wie ihr schien. Ein blasses Mädchen – sie kannte es, oder? Cordelia konnte ihren Blick nicht abwenden. Die Augen schienen sie mehr und mehr zu verschlingen. Sie hörte, wie jemand ihren Namen rief, aber es war im Grunde keine Stimme. Es war eher wie ein sachter Wind, der ihren Rücken hinaufkroch …

»Cordelia?«

Sie sprang fast in die Höhe, als eine Hand ihre Schulter berührte. Sofort wirbelte sie herum, bereit zu kämpfen oder zu fliehen.

Es war Xander.

Ein Teil von ihr wollte ihn umarmen, ein anderer Teil wollte ihn schlagen, weil er sich so an sie herangeschlichen hatte.

Sie entschloss sich stattdessen, ihn anzubrüllen. »Wage es ja nicht noch mal, mich so zu erschrecken!«

Xander wich einen Schritt zurück, als hätte er alles Mögliche im Sinn gehabt, nur nicht, sie zu erschrecken. »Tut mir Leid. Ich dachte, wir könnten uns vielleicht eine Minute über – äh – gestern Nacht unterhalten.«

»Gestern Nacht«, wiederholte sie. Was war gestern Nacht eigentlich passiert? Sie hatte sich mit Xander über irgendetwas Albernes gestritten. Es kam ihr jetzt überhaupt nicht mehr wichtig vor. Dann hatte sie sich eine Ewigkeit mit Amanda unterhalten. Sie waren zusammen nach Hause gegangen. Und dann waren da noch Amandas langweilige, aber gut aussehende Cousins gewesen.

Warum konnte sie sich nicht daran erinnern, was als Nächstes passiert war?

»Hör mal«, sagte Xander hartnäckig, »was gestern Nacht angeht ...«

So aufgewühlt Cordelia auch war, sie erkannte, dass sie sich mit Xander vertragen wollte. Ihre Beziehung konnte so intensiv sein – im Guten wie im Bösen. Manchmal glaubte Cordelia, dass diese Intensität das Einzige war, was sie zusammenhielt.

»Meinst du im *Bronze*?«, fragte sie unschuldig.

Xander zuckte die Schultern. »Na ja, weißt du, manchmal werde ich ...«

Sie würde nicht zulassen, dass er alle Schuld auf sich nahm. Sie wollte, dass diese Beziehung funktionierte.

»Hör zu«, unterbrach sie, »das ist nichts im Vergleich zu dem, was ich ...«

Xander fiel ihr postwendend ins Wort. »Na, hör mal, als ich sagte ...«

»Xander«, unterbrach sie wieder. »Ich habe dir nie die Chance gegeben ...«

Die Klingel ertönte. Was für ein schlechtes Timing!

Xander lächelte sie an und drückte ihre Schulter. »Na ja, ich bin froh, dass wir wenigstens die Chance hatten, miteinander zu reden.«

Sie winkte ihm zu, als er sich zum Gehen wandte. »Später?«

»Später!« Er ließ sein unglaublich hinreißendes Lächeln aufblitzen.

Warum war seine Berührung nur so elektrisierend? Und warum mussten sie einen ganzen langen Highschool-Tag warten, bis sie – nun, um ehrlich zu sein, hatte Cordelia eine Menge kreativer Ideen, was die Zweckentfremdung des Hausmeisterraums anging. Kreative Ideen, die nichts mit dem Frühjahrsball zu tun hatten. Wobei ihr dann doch sofort der Gedanke kam, dass Xander in einem Smoking sehr süß aussehen würde. Trotz all der kleinen Probleme, die sie hatten, war es wahnsinnig schön, einen festen Freund zu haben, der für wichtige Anlässe als Begleiter zur Verfügung stand.

Warum machte sie sich nur solche Sorgen? Sie hatte sich gerade mit Xander versöhnt. Sie gehörte dem Komitee an, das den großen Tanz organisierte. Sie hatte sogar für ihre Halbjahresklausur in Chemie eine Eins bekommen.

Cordelia runzelte die Stirn. Nun, das war alles gut und schön, aber da war noch etwas anderes, das sie nicht vergessen konnte:

»Ich muss meiner Herrin dienen.«

Cordelia stockte der Atem. Ihr dämmerte, dass sie diesen Satz laut ausgesprochen hatte. Sie erkannte kaum ihre eigene Stimme wieder. Gott sei Dank fing der Unterricht gleich an und alle waren zu ihren Klassenzimmern unterwegs und zu sehr mit sich selbst beschäftigt, um auf das zu achten, was aus ihrem Mund drang.

Wo war das eigentlich hergekommen? »Ich muss meiner Herrin dienen?« Es klang eher wie die Sorte Dinge, die Buffy Summers passierten, nicht Cordelia Chase. Vielleicht sollte sie Buffy fragen. Oder Giles. Er schien fast alles zu wissen.

Moment mal ... Cordelia schluckte, als tief in ihrem Gehirn ein neuer Gedanke aufblitzte. Vielleicht passierte dies, weil sie sich bereits zu sehr mit ihnen eingelassen hatte. Vielleicht hatte sie sich zu viel mit Buffy abgegeben. Vielleicht musste sie sich nur von dieser ganzen Bande distanzieren – dann würde es ihr wieder gut gehen. Nun, nicht von der ganzen Bande. Ihr und Xander würden schon andere Dinge einfallen, über die sie reden konnten.

Cordelia schüttelte den Kopf. Sie war mit Buffy in der letzten Zeit ziemlich gut ausgekommen. Aber jetzt brauchte sie nur an Buffy zu denken und schon fühlte sie sich unwohl.

Diese Sache wurde immer seltsamer und seltsamer. Oh nein. Das letzte Klingelzeichen. Sie würde zu spät kommen!

Im Moment war sie froh, dass ihr bis zum nächsten Wiedersehen mit Xander etwas Zeit blieb.

Wo Xander war, konnte Buffy nicht weit sein. Sie fröstelte leicht.

Cordelia atmete tief durch. Vielleicht half ihr der Unterricht, einen klaren Kopf zu bekommen.

Endlich, dachte Oz, kann ich mich wieder ins Getümmel stürzen.

In den letzten drei Nächten, den Nächten des Vollmonds, hatte er sich selbst in den Käfig in der Bibliothek eingesperrt. Aber jetzt nahm der Mond ab und er konnte wieder an andere Dinge denken. Seine Band gab an den anderen fünfundzwanzig Tagen des Mondzyklus regelmäßige Gigs in der Umgebung. Sie hatten inzwischen ein halbes Dutzend Mal im *Bronze* gespielt und waren auch für den Frühjahrsball der Sunnydale High gebucht. Das einzige Problem war, dass er als Mitglied der Band nicht so viel Zeit wie er wollte mit Willow verbringen konnte, die ein ziemlich ungewöhnliches Mädchen war. Sie war nicht nur hübsch und sexy und klug, was er ebenfalls sexy fand, sondern sie akzeptierte ihn auch völlig. Und sie hatte eine Menge Freunde, die von seinem anderen Leben wussten – es störte sie offenbar auch nicht weiter. Es tat wahnsinnig gut, dieses Geheimnis mit ihnen teilen zu können.

Abgesehen von der Werwolf-Geschichte fand Oz das Leben einfach großartig.

Er hatte einen weiteren Unterrichtstag erfolgreich hinter sich gebracht. Nicht, dass Oz der Schule viel Aufmerksamkeit widmete – natürlich nicht –, aber da er sein letztes Jahr wiederholte, musste er ein gewisses Maß an Interesse zeigen. Jetzt war es an der Zeit, sich seinem viel wichtigeren Privatleben zu widmen.

Da Willow weder im Computerlabor noch im Aufenthaltsraum war, vermutete er sie in der Bibliothek. Er stieß die Schwingtür auf. Wie erwartet saß sie vor einem der Computermonitore.

»Hi.« Er nickte, als sie zu ihm aufblickte.

»Hi«, sagte sie ohne große Begeisterung.

Irgendetwas war passiert. Sie schenkte ihm nicht einmal ein Lächeln. Das bedeutete, dass sie ernsthaft besorgt war.

»Also, was ist passiert?«, fragte er.

Das war ihr Stichwort. Sie sah ihn wieder an und auf ihrer Stirn erschien eine steile Sorgenfalte. »Es ist alles so unmöglich.«

Oz nickte nur. In Sunnydale waren eine Menge Dinge unmöglich. Er schätzte, dass er als Werwolf einen etwas besseren Überblick hatte.

»Sieh mal«, erklärte Willow, »ich habe mit Giles das ganze Wochenende an diesem Programm gearbeitet. Dem Vorhersageprogramm.«

Oz nickte. Als er gestern Nacht endlich mit Willow allein gewesen war, hatte sie nur darüber reden wollen. Nun, wenigstens in der Zeit, als sie geredet hatten.

Willow warf einen finsteren Blick auf den Computermonitor. Er vermutete, dass es mehr als nur ein Problem gab.

»Es hat also nicht richtig funktioniert?«, fragte er.

»Es hat zu gut funktioniert. Statt Buffy vor Gefahren zu warnen, hat es so viele Gefahren errechnet, dass es für hundert Buffys reicht. Wir haben tonnenweise Möglichkeiten. Killermuscheln. Vampirhaie.«

»Und weiter?«, drängte Oz.

»Wale mit Füßen«, fügte sie hinzu.

Oz war geduldig. Er wusste, dass sie früher oder später zur Sache kommen würde.

»Aber das war heute Morgen. Jetzt ist alles weg.« Sie starrte wieder auf den Bildschirm, als wäre dort das Ende der Welt zu sehen.

»Du meinst, all diese Gefahren sind nicht mehr vorhanden?«

Willow nickte. »Irgendetwas stimmt nicht.«

»Hä?« Oz musste sich vergewissern, ob er sie richtig verstanden hatte. »Irgendetwas stimmt nicht mit deinem Programm, das nicht richtig funktioniert hat?«

Sie lächelte dankbar. »Ich hätte es nicht besser ausdrücken können. Ich wusste, dass es einen guten Grund gibt, warum wir zusammen sind.«

Nun, Oz war froh, dass wenigstens einer glücklich war. »Äh, Willow? Ich bin mir nicht ganz sicher, was ich gerade gesagt habe.«

»Nun, wie ich schon sagte, wir haben einfach zu viele Daten bekommen. Einige könnten durchaus nützlich gewesen sein, aber das ließ sich nicht feststellen. Nun ja, um herauszufinden, was schief gegangen war, habe ich Giles überredet, die Daten eines weiteren Tages einzugeben und abzuwarten, welche neuen Möglichkeiten dadurch generiert werden. Aber wir haben die Datentypen separiert – zuerst die Lokalnachrichten eingegeben, dann den Wetterbericht, dann mein tägliches Update zu Buffy...«

Oz war beeindruckt. »Das hast du alles gemacht?«

»Und eine Menge mehr. Wir hatten einen Haufen Variable. Vielleicht war das unser Problem. Jedenfalls, wenn ich die einzelnen Daten isolieren würde, müsste ich die Auswirkungen jedes Datums auf das gesamte Programm studieren können.«

Sie runzelte wieder die Stirn. Oz lächelte sie trotzdem an. Er liebte es, wenn Willow etwas erklärte.

»Klingt vernünftig«, stimmte er zu.

»Aber alles ist verschwunden!«

»Alles?«

»Fast alles. Irgendwo zwischen den Nachrichten und dem Wetter. All diese gefährlichen Szenarien, die der Computer am Vortag ausgespuckt hat – es war, als hätten sie nie existiert.«

»Demnach wird in Sunnydale nichts passieren?«

Willow zuckte die Schultern. »Nun, wenigstens nichts Ungewöhnliches. Das Programm sagt mir, dass es noch immer ein paar Möglichkeiten gibt, die mit Vampiren zu tun haben.«

»Oh, na ja, das ist nichts Neues. Schließlich leben wir in Sunnydale.«

»Genau.«

»Und diese Vampire sind von der Sorte, mit der Buffy fertig wird?«

Willow nickte. »Jederzeit.«

»Also haben sich deine Probleme mit dem Programm in Luft aufgelöst.«

Willow nickte wieder. »Und alle Probleme *in* dem Programm haben sich ebenfalls in Luft aufgelöst.«

Er dachte einen Moment darüber nach, bevor er hinzufügte: »Ist das denn keine gute Sache?«

»Nun, es könnte eine gute Sache sein«, räumte Willow ein. »Es sieht zumindest wie eine gute Sache aus.«

Er trat näher zu Willow. Sie schien sich ein wenig zu entspannen.

»Nun, das ist gut. Ich mag gute Sachen.«

Sie blickte ihm direkt in die Augen und lächelte. »Ich mag auch gute Sachen.«

Sprachen sie eigentlich noch immer über das Computerprogramm?

Willow schüttelte den Kopf. Der Moment war vorbei. »Ich kann es einfach nicht ertragen, es nicht genau zu wissen. Es liegt nicht an dem Programm. Es liegt an etwas anderem. Ich glaube, die Veränderung hat etwas mit den Daten zu tun, die wir heute Morgen eingegeben haben.«

»Und dieses Etwas – ist das auch gut?«

Willow zuckte die Schultern. »Vielleicht gut. Vielleicht auch schlecht. Um diese völlige Veränderung zu erzeugen, muss es mit Sicherheit mächtig sein.«

»Wie mächtig?«

»Um die Wahrscheinlichkeit all dieser schrecklichen Katastrophen auf null zu bringen? Ich würde sagen, es müsste von Weltuntergangskaliber sein.«

Uh-oh, dachte Oz. Jetzt sind wir wieder beim Thema. Zusammen mit Buffy hatten sie bereits ein paar Weltuntergangskrisen überlebt. Überlebt, aber keiner von ihnen hatte es besonders spaßig gefunden.

»Also«, fasste er zusammen, »keine Probleme zu haben könnte ein echtes Problem sein.«

Willow nickte. »Ich schätze, ich rede am besten mit Buffy.«

7

Buffy konnte es in der Luft spüren. Es war fast Frühling und die Nacht war angenehm kühl. Die Straßen waren wie ausgestorben. Sie hatte in den letzten fünfzehn Minuten ihrer Patrouille keine Menschenseele gesehen. Keinen Fußgänger, keinen Lieferwagen, nicht einmal einen Streifenwagen. Alles war perfekt.

Sie wusste, dass in dieser Nacht die Vampire unterwegs waren.

Dieser Sinn war ihr angeboren, Teil ihres Geburtsrechts. Selbst Giles, der ihr geholfen hatte, ihn zu entdecken und zu entwickeln, konnte seinen Ursprung nicht erklären. Aber eine Jägerin war in der Lage, Gefahren zu spüren – vor allem übernatürliche Gefahren –, bevor sie eintraten.

Schließlich, dachte Buffy, wer soll sonst die Welt retten?

Es begann mit einem leichten Prickeln in ihrem Hinterkopf, das sie von einem Moment zum anderen hellwach machte. Sie sind irgendwo dort draußen, sagte das Gefühl, und lauern den Unschuldigen auf, gierig nach ihrem Blut. Sie wollen alles Gute zerstören.

Es gab bestimmte Nächte wie diese, in denen dieses Gefühl sehr stark war. *Näher. Näher.* Und es wurde mit jeder verstreichenden Minute stärker.

Hinter der nächsten Ecke gellte ein Schrei.

Buffy rannte los, bog um die Ecke und erfasste die Situation mit einem Blick. Sie befand sich auf dem Parkplatz eines dieser neuen Apartmenthäuser. Die junge Frau, die geschrien hatte, war ungefähr im Collegealter. Sie hatte gerade ihr Auto aufgeschlossen, als die Vampire angriffen. Die Wagentür stand offen, die Schlüssel steckten noch im Schloss. Es waren zwei Vampire, einer männlich, einer weiblich. Sie schienen mit ihrem Opfer zu spielen, wie Katzen mit einer Maus spielten, ließen sie halb zu ihrem Auto durch, bevor sie ihr den Weg blockierten, drängten sie in eine Ecke, um dann wieder zurückzuweichen und ihr die Illusion zu geben, dass sie vielleicht doch noch entkommen konnte.

»He, Leute!«, rief Buffy. »Das Spiel ist aus.«

Beide Vampire wirbelten beim Klang von Buffys Stimme herum.

»Noch eine!«, sagte die männliche Hälfte des Vampir-Fangteams. »Wir werden uns heute Nacht richtig vollaufen lassen.«

»Oh, Bernie!«, antwortete sein weibliches Gegenstück. »Du hast schon immer gewusst, wie man ein Mädchen verwöhnt.«

Beide lächelten und entblößten ihre Fänge.

»Verschwinde von hier!«, rief die Collegefrau Buffy zu. Sie atmete schwer, erschöpft von der Hetzjagd. »Sie sind Ungeheuer!«

»Nicht mehr lange«, versicherte Buffy. Sie hatte bereits einen Holzpflock aus ihrer Schultertasche gezogen. Bernie? Es kam ihr nicht wie ein passender Name für einen Vampir vor. Aber von dieser Sorge würde er in Kürze befreit sein.

»Sie sagten, wir würden es allein nie schaffen«, krähte Bernie, während er sich Buffy näherte. »Sie sagten, wir bräuchten einen Plan.«

»Genau, Bernie«, stimmte seine Partnerin zu. »Wer braucht einen Plan, wenn überall frisches Blut ist?«

Sie?, dachte Buffy. Wer zum Henker sind »sie«?

Aber sie hatte keine Chance, ihre Frage laut zu stellen. Bernie stürzte sich bereits auf sie.

»Die hier gehört mir!«, rief er über die Schulter. »Du nimmst die …«

Er rannte direkt in Buffys Pflock und löste sich mitten im Satz auf, als sie den Pflock herauszog. Sie hatte inzwischen wahrscheinlich Hunderte von Vampiren getötet, aber dies war das erste Mal, dass sie sich dabei nicht einmal bewegen musste.

Seine Partnerin reagierte leicht hysterisch. »Bernie!«, kreischte sie. »Was hast du mit Bernie gemacht?«

»Keine Sorge«, antwortete Buffy grimmig, »du wirst ihm gleich folgen.« Sie schwenkte das angespitzte Holzstück in ihrer Hand. »Ich werde sogar denselben Pflock benutzen.« Sie marschierte auf die zweite Blutsaugerin zu.

»Oh, das wirst du nicht!« Die Vampirin wich einen Schritt zurück. »›Wir brauchen keinen von den anderen‹, sagt Bernie. ›Wenn wir allein losziehen, machen wir reichere Beute‹, sagt Bernie. ›Hör nicht auf die anderen‹, sagt Bernie. Ich hätte auf sie hören sollen!«

Buffy blieb stehen. »Wer sind ›sie‹?«

Die Vampirin runzelte die Stirn. »Du bist diese Jägerin, nicht wahr? ›Es ist eine große Stadt‹, sagt Bernie. ›Wie groß sind die Chancen, dass wir der Jägerin begegnen?‹ sagt Bernie. Unsere Chancen waren verdammt groß!«

Buffy hatte nicht viel Erfahrung im Umgang mit hysterischen Vampiren. Jeder Vampir war gefährlich; ein emotional instabiler war vermutlich noch gefährlicher. Aber wenn diese jammernde Vampirin weiterredete, verriet sie vielleicht den größeren Plan, der hinter diesem Zwischenfall steckte.

»Ich muss dich nicht sofort töten«, sagte Buffy beruhigend. »Warum reden wir nicht darüber?«

»›Warum reden wir nicht darüber‹, sagt sie?«, höhnte die Vampirin. »›He, Gloria‹, sagt Bernie. ›Jetzt heißt es du und ich allein gegen die Welt‹, sagt er. ›Wie in *Denn sie wissen nicht, was sie tun*‹, sagt er, ›nur dass James Dean ein Vampir ist.‹« Sie schüttelte den Kopf. »Ich habe schon immer eine Schwäche für hübsche Zähne gehabt.«

Gloria?, dachte Buffy. Sie schätzte, dass dieser Name auch nicht schlimmer als Bernie war. Hinter Gloria konnte sie die junge Frau erkennen, die überfallen worden war und jetzt erschöpft an ihrem Auto lehnte.

Buffy schwenkte den Pflock. »Nun, Gloria, warum treten wir nicht einfach zur Seite und lassen diese nette junge Dame in ihren Wagen steigen?«

»Niemals! Wir reden hier schließlich von meinem Abendessen!«

Buffy machte einen weiteren Schritt in Glorias Richtung. Die Vampirin starrte den Pflock an.

»Oh, okay, vielleicht bin ich ein wenig zu voreilig. Bernie hat sonst immer das Denken übernommen. Es ist hart. In dem einen Moment bist du mit einem Mann zusammen, im nächsten zerfällt er zu Staub.«

Verlorene Liebe, was? Aber wem sagst du das! Für einen Augenblick hatte Buffy Mitleid mit dieser Vampirin. Nicht, dass es irgendetwas mit Buffys Situation zu tun hatte. Liebe, pah. Sie hatte genug davon.

»Keine bitteren Gefühle.« Sie trat einen weiteren Schritt auf Gloria zu. »Du bist eine Vampirin, ich bin die Jägerin; also bringen wir es hinter uns.«

Gloria wich im Gegenzug ein paar weitere Schritte zurück. »Niemals! ›Lasst es uns zusammen tun‹, sagten sie. ›Sie haben uns bisher nie eine Chance gegeben. Jetzt ist unsere Zeit gekommen.‹ Ich hätte auf sie hören sollen. Ich werde gehen und jetzt auf sie hören!« Sie fuhr herum, rannte schnell davon und blieb erst wieder stehen, als sie hundert Meter entfernt war. Sie hob die Hände zum Mund, formte sie zu einem Trichter und schrie:

»Wenn ich zurückkomme, kleine Miss Jägerin, werde ich nicht allein sein!«

Die Frau am Auto stöhnte und rutschte zu Boden.

Buffy seufzte. Sie konnte die Vampirin verfolgen, aber ihr Opfer war in einer schlechten Verfassung. Buffy richtete ihre

Aufmerksamkeit auf die junge Frau. Sie schien unverletzt zu sein – Bernie und Gloria waren zu sehr damit beschäftigt gewesen, mit ihr zu spielen, um sie ernsthaft zu beißen oder ihr Blut zu trinken. Die junge Frau atmete schwer, ihre Kleidung war zerrissen. Sie war während Buffys und Glorias Unterhaltung auf die Knie gesunken. Jetzt blickte sie wie im Schock zu Buffy auf.

»Bist du in Ordnung?«, fragte Buffy sanft.

Die Frau blinzelte. »Wer bist du? Wer waren sie?«

Wie konnte Buffy es erklären? »Sieh in ihnen einfach Straßenräuber mit verdammt großen Zähnen. Vertrau mir. Du solltest nachts nicht allein durch diese Stadt spazieren.« Sie reichte der Frau ihre Hand. »Warum steigst du nicht in dein Auto?«

Die Frau nickte und ließ sich von Buffy hoch ziehen.

»Glaubst du, dass du fahren kannst?«

»Solange ich von hier wegfahre, ja«, nickte die Frau. Sie zog ihre Schlüssel aus der Wagentür und glitt hinter das Lenkrad. »Ich besuche das State College. Ich wohne nur einen Kilometer weiter in einem Studentenheim.«

Im Auto war sie sicher, dachte Buffy. Nach allem, was ihr gerade passiert war, würde diese Frau wohl kaum für irgendwelche Fremden anhalten. Und auf dem Collegegelände befanden sich immer viele Menschen.

Die Frau blickte zu ihr auf, als sie den Wagen anließ. Sie öffnete das Fenster einen Spalt weit, um mit ihr zu reden.

»Du hast mir immer noch nicht gesagt, wer du bist.«

Buffy grinste. »Ich bin jemand, der weiß, wie man mit Straßenräubern fertig wird. Vor allem mit dieser Sorte.«

Die Frau schüttelte den Kopf. »Vielleicht sollte ich doch diesen Selbstverteidigungskurs belegen. Ich weiß nicht, wie ich dir danken soll.«

»Sorg einfach dafür, dass du sicher nach Hause kommst«, erwiderte Buffy. »Genau das habe ich auch vor.« Sie bemerkte erst jetzt, wie müde sie war. Die Frau bot ihr an, sie nach Hause zu fahren, aber Buffy erklärte, dass sie am Ende der Straße wohnte.

Die Frau hupte und verschwand mit quietschenden Reifen in der Nacht.

Buffys Gedanken waren bereits woanders. Als Gloria wiederholt »sie« erwähnt hatte, waren in Buffy Erinnerungen geweckt worden.

Vampire tauchten nicht einzeln in Sunnydale auf. Gewöhnlich kamen sie in Gruppen. Sie wurden von der Macht des Höllenschlundes angezogen. Der erste hochklassige Vampir, mit dem Buffy konfrontiert worden war, der Meister, war sogar in den Höhlen um den Höllenschlund gefangen gewesen und hatte geplant, sich mit dem Blut vieler Sterblicher zu befreien. Natürlich hatte zu seinem Plan auch gehört, die Jägerin zu töten.

Buffy hatte den Anschlag überlebt – wenn auch denkbar knapp. Sie war sogar für einen Moment klinisch tot gewesen und nur dank Xanders Geistesgegenwart und seiner Erste-Hilfe-Kenntnisse gerettet worden.

Nach dem Ende des Meisters war die nächste Vampirgruppe aufgetaucht, angeführt von zwei Punks namens Spike und Drusilla. Sie wollten die Welt zerstören – einfach weil sie es konnten. Nur weil Angel, der seine Seele verloren hatte, rechtzeitig eingegriffen hatte, waren ihre Pläne gescheitert und die Vampire waren übereinander hergefallen. Armer Angel.

Buffy schwor, sich nie wieder mit einem Vampir einzulassen.

Sie blieb stehen und horchte. Da war nichts, zumindest noch nicht.

Aber es konnte nicht mehr lange dauern.

Jetzt, wo die andere Frau fort war, spürte sie wieder das Prickeln, das Gefühl nahender Gefahr.

»Jägerin!«

Der Ruf war zunächst kaum zu hören, als wäre die Stimme

weit entfernt. Vielleicht, dachte Buffy, kam sie von der anderen Seite des Grabes.

»Jägerin!« Eine zweite Stimme gesellte sich zu der ersten, gefolgt von einer dritten. »Jägerin!«

Es mussten mehrere Vampire sein, die irgendwo dort draußen in den Schatten lauerten. Buffy vermutete, dass Gloria ihre Drohung wahr gemacht hatte und mit ihren Freunden zurückgekommen war.

»Jä-ge-rin. Jä-ge-rin. Jä-ge-rin.«

Der Ruf hatte sich in einen Chor aus Dutzenden von Stimmen verwandelt, die alle ihren Namen intonierten.

»Das ist meine Name!«, rief sie. »Nutzt ihn bloß nicht ab!« Nun, es war nicht sehr originell, aber, he, ein Mädchen musste schließlich irgendetwas sagen. Es gehörte zu ihrem Jägerstil.

Ihre Antwort löste eine prompte Reaktion aus. Sie sah Bewegungen in der Dunkelheit. Die Vampire kamen heraus.

»Jä-ge-rin! Jä-ge-rin! Jä-ge-rin!« Der Chor wurde lauter und lauter, mit jeder Wiederholung fielen weitere Stimmen ein. Wie viele Vampire waren dort draußen?

Gloria trat in den Lichtkreis einer Straßenlaterne, gefolgt von einem halben Dutzend anderen Vampiren.

»›Gloria‹, sagt sie, ›warum gehst du nicht aus dem Weg? Lass die nette junge Dame wieder in ihr Auto steigen‹, sagt sie. Niemand sagt Gloria, was sie tun soll!«

»Jä-ge-rin«, sang der Chor. »Äh-Jä-ge-rin.« Durch Glorias Unterbrechung hatte der Singsang den Großteil seines Schwungs verloren. Was bedeutete, dass sie sich leicht irritieren ließen. Buffy hätte darin ein gutes Zeichen gesehen, wenn es nicht so viele Vampire gewesen wären.

Außer den sechs, die direkt hinter Gloria aufgetaucht waren, entdeckte sie zwölf oder vierzehn andere, die aus den Büschen am Rand des Parkplatzes traten. Sie warf einen kurzen Blick über die Schulter und sah vier oder fünf weitere um die Ecke biegen.

»Jägerin!«, begann Gloria wieder.

»Jä-ge-rin!«, wiederholten ein paar von den anderen, während sie langsam näher kamen.

Sie bildeten einen unregelmäßigen Kreis um sie.

»Jä-ge-rin! Jä-ge-rin! Jä-ge-rin!« Der Chor wurde lauter, während sich der Ring der Vampire näherte und sich wie eine Schlinge um einen Hals zusammenzog.

»Jä-ge-rin! Jä-ge-rin! Jä-ge-rin!«

Das, dachte Buffy, sieht nicht gut aus.

»He! Seid ein bisschen leiser da draußen! Ein paar Leute versuchen zu schlafen!«

Die Stimme drang von irgendwo – einem offenen Fenster vielleicht – aus dem Apartmentkomplex hinter dem Parkplatz. Der Chor büßte erneut seinen Rhythmus ein, als die Vampire für einen Moment zusammenzuckten.

Buffy hoffte, dass der Moment genügen würde.

Sie machte kehrt und war mit drei schnellen Schritten an der Einfahrt zum Parkplatz. Sie wirbelte blitzartig herum und zielte mit dem Fuß auf die Brust eines der Vampire, die ihr den Weg versperrten. Er kippte überrumpelt nach hinten. Die Blutsauger neben ihm versuchten ihre Reihe zu schließen, aber sie hielt in jeder Hand einen Pflock und rammte sie in die beiden nächsten Vampire.

Die beiden zerfielen augenblicklich zu Staub.

Ein sehr gelungener Zug, dachte Buffy. Jetzt muss ich nur noch ein weiteres Dutzend Züge von diesem Kaliber machen.

Für einen kurzen Moment herrschte schockierte Stille, dann schienen alle restlichen Vampire gleichzeitig aufzuschreien.

»Holt sie euch!«, befahl Gloria.

Für Buffy war jetzt Boogie-Zeit. Vor ihr war alles frei – und hinter ihr waren fünfundzwanzig Vampire.

Ein weiterer Blutsauger versuchte ihr den Weg zu versperren. »Du wirst uns nicht …«

Sie trat ihm die Beine unter dem Körper weg und er landete hart auf dem Rücken.

Aber jede Sekunde, in der sie nicht weiterlief, bedeutete, dass die anderen Vampire näher kamen. Wie konnte sie zwei Dutzend dieser Monster entkommen? Sie sah bereits, wie sie ausschwärmten, um ihren Fluchtweg zu blockieren. Vampire waren schneller als Menschen. Sie waren fast so schnell wie die Jägerin. Wenn sie alle auf einmal angreifen ...

In der gegenüberliegenden Ecke des Parkplatzes flammten Scheinwerfer auf. Ein Automotor erwachte röhrend zum Leben. Reifen quietschten, als der dunkle Wagen herangebraust kam und die Vampire zur Seite scheuchte.

Das Auto kam einen Fußbreit vor Buffy zum Halt. Drei Türen öffneten sich und drei junge Männer in langen Roben sprangen heraus. Doch diesmal hatten sie die Kapuzen nach hinten geschlagen.

Es waren die Jungs aus Wales.

Ian hielt ein großes Kruzifix in der Hand. Tom und Dave waren mit Armbrüsten bewaffnet.

»Zurück mit euch!«, schrie Ian der näher drängenden Horde zu.

Der Ring der Vampire – oder das, was von ihm übrig war – kam abrupt zum Stillstand. Die Blutsauger starrten sie an.

»Jetzt!«, rief Ian.

Dave und Tom feuerten ihre Armbrüste ab. Beide Bolzen trafen ihr Ziel. Zwei weitere Vampire lösten sich auf.

Die Vampire zischten und rannten, verschwanden wieder in den Büschen, aus denen sie gekommen waren.

»Du hast nicht zum letzten Mal von der kleinen alten Gloria gehört!«, rief eine Stimme aus dem Dunkeln.

Buffy starrte Ian an. »Habt ihr Jungs die ganze Zeit dort hinten gewartet?«

Ian nickte. »Wir haben Gerüchte gehört, nach denen in diesem Teil der Stadt das Böse sein Unwesen treiben soll. Deshalb haben wir uns auf die Lauer gelegt.« Er schenkte ihr sein bezauberndstes Lächeln.

Aber ihre Wut war zu groß, um sich von seinem Charme einwickeln zu lassen. »Jemand hätte getötet werden können«, fauchte sie. »Wie die Frau, die von diesen Vampiren überfallen wurde.«

»Wir wollten gerade eingreifen. Mein Onkel wollte sich nur noch vergewissern, dass sich hier nicht noch mehr Vampire herumtreiben. Aber als wir aus dem Wagen steigen wollten, bist du aufgetaucht.«

»Und?«, fragte Buffy. »Wolltet ihr, dass die Vampire stattdessen mich angreifen?«

Für einen Moment herrschte verlegenes Schweigen. Buffy musterte die drei Brüder, die trotz ihrer Ähnlichkeit sehr verschieden waren. Ian war der Ernsthafte, Tom das Energiebündel, ungeduldig auf den Fußballen wippend, stets bereit, sich auf irgendetwas zu stürzen. Sie vermutete, dass Dave trotz des Bartes der Jüngste war; er war still und lächelte oft. Er sah aus, als wollte er einfach nur ins Herz geschlossen werden.

Dave war es auch, der schließlich erklärte: »Mein Onkel wollte bloß sehen, was du alles drauf hast.«

»Du hast dich sehr gut geschlagen«, fügte Ian hinzu, »aber dann wurde die Übermacht der Vampire natürlich zu groß.«

Ich war also getestet worden? Wer waren diese Leute, dass sie sich ein derartiges Urteil anmaßten?, fragte sich Buffy.

Die Fahrertür des Wagens öffnete sich. Ein älterer Mann, der ebenfalls eine Robe trug, stieg aus und betrachtete Buffy.

»Jägerin«, nickte der ältere Mann. »Wir fühlen uns sehr geehrt, dass wir Zeuge Ihres Könnens werden durften. Entschuldigen Sie unser Auftreten, aber wir mussten allein mit Ihnen sprechen.«

Nun, sie schätzte, dass sie ihr das Leben gerettet hatten. Sie anzuhören war das Mindeste, was sie tun konnte.

»Dann sprechen Sie!«, erwiderte Buffy.

»Ruhe da unten!«, drang wieder die empörte Stimme aus dem Fenster des Apartmentkomplexes. »Das reicht! Ich habe genug von dem Krach! Ich rufe die Polizei!«

Der ältere Mann blickte zu dem Hochhaus hinüber. »Ich denke, wir sollten von hier verschwinden – irgendwohin, wo wir ungestört sind.«

Buffy zögerte nur einen Moment, bevor sie auf der Beifahrerseite einstieg. Sie mochten sonderbar sein, sogar entnervend, aber ihr Jägersinn verriet ihr, dass von ihnen keine Gefahr drohte. Die drei jungen Männer drängten sich auf den Rücksitz.

Der ältere Mann klemmte sich hinter das Lenkrad des großen Wagens – Buffy glaubte, dass es ein Cadillac war – und fuhr los.

Als sie die Straße erreichten, warf er ihr einen Blick zu. »Ich bin froh, dass wir uns endlich persönlich kennen lernen. Die Zeit der Geheimhaltung ist vorbei. Im Höllenschlund geschehen Dinge, die Auswirkungen auf uns alle haben werden.«

8

Die Druiden sprachen in ihren Träumen zu ihnen.

George hatte im Laufe seines Lebens viele Erfahrungen mit dem Traumzustand gesammelt, angefangen von dem Tag, an dem er als Nachfolger des Ältesten in den Orden aufgenommen worden war. Aber seine Träume waren nie so lebhaft gewesen wie die seiner Brüder; die Botschaft war viel vager, als ihm lieb war. Wenn er doch nur mehr wie sein Bruder Stephen wäre, der ein wahrer Meister der Kunst gewesen war.

George hatte seine Träume immer enttäuschend gefunden – bis zu dem Tag nach dem Tod seines Bruders. An jenem Tag hatte er zum ersten Mal von dem Hügel geträumt. Seitdem hatte er hundert Variationen dieses Traumes erlebt. So intensiv diese Träume auch waren, so überstiegen sie doch sein Begriffsvermögen. In einigen war sein Bruder da, um ihm zu helfen. In anderen wirkte Stephen wie die Verkörperung des absolut Bösen.

Zuerst hatte er sie nur für eine Reaktion auf die schrecklichen Erinnerungen an Stephens Todestag gehalten. Vielleicht war es auch so und die Träume waren zunächst Ausdruck seiner Schuldgefühle gewesen. Aber die Träume waren mit jedem verstreichenden Tag stärker geworden und er war sicher, dass sie ihm irgendetwas sagen wollten.

Seit er zum Höllenschlund gekommen war, wurden die Träume immer klarer. George hatte inzwischen Mühe zu schlafen; derart aufwühlend waren sie.

Er konnte sich nicht länger verstecken. Es war an der Zeit, seine Träume direkt anzusprechen.

Zuerst ergaben Giles' Worte überhaupt keinen Sinn.

»Es könnte sein, dass das Programm jetzt funktioniert.«

Buffy war mit den Gedanken ganz woanders. Sie hatte das Gefühl, dass Giles in einer fremden Sprache mit ihr redete.

»Was? Welches Programm? Wo?«

»Das Vorhersageprogramm.« Giles lächelte tatsächlich. »Es scheint die Möglichkeiten reduziert zu haben – und zwar beträchtlich.«

»Das würde ich auch sagen«, stimmte Willow zu. Als Buffy vor einem Moment die Bibliothek betreten hatte, waren beide an ihren üblichen Plätzen gewesen, Willow an ihrem Terminal, Giles hinter ihr stehend, mit einem Buch in der Hand. Sie betrachtete die beiden jetzt genauer und bemerkte, dass sie wesentlich entspannter wirkten als bei ihrem letzten Besuch.

»Erinnerst du dich, dass wir Tausende von Dingen hatten, die in Sunnydale passieren könnten?«, fuhr Willow fort. Sie hielt ein einzelnes Blatt Papier hoch. »Nun, jetzt sind es nur noch drei.«

Buffy runzelte die Stirn. »Drei? Drei was?«

»Potentielle Gefahren, mit denen die Jägerin in naher Zukunft konfrontiert werden könnte.«

»Und sie klingen alle real?«

»Na ja, so real, wie es hier überhaupt möglich ist. Keine Mutantenwale mit Füßen mehr.«

»Zumindest nicht im Moment«, fügte Giles trocken hinzu.

Buffy sagte sich, dass das Problem, mit dem sie hergekommen war, eigentlich warten konnte. Dies klang interessant.

»Also gibt es nur *drei* Dinge, auf die wir uns vorbereiten müssen?«

»Nun, eigentlich schon«, erwiderte Willow, »wenn wir sie

völlig verstehen würden. Dieses Computerprogramm mag besser sein, aber es ist nicht perfekt.«

»Ich fürchte, eine der Möglichkeiten ist ziemlich obskur«, fügte Giles hinzu.

»Nur eine?«, fragte Willow. »Hier. Sieh es dir an.«

Sie reichte Buffy den Ausdruck und die Jägerin stellte überrascht fest, dass er nur aus einem halben Dutzend Sätzen bestand. Sie las den ersten der drei Einträge laut vor:

Es gibt eine Veränderung bei den Untoten. Es besteht die Möglichkeit, dass die Zahl der Vampire zunimmt.

Willow schüttelte den Kopf. »Nun, das hilft uns überhaupt nicht weiter. In Sunnydale besteht immer die Möglichkeit, dass die Zahl der Vampire zunimmt.«

Buffy sah, was Willow meinte. Der nächste Eintrag in der Liste war bereits ein wenig rätselhaft.

Eine neue Welle wird die Oberfläche leer fegen. Hütet euch vor denen, die darunter lauern.

Was sollte *das* denn bedeuten?

»Ich frage mich, ob nicht genau das mit dem Computer passiert ist«, sagte Willow. »Diese so genannte neue Welle hat ihn leer gefegt.«

»Es klingt alles ein wenig wie ein alter Mythos«, fügte Giles hinzu, »wie das Orakel von Delphi oder etwas in der Art. Das Programm scheint uns jetzt keine genauen Informationen mehr zu liefern, sondern vielmehr Zeichen und Omen, die uns möglicherweise zu der Wahrheit führen. Können wir sie verstehen? Und wenn ja, können wir sie auch glauben?«

»Ganz wie Sie meinen«, stimmte Buffy zu. Wenn sie in der Computerwelt von Willow und Giles war, hatte sie manchmal das Gefühl, nicht die leiseste Ahnung zu haben. Vielleicht würde der dritte Eintrag für Klarheit sorgen. Sie las wieder laut vor:

Eine einzige Nacht wird die Entscheidung bringen. Die Macht könnte alles verändern.

Diesmal sagte sie es laut: »Was soll *das* denn bedeuten?«

»Unglücklicherweise könnte es vermutlich fast alles bedeuten«, sagte Giles kopfschüttelnd. »Derartige Weissagungen hat es schon immer gegeben. Wenn sie obskur genug sind, sind sie auch wahr – irgendwie.«

Buffy fuchtelte mit dem Blatt. »Und Sie sagen, das hier ist besser als das, was wir vorher hatten?«

»Nun, es ist zweifellos übersichtlicher«, meinte Giles.

»Und sogar noch obskurer«, fügte Willow hinzu. »Ich muss herausfinden, warum das Programm dieses Ergebnis ausgeworfen hat. Wie gut können die Antworten sein, wenn man nicht die richtigen Fragen stellt?«

»Das ist ein guter Einwand«, nickte Giles. »Allerdings dachte ich, dass es lohnend wäre, diese Möglichkeiten mit Buffy zu besprechen, nur für den Fall, dass sie irgendwelche Erlebnisse hatte, die unsere Forschungsergebnisse stützen.«

Buffy lächelte ihren Mentor an, der stets zwölf Worte benutzte, wenn zwei schon gereicht hätten.

»Ich könnte Ihnen auch zeigen, ob Sie auf der richtigen Spur sind«, sagte sie.

»In der Tat«, stimmte Giles zu.

»Sie wollen also sagen«, fügte Willow hinzu, »dass wir herausfinden müssen, was sich in der letzten Zeit in Sunnydale geändert hat?«

Mein Stichwort, dachte Buffy. Dics war der eigentliche Grund für ihren Besuch in der Bibliothek.

»Druiden«, erklärte sie.

»Wie bitte?«, fragte Giles.

»Druiden«, wiederholte Buffy. »Es sind ein paar neue Typen in der Stadt aufgetaucht. Willow hat drei von ihnen vorgestern Nacht im *Bronze* kennen gelernt.«

»Amandas Cousins?«, sagte Willow. »Du meinst die Jungs aus Wales?«

»Genau. Nun, gestern Nacht habe ich sie wiedergesehen, nur dass sie Roben trugen, genau wie dieser Bursche, der mir vor ein paar Tagen bei diesem Angriff der Vampire geholfen hat. Allerdings hatten sie diesmal keine Kapuzen auf, sodass ich sie erkennen konnte. Bei ihnen war ein älterer Mann. Sie sagten, er wäre ihr Onkel. Sie wussten alles über die Jägerin und dass ich die Jägerin bin. Und sie sagten, sie wären Druiden.«

Giles zog alarmiert die Brauen hoch. »Druiden? Haben sie dir sonst noch etwas erzählt? Haben sie Forderungen gestellt? Irgendwelche Drohungen ausgestoßen?«

Buffy runzelte die Stirn. »Nein, diese Druiden sind eher vom Typ freundlicher Nachbar. Sie stellen eindeutig keine Bedrohung dar. Aber sie sind auch nicht gerade sehr mitteilsam. Fragen stellen sie gerne. Aber sie geben nur ungern Antworten.«

»Nun«, erwiderte Giles, »ich schätze, es ist möglich, dass sie sind, was sie zu sein behaupten. Auch wenn man bisher davon ausgegangen ist, dass die Druiden kurz nach dem Aufstieg des Christentums vollständig ausgestorben sind.«

»Nun, es gibt im Web einige Leute, die behaupten, Druiden zu sein«, warf Willow ein, »aber andererseits gibt es im Web auch Leute, die behaupten, glotzäugige Ungeheuer zu sein.«

»Unglaublich, aber wahr«, stimmte Buffy zu.

»Man weiß nur wenig über sie«, fuhr Giles fort, »aber allgemein gilt als gesichert, dass sie die Priester der vorchristlichen keltischen Kultur waren, hoch gebildet, sehr belesen, obwohl sie ihre Kenntnisse rein mündlich weitergaben. Wenn sie noch immer existieren, dann könnte ich mir vorstellen, dass sie völlig unabhängig von der modernen Technologie existieren.«

Buffy schüttelte den Kopf. »Nach dem Druiden, mit dem ich gestern Nacht gesprochen habe, existieren sie nicht nur noch immer, sondern sie sind auch nach Sunnydale gekommen.«

Giles runzelte die Stirn. »Jetzt kommen also die Druiden zum Höllenschlund.«

Buffy hob resignierend die Hände. »Wer kommt *nicht* zum Höllenschlund?«

Xander betrat die Bibliothek.

»Hi, Leute, was gibts Neues?«

Er blieb abrupt stehen und blickte von einem ernsten Gesicht zum anderen. »Uh-oh. Nach euren Mienen zu urteilen ist offenbar etwas passiert, das ich wahrscheinlich nicht wissen will.«

»Druiden«, erklärte Buffy.

»Und Computerprophezeiungen«, fügte Willow hinzu.

Xander schwieg einen langen Moment, bevor er antwortete.

»Nun, vielleicht später. In der Zwischenzeit – hat einer von euch Cordelia gesehen?«

Buffy schüttelte den Kopf. Giles sagte, sie wäre den ganzen Tag nicht in der Bibliothek gewesen.

»Das kann nur eins bedeuten«, erklärte Buffy.

Willow und Buffy wechselten einen Blick. Die nächsten drei Worte sagten sie im Chor: »Der Frühjahrsball.«

»Auch bekannt als Xander-trägt-einen-Smoking-Ball«, nickte er mit einem schiefen Lächeln. »Daran ist nichts Geheimnisvolles.«

»Jeder von uns muss Opfer bringen«, stimmte Giles zu.

»Diese Druiden«, fragte Willow, »haben sie nicht auch Opfer gebracht?«

»Bis später!«, rief Xander, als er aus dem Raum floh.

Giles nickte und fuhr mit seinem Vortrag fort, als wäre Xander nie hereingekommen. »Zumindest Tieropfer. Vielleicht sogar Menschenopfer. Es hatte alles mit ihrer Religion zu tun, die, soweit sich dies aus den wenigen Schriftstücken schließen lässt, die aus der damaligen Zeit erhalten sind, eine hoch entwickelte Form der Naturreligion war.«

»Schriftstücke?«, wiederholte Buffy. »Aber Sie sagten doch, sie hätten all ihr Wissen nur mündlich weitergegeben.« Wenn sie wollte, konnte sie durchaus aufpassen.

»Das haben sie in der Tat. Aber andere schrieben *über* sie, insbesondere die Römer, die natürlich darauf aus waren, das keltische Volk zu unterwerfen. Da die Römer ihre Berichte vermutlich gefärbt haben, um sich selbst in ein besseres Licht zu rücken, sind diese Quellen nicht gerade objektiv zu nennen.«

Buffy versuchte ihre Enttäuschung zu verbergen. »Aber wie sollen wir – wie kann man überhaupt Genaues über die Druiden erfahren?«

»Vielleicht kann ich Ihre Fragen beantworten.«

Ein älterer Herr in einem Geschäftsanzug betrat die Bibliothek.

Sieh mal einer an, dachte Buffy, da ist ja Onkel Druide.

Gloria konnte es nicht fassen. Manche Leute führten sich auf, als gehörte ihnen die Welt.

»Wie kannst du es wagen!«

Sie wollten Gloria einschüchtern, sie dazu bringen, dass sie auf ihre Hände und Knie sank und um Vergebung flehte. Aber Gloria konnte alles erklären. »Es war schließlich nicht so, dass ich nach ihr gesucht habe. Bernie und ich waren bloß auf der Suche nach einer Mahlzeit. Nun, ich weiß, dass du gesagt hast, wir sollen alle zusammenarbeiten. Aber manchmal wird ein Mädchen einfach hungrig, weißt du?«

Sie bewegte sich unbehaglich unter dem Blick des anderen. »Jedenfalls, da waren wir also, kümmerten uns um unsere eigenen Angelegenheiten und wollten gerade etwas leckeres frisches Blut aus einer etwa zwanzigjährigen Frau saugen – richtig guter Stoff, beste Qualität, weißt du?« Bei der Erinnerung schloss sie halb die Augen. »Hmm, ich konnte es bereits schmecken.« Sie verstummte und schluckte. »Oh, tut mir Leid, ich bin vom Thema abgekommen. Wir waren also da und plötzlich mischt sie sich ein. Diese Frechheit! Sie tötet Bernie, als wäre es nichts. Und du hättest hören sollen, wie sie mit mir geredet hat.«

»Sie ist die Jägerin.«

»Erinner mich bloß nicht daran«, knurrte Gloria.

»Halte dich von der Jägerin fern. Ich habe Pläne mit ihr.«

»Nun, ich verstehe natürlich, was du meinst.« Immer wenn jemand in derart kurzen Sätzen zu ihr sprach, hatte Gloria das Gefühl, reden zu müssen, um die Stille zu füllen. »Du bist zu uns gekommen, während all die großen Jungs das Weite gesucht haben. Nur weil es hier ein paar Veränderungen geben wird. Sie hatten eben keinen Mumm! Wir brauchten jemand, der uns – na ja, du weißt schon – der uns den Weg zeigt. Der uns führt. Ich und die anderen wissen das wirklich zu schätzen.«

»Und auf diese Weise zeigst du deine Wertschätzung?« Die Stimme umtanzte sie, vor Ironie triefend.

Gloria zuckte leicht zusammen. »Ich bin einfach durchgedreht. Ich habe die anderen zusammengetrommelt, um der Jägerin ein wenig Vernunft beizubringen. Ist das wirklich so ein großes Verbrechen?« Gloria zögerte, als sie den Ausdruck in seinen Augen sah. »Oh. Offenbar doch.«

»Es ist nicht deine Schuld, Gloria. Manchmal kann nur ein Außenstehender alle Möglichkeiten überblicken. Nicht, dass ich jetzt noch ein Außenstehender bin.«

»Hör zu, ich habe nie gedacht – nun, es spielt wohl keine Rolle, was ich denke, hm?« Sie ließ ihr freundlichstes Lächeln aufblitzen. »Oh, klar, alles ist in bester Ordnung.«

»Genau das wollte ich von dir hören, Gloria. Spiel mit und vielleicht erlaube ich dir dann, bei der Vernichtung der Jägerin zu helfen.«

»Wir werden die Jägerin vernichten?«

»Wir werden sie dort angreifen, wo sie am schwächsten ist. Wir werden ihr Vertrauen zerstören.«

Gloria klatschte in die Hände. Vielleicht würde am Ende doch alles gut ausgehen.

9

Diese Situation verlangte extremes Fingerspitzengefühl.

Rupert Giles trat zwischen den Neuankömmling und die Schüler. Niemand kannte die wahren Absichten des Eindringlings.

»Und Sie sind …?«, fragte Giles.

Der Mann hatte ergrauende mittellange Haare und einen sorgfältig gestutzten Schnurrbart. »Nennen Sie mich George. Miss Summers hat mich bereits kennen gelernt.« Er hatte einen leicht britischen Akzent, der perfekt zu seinem Auftreten passte. »Und Sie sind, nehme ich an, Ihr Wächter?«

»Sie wissen also über uns Bescheid?« Giles hätte es nicht überrascht, wenn sich dieser Mann als der entpuppte, für den er ihn hielt.

»Es gab schon Jägerinnen in den längst vergangenen Tagen, als mein Volk den Großteil von Europa beherrschte. Wir haben stets unser Bestes getan, um die Tradition zu pflegen und zu verteidigen.«

»Und Sie sind der Führer …«

»Unserer kleinen Gruppe? Ich habe diese Ehre. Ich bin ein Priester und der Älteste unseres Ordens.«

»Druiden?«

George lächelte freundlich. »Das ist einer unserer Namen und der wohl bekannteste. Er wird gewiss genügen.«

Giles musterte den Neuankömmling einen Moment lang. Ihm blieb zunächst nichts anderes übrig, als seine Worte für bare Münze zu nehmen.

»Die Druiden sind also nie ausgestorben?«

»Gewiss nicht. Wir haben uns nur nicht mehr in der Öffentlichkeit gezeigt. Aber wir haben im Lauf der Zeit unser Wissen weitergereicht.

Es hat immer kleine Gruppen von uns gegeben, ein paar hundert Köpfe stark, oft über ganz Europa verstreut, manchmal an anderen Orten. Wir konnten den Orden nicht aussterben lassen, denn wir wussten, dass wir eines Tages wieder gebraucht werden würden.«

Er schwieg und sah von Giles zu Buffy und wieder zurück zum Wächter. »Dieser Tag ist jetzt gekommen.«

Buffy nickte. »Das sagten Sie schon gestern Nacht im Auto.«

»Im Auto?«, fragte Giles mit leisem Entsetzen. Buffy war in den Wagen dieses Fremden gestiegen? Sie mochte ja die Jägerin sein, aber manchmal glaubte er, dass Buffy keinen gesunden Menschenverstand hatte.

Der Druide nickte. »Es tut mir Leid, wenn meine Methoden etwas überfallartig sind, aber wir haben nicht viel Zeit. Alle mir zur Verfügung stehenden Informationen deuteten darauf hin, dass Miss Summers die Jägerin ist. Sobald ich festgestellt hatte, dass dies in der Tat der Fall ist, entschloss ich mich, so schnell wie möglich Kontakt mit ihr und anschließend mit Ihnen aufzunehmen, um das zu tun, was getan werden muss.«

»Was muss getan werden?« Giles gefiel es nicht, wenn jemand hereinspaziert kam und Forderungen stellte. Vielleicht lag es daran, dass er sich in den letzten Jahren mit Vampiren, Monstern und diversen Dämonen herumgeschlagen hatte, aber Giles betrachtete diesen George mit äußerstem Misstrauen.

George schien Giles' Vorbehalte zu spüren. »Es tut mir Leid. Ich bin jetzt, wo wir so nah am Ziel sind, voller Ungeduld. Sie haben zweifellos einige Erklärungen verdient.« Er seufzte. »Wo soll ich anfangen? Beim Höllenschlund, denke ich.«

Er schwieg für einen Moment, ehe er fortfuhr, als würde er seine Worte sehr sorgfältig wählen. »Sicherlich ist Ihnen bekannt, dass es auf der Welt bestimmte Orte der Macht gibt. Das vielleicht bekannteste Beispiel ist Stonehenge, ein Steinkreis, der von den Vorgängern der Druiden erbaut, aber über zweitausend Jahre lang von unseren Priestern für viele ihrer Rituale benutzt wurde. Aufgrund der Mysterien unseres Planeten, die selbst wir nicht ganz verstehen, ändert sich die Stärke und die Bedeutung dieser Orte der Macht. Manchmal gehen sie selbst für uns verloren wie jener Ort der Macht, der einst das Zentrum von Atlantis bildete und nun tief am Meeresgrund liegt.

Und die Veränderungen setzen sich fort. Wir haben entdeckt, dass in den letzten hundert Jahren bedeutende Orte der Macht in Europa an Kraft verloren haben und durch einen Ort in China, einen weiteren in Afrika und diesen dritten hier, den Höllenschlund, den stärksten aller Zentren, ersetzt wurden.«

Für einen Moment wandte er sich von Buffy und Giles ab und betrachtete die endlosen Bücherreihen, die sie umgaben. »Dies ist eine überaus beeindruckende Sammlung, Mr. Giles. Gelehrte Bücher über viele der großen Mysterien, darunter auch einige, wie ich sehe, über eben dieses Thema. Wenn es uns gelingt, Ihr Wissen mit unserem zu vereinen, werden wir nicht scheitern. Doch ich greife den Dingen voraus.«

Er drehte sich wieder zu den drei anderen im Raum um, aber sein Blick schien nicht länger auf sie, sondern in die Ferne gerichtet zu sein.

»Wir haben es zum ersten Mal vor rund hundert Jahren bemerkt. Das empfindliche Gleichgewicht zwischen Mensch und Natur wurde mehr und mehr gestört. Für den Mann auf der Straße manifestierte es sich in der zunehmenden Gewalt in unseren Städten und Familien, dem verstärkten Auftauchen von Serienkillern, den nicht enden wollenden ethnischen, religiösen und sozialen Konflikten, die rund um den Globus entbrannten.

All diese Symptome konnten mit Hilfe der modernen Wissenschaft erklärt und schließlich teilweise kuriert, sogar ausgemerzt werden.

Aber diese Störung des Gleichgewichts hat eine dunklere Seite, die Sie hier gesehen und die wir an anderen Orten der Macht gesehen haben. Wenn das empfindliche Gleichgewicht der Natur gestört wird, tauchen dunklere Dinge auf. Unsere alten Geschichten berichten von den zehntausend Dämonen, die auf der anderen Seite nur darauf warten, in unsere Welt einzudringen.«

»Zehntausend Dämonen?« Giles erinnerte sich schwach, etwas Ähnliches in einer der ersten Versionen ihres nicht ganz perfekten Computerprogramms gelesen zu haben – etwas über einen bestimmten Dämon, der sich auf den Verzehr von Augen spezialisiert hatte.

George räusperte sich, als hätte ihn die Unterbrechung überrascht. »Ich weiß nicht, ob man diese Angabe wörtlich nehmen kann«, erwiderte er. »Jede mündliche Überlieferung, selbst unsere eigene, neigt im Lauf der Zeit zur Übertreibung. Aber ganz gleich, wie ihre wahre Natur aussehen mag, die übernatürlichen Mächte werden versuchen, erneut ihre Herrschaft über die Erde zu errichten – eine Herrschaft, die vor fast fünftausend Jahren gebrochen wurde, als die Druiden die Dämonen vertrieben.«

»Fünftausend Jahre?«, fragte Buffy.

George erlaubte sich ein kaum merkliches Lächeln. »Eine lange Zeit für Sie und mich. Ein Herzschlag für die Mächte des Bösen.«

Er sah wieder die drei anderen im Raum an. »Die Ältesten meines Ordens erkannten schließlich, dass die Störung des natürlichen Gleichgewichts vermindert oder rückgängig gemacht werden muss, um zu verhindern, dass die Mächte der Finsternis zurückkehren und erneut die Welt beherrschen.

Also versuchten wir, das Gleichgewicht an einem der alten Orte der Machte wiederherzustellen, der aber zu weit von der Quelle entfernt war. Es war eine törichte Fehleinschätzung. Diese Beschwörung wird Auswirkungen auf die ganze Welt haben. Deshalb muss sie am stärksten Machtort der Welt durchgeführt werden.

Das Beschwörungsritual war eine Katastrophe. Einige von Ihnen habe meine Neffen kennen gelernt. Der Vater der Jungen kam bei dem Ritual ums Leben. Der Ort der Macht war nicht stark genug. Erst danach erkannten die Ältesten, dass wir nur dann Erfolg haben würden, wenn wir den stärksten mystischen Ort auf dem Antlitz der Erde aufsuchten.«

Er schwieg für einen Moment, bevor er hinzufügte:

»Nur mit Hilfe des Höllenschlunds werden wir in der Lage sein, die Mächte des Bösen zurückzutreiben und die Welt zu retten.«

Dann lächelte er. »Deshalb sind wir hier, meine Neffen und ich. Ich verfüge über das nötige Wissen. Meinen Neffen fehlt es vielleicht an Erfahrung, aber sie sind jung und stark und bereit, sich der vor ihnen liegenden Aufgabe zu stellen. Selbst wir sind uns nicht aller Zeichen sicher. Dies ist vielleicht unsere letzte Gelegenheit.«

»Vielleicht bezieht sich darauf die Prophezeiung!«, warf Willow ein.

George runzelte die Stirn. »Welche Prophezeiung meinst du?«

»Nur ein Experiment, das meine Schüler und ich durchgeführt haben«, entgegnete Giles knapp. Die Worte des Druiden klangen zweifellos plausibel. Aber Giles wollte mehr über seine Pläne erfahren, bevor er sein Wissen mit ihm teilte.

»Also, nicht die Prophezeiung über die Vampire«, fuhr Willow fort, Giles' Vorbehalte offenbar nicht bemerkend. »Aber vielleicht die hier: ›Eine neue Welle wird die Oberfläche leer fegen. Hütet euch vor denen, die darunter lauern.‹«

George runzelte die Stirn. Für einen langen Moment herrschte Schweigen.

»Interessant«, sagte er schließlich. »Was bedeutet das deiner Meinung nach?«

»Ich hatte gehofft, Sie könnten uns das sagen«, erwiderte Willow. »Immerhin sind Sie ein Druide und wissen so manches.«

George schüttelte den Kopf. »Prophetie war schon immer ein Teil der druidischen Künste. Unglücklicherweise ist sie eine ungenaue Kunst und ich bin in ihr nicht sehr bewandert.«

Er schwieg erneut, als würde er auf etwas lauschen, was Giles nicht hören konnte. »Wir werden uns später darüber unterhalten müssen. Im Moment gibt es für mich andere Dinge zu tun.«

Er nickte jedem der drei zu. »Die Dinge, die wir bekämpfen, sind durch die technologische Entwicklung dem Rest der Welt verborgen geblieben. Hier auf dem Höllenschlund gibt es keine Möglichkeit, diese Veränderungen zu ignorieren. Sie sehen sie jeden Tag.

Zweifellos haben Sie das extreme Maß an Aktivitäten bemerkt – das immer stärker werdende Auftreten des absolut Bösen. Wir sind hier, um es aufzuhalten, bevor es zu spät ist.

Es gibt Wesen, die wiederum entschlossen sind, uns aufzuhalten, denn wenn wir das Gleichgewicht wiederherstellen, verbannen wir ihre schreckliche Art von der Erde.

In den alten Zeiten haben die Priester und die Jägerin Seite an Seite gekämpft und ich hoffe, dass wir dies wieder tun können.

Aber ich habe bereits zu viel von Ihrer Zeit in Anspruch genommen. Ich werde Ihnen jetzt Gelegenheit geben, diese Angelegenheit zu besprechen. Ich denke, wenn Sie heute Abend das *Bronze* besuchen, werden Sie dort meine Neffen vorfinden. Sagen Sie ihnen Bescheid, wenn Sie unser Gespräch fortsetzen wollen.«

Der Druide trat einen Schritt zurück. Schatten schienen ihn zu umtanzen, Schatten, die von keinem sichtbaren Objekt geworfen wurden. Einen Augenblick später war er lückenlos in Dunkelheit gehüllt. Dann verblasste die Dunkelheit und er war fort.

Seine letzten Worte hallten in der Luft nach. »Vergessen Sie nicht, wir müssen rasch handeln.«

Willow und Buffy keuchten.

Willow sprach es als Erste aus. »Das war Zauberei!«

»Überrascht dich das etwa?«, fauchte Giles. Nein, dachte er, es hat keinen Sinn, deine Besorgnis an den jungen Frauen auszulassen. Er holte tief Luft und fügte dann hinzu: »Heutzutage gibt es strikte Vorkehrungen gegen das Eindringen unautorisierter Personen in Schulen.«

»Er ist also einfach in diesem Raum aufgetaucht?«, fragte Buffy. Sie verzichtete darauf, ihren Wächter an die Dämonen, Vampire, Attentäter und Geister zu erinnern, die in der letzten Zeit durch die Schulkorridore spaziert waren.

»Sofern er überhaupt hier war. Ich glaube, wir haben mit einer Art Astralprojektion gesprochen, eine Technik, die meines Wissens von den Druiden beherrscht wurde.«

Giles seufzte. Wenn er diesen Druiden nur trauen könnte. Dann hätte er endlich wahre Verbündete in seinem Kampf gegen die Finsternis. Aber frühere Schlachten hatten ihn vorsichtig werden lassen. Und da war etwas an George, was ihm nicht gefiel. Nicht seine Zurückhaltung – nein, Giles war selbst zurückhaltend. Er erwartete dies von einer bestimmten Sorte Mensch. George hingegen wirkte geheimniskrämerisch, als hätte er eine perfekt einstudierte Rede vorgetragen, die einen Teil seines Planes verbergen sollte.

»Dennoch«, wandte er sich an die anderen, »ich habe das Gefühl, er hat uns nicht alles gesagt, was er weiß.«

»Wissen Sie«, bemerkte Willow, »*er* ist das Neue in Sunnydale. Ich frage mich, ob die Ankunft der Druiden etwas mit den Veränderungen in dem Computerprogramm zu tun hat?«

Giles hatte daran nicht gedacht. »Dass alles wegen *ihnen* verschwunden ist? Das ist ein wenig extrem, oder?«

»Einen Moment!«, warf Buffy ein. »Denken Sie an die zweite Prophezeiung. ›Eine neue Welle wird die Oberfläche leer fegen. Hütet euch vor denen, die darunter lauern.‹ Das könnte auf sie zutreffen.«

»Du meinst, die Druiden sind die neue Welle?«

»Durchaus möglich«, stimmte Giles zu. »Hast du gesehen, wie er zögerte, als Willow ihm diese Stelle vorlas? Ich glaube, er weiß etwas, das die zweite Prophezeiung erklären könnte.«

Diese Druiden sind eine *neue* Welle? Nun, sie sind in Sunnydale. Es könnte zutreffen, dachte Giles. Allerdings half es ihnen nicht, die dritte Prophezeiung zu verstehen:

»Eine einzige Nacht wird die Entscheidung bringen. Die Macht könnte alles verändern.«

Dieser Druide hatte eindeutig die Macht erwähnt. Die letzte Prophezeiung konnte durchaus eine Warnung sein. Aber war es eine Warnung vor den Druiden oder vor den Dingen, die sie bekämpfen wollten?

»Was sollen wir tun?«, fragte Giles laut.

»Nun, George ist nicht der einzige Druide in der Stadt«, antwortete Buffy. »Und seine drei Neffen scheinen mehr der 90er-Jahre-Typ zu sein als er.«

»Eindeutig mehr«, stimmte Willow zu. »Außerdem sind sie viel netter.«

»Fast wie echte Menschen.« Buffy grinste. »Ich denke, wir sollten Onkel Georges Vorschlag beherzigen und mit einigen Druiden auf die Piste gehen!«

»Auf die Piste gehen?«, wiederholte Giles. Manchmal war Buffys Vokabular für ihn ein Buch mit sieben Siegeln.

»Wir informieren Sie über das, was wir im *Bronze* herausfinden«, erklärte Willow.

10

Xander war erstaunt, wie viel sie miteinander zu bereden hatten. Hier waren sie, er und Oz aus Sunnydale, USA, und drei Burschen aus irgendeiner unaussprechlichen Stadt im fernen Wales. Aber sie konnten über Dinge reden, von denen die meisten Leute in Sunnydale nicht einmal zu träumen wagten. Vampire, Werwölfe, Inka-Mumien – für diese drei Burschen waren diese Dinge völlig normal. Was für eine Erleichterung, dass er endlich offen über dieses Zeug sprechen konnte. Einfach im *Bronze* abhängen, mit ein paar Jungs, die sich jeden Tag mit dem Übernatürlichen herumschlagen mussten. Xander glaubte, dass er sich schnell daran gewöhnen konnte.

Ian hatte gerade eine Geschichte über einen besonders üblen Dämon beendet, den sie zusammen mit ihrem Vater besiegt hatten. Jeder von ihnen hatte eins der vier entsprechenden mystischen, leicht voneinander abweichenden Symbole in der richtigen Reihenfolge niederschreiben müssen, um die Kreatur aus dieser physikalischen Ebene zu verbannen.

»Klingt wie das Zusammenspiel in einer Rockband«, bemerkte Oz. »Der Drummer trommelt, der Bassist zupft, der Leadgitarrist gibt den Rhythmus vor und dann steuert der Sänger den Text bei. He, und schon hat man einen Song.«

»Ja, so könnte man es ausdrücken«, stimmte Ian zu.

»Unser Vater war ein Meister der Beschwörung«, fügte Tom mit einem traurigen Lächeln hinzu. »Damit hat er die Kreatur schließlich verbannt.«

»Es war eine der besten Beschwörungen, die ich je erlebt habe«, sagte Dave wehmütig. »Es war ...« Dave wandte sich ab und verstummte. Xander fragte sich, wie es wohl sein mochte, seinen Vater zu verlieren. Er entschloss sich, im Moment auf weitere Witze zu verzichten.

»Ihr seid wohl sehr stolz auf euren Vater gewesen?«, fragte Xander.

»Oh, das waren wir«, nickte Tom. Die drei Brüder wechselten einen Blick. Dave sah noch immer so aus, als würde er im nächsten Moment in Tränen ausbrechen. »Er hat uns fast alles beigebracht, was wir wissen. Aber unser Vater war schon immer sehr talentiert in den mystischen Künsten – er war vielleicht der talentierteste Druide unseres Ordens. Er hätte dieses Höllenschlund-Problem im Handumdrehen gelöst.«

»He!«, entfuhr es Xander. Diese Burschen nahmen den Mund ziemlich voll. Buffy und die Gang hatten rund um die Uhr arbeiten müssen, nur um Sunnydale vor dem Untergang zu bewahren. »Der Höllenschlund ist nicht gerade die Sesamstraße!«

Tom scharrte mit den Füßen. »Nein, aber Ernie ist auch kein Druide.«

»Unser Onkel George meint es bestimmt gut«, warf Ian ein, »und mit der entsprechenden Vorbereitung wird er die Sache schon erledigen.«

»Er ist sehr methodisch«, meinte Tom.

»Nur nicht sehr inspiriert«, fügte Dave hinzu. Er atmete tief durch. »Aber bis wir erwachsen sind, ist er unser Führer und wir werden ihn rückhaltlos unterstützen.«

Die drei jungen Männer nickten gleichzeitig.

Ian beugte sich über den Tisch und sah Oz und Xander an. »Das ist ein weiterer Grund, warum wir vielleicht eure Hilfe brauchen werden. Ihr habt nicht unsere Ausbildung, aber ihr habt die praktische Erfahrung.«

»Praktische Erfahrung?« Xander lachte. »So kann man es

auch ausdrücken.« Wenn er an all seine praktischen Erfahrungen mit Vampiren und Dämonen und Riesenschlangen dachte, zog er allerdings den Ausdruck »um Haaresbreite überlebt« vor.

»Gibt es sonst noch etwas, das ihr wissen wollt?«, fragte Ian.

Xander dachte für einen Moment nach, ehe er antwortete. »Buffy meinte, als euer Onkel in der Bibliothek auftauchte, hat er eine Menge geredet, aber nicht viel gesagt.«

»Oh, das ist typisch Onkel George. Er liebt es, geheimnisvoll zu erscheinen.«

»Versteht ihr etwas von Lykanthropie?«, rief Oz durch den Lärm. Bei der lauten Musik im *Bronze* konnte man schreien, ohne dass die anderen Gäste die Worte verstanden.

»Lykanthropie?«, wiederholte Ian. »Ich glaube schon. Wir müssten unseren Onkel fragen. Es handelt sich dabei um einen der bekannteren Flüche. Einige von unseren Freunden in Wales sind in dieser Kunst bewandert.«

Oz schüttelte den Kopf. »Nein, ich will niemand in einen Werwolf verwandeln. Ich will die Verwandlung *rückgängig* machen.«

»Gehört alles zum selben Zauberspruch – glaube ich.« Tom grinste, als könnte er es kaum erwarten, es auszuprobieren.

»Wir sind in unserer Ausbildung noch nicht so weit gekommen«, gestand Dave.

Xander hatte sich noch keine Gedanken über die Möglichkeiten der druidischen Fähigkeiten gemacht. »Wow, ihr seid wohl so eine Art Supermarkt für Zaubersprüche, was?«

»Du willst deine Verwandlung rückgängig machen?«, fragte Tom Oz.

»Na ja, vielleicht will ich das, vielleicht aber auch nicht«, sagte Oz unschlüssig. »Es ist eine schwere Entscheidung. Immerhin macht mich das zu dem, der ich bin, wenn ihr wisst, was ich meine.«

Xander glaubte es zu wissen.

»Dennoch«, fügte Oz hinzu, »ich hätte nichts dagegen, in den Vollmondnächten das Haus verlassen zu können, statt die ganze Zeit zu heulen und Kleintiere zu jagen.«

Xander konnte ihn in dieser Hinsicht nicht ganz so gut verstehen. Nun, er war *auch* bei einer Gelegenheit verwandelt worden – in eine Hyäne. Und er hatte es genossen. War der Unterschied zwischen Hyänen und Wölfen so groß? Jedenfalls war ihm trotzdem klar, was Oz meinte.

Plötzlich beugte sich Buffy an Xander vorbei und lächelte alle am Tisch an. Xander hatte Buffy schon immer für hübsch gehalten, aber heute Abend sah sie einfach hinreißend aus in ihrem dunklen Jackett und der recht tief ausgeschnittenen Bluse, die ihre helle Haut und die blonden Haare zur Geltung brachte.

»Hi, Jungs«, rief sie, »worüber lacht ihr denn?«

Ian zuckte die Schultern, ohne sie direkt anzusehen. »Oh, wir haben unseren Freunden nur ein paar langweilige alte Geschichten aus unserer Heimat erzählt.«

»He«, mischte sich Xander ein, »lass dich nicht von ihnen veräppeln. Ein paar von den übernatürlichen Sachen, die sie erlebt haben, könnten glatt aus Vampir City stammen.«

»Oh, das würde ich nicht ...«, begann Ian.

»Nun, ich hänge dort drüben mit Willow und Amanda herum.« Buffy wies auf einen Tisch ein paar Meter weiter. »Vielleicht könnten wir uns später alle zusammensetzen?«

Ehe Xander Buffy auffordern konnte, die anderen herüberzuholen, sagte Ian: »Na ja, vielleicht ... später.«

Was hat dieser Bursche für ein Problem?, fragte sich Xander. Zuerst hatte er Xander und Oz in Beschlag genommen, bevor sie sich zum Rest der Clique gesellen konnten. Jetzt wollte er nicht einmal, dass sich Buffy und die anderen ihnen anschlossen. Hatte Ian etwas gegen Mädchen? Xander war halb versucht, aufzustehen und zu Buffys Tisch zu marschieren. Was er auch tun würde, sobald Ian und die anderen alle druidischen Geheimnisse mit ihnen geteilt hatten.

»Oh.« Buffy winkte ihnen kurz zu. »Bis später.«

Das Einzige, was Xander unter diesen Umständen sagen konnte, war: »Bis später.«

Kaum war sie fort, wandte er sich an Ian. »Warum so abweisend? Ist das bei euch in Wales so üblich?«

Ian starrte auf den Tisch. »Oh, sie ist die Jägerin. Unsere Geschichten würden sie nur langweilen.«

»Vor Buffy muss niemand Angst haben«, erwiderte Xander. »Sie mag ja die Jägerin sein, aber sie ist ein normaler Mensch.«

»Normal«, bestätigte Oz.

Hinter ihm erklang eine vertraute Stimme. »He, Xander. Hier bin ich!«

Xander blickte auf. Es war Cordelia. Er hatte den ganzen Tag nach ihr gesucht. Und ausgerechnet jetzt tauchte sie auf?

»Ihr Jungs seht beschäftigt aus«, meinte Cordelia. »Hör mal, ich setze mich drüben zu Amanda und den anderen.«

Xander wusste, dass Cordelia ihn damit eigentlich auffordern wollte, ihr zu folgen. Nur hatte er in diesem Moment keine Lust dazu.

»Hör mal«, erwiderte er stattdessen, »ich komme in einer Minute nach. Okay?«

»Äh – okay.« Cordelia lächelte und winkte. »War schön, euch zu sehen, Jungs.«

Jetzt, schätzte Xander, zeigte er *ihr* die kalte Schulter. Aber er war auch ziemlich wütend auf sie. In den letzten Tagen hatte sie keine ihrer Verabredungen mit ihm eingehalten, sondern war jedes Mal spurlos verschwunden.

Ian lächelte, als Cordelia ging. Er schien sich ohne Frauen wohler zu fühlen. Laut schlug er auf den Tisch.

»Okay, wir haben nicht die ganze Nacht Zeit. Ich habe versprochen, euch ein paar kleine Tricks zu zeigen.«

Cordelia blickte zu dem Tisch mit den jungen Männern hinüber, zu denen auch ihr Xander gehörte. Kleine Rauchwolken stiegen von der Mitte des Tisches auf. Rauchen war im *Bronze* verboten, aber vielleicht wussten das Amandas Cousins nicht.

Sie nickte Buffy und Willow zu. Amanda saß ebenfalls an ihrem Tisch, aber sie unterhielt sich angeregt mit Becky Grimes an einem der Nachbartische.

Willow musterte die hitzig debattierende Männerrunde. »Ich möchte zu gern wissen, worüber sie reden.«

»Männer!«, beschwerte sich Cordelia. »Kaum drehe ich Xander für ein paar Minuten den Rücken zu, um mich über den Frühjahrsball zu unterhalten, und schon stürzt er sich in ein anderes Gespräch. Er scheint gar nicht zu merken, dass ich hier bin.«

Buffy seufzte. »Weißt du, Cordelia, es könnte sein, dass sich Xander ein wenig vernachlässigt fühlt.«

»Vernachlässigt? Meinst du wirklich? Er muss endlich die Bedeutung dieses Ereignisses begreifen.« Sie schüttelte verwundert den Kopf. »Wir haben nur noch ein paar große Tanzveranstaltungen bis zum Abschluss!«

Willow grinste. »Tanzen, wow. Oz spielt bei derartigen Veranstaltungen immer mit seiner Band. Was natürlich cool und so weiter ist, aber manchmal möchte ein Mädchen auch tanzen. Wie ist es mit dir, Buffy?«

»Tanzen?« Buffy seufzte. »Ich bin die Jägerin. Fall abgeschlossen.«

Cordelia sah erneut zu der Männerrunde hinüber. Xander ignorierte sie standhaft. Aber einer der Neuankömmlinge, nach Cordelias Meinung der Hübscheste der drei, warf immer wieder verstohlene Blicke in ihre Richtung.

Cordelia beugte sich über den Tisch. »Buffy, siehst du, wie einer der neuen Jungs dich anstarrt?«

»Du meinst Ian?«, fragte Buffy, während sie sich straffte und ihr Jackett glättete. »Na ja, ich glaube, es ist mir aufgefallen. Ich bin ein wenig aus der Übung.« Sie seufzte wieder. »Mir kam es jedenfalls so vor, als würde er mich ansehen; einmal habe ich ihn sogar bei einem Lächeln erwischt. Aber sobald ich in seine Nähe komme, wendet er sich ab und redet mit irgendjemand anders.«

Typisch, dachte Cordelia. »Nun, er ist ein *Mann.*«

»Was die Sache erschwert«, stimmte Willow zu.

»Und ich bin die Jägerin. Das führt automatisch zur Nulllösung.«

Cordelia starrte sie schockiert an. Sie hatte das Mädchen noch nie so mutlos erlebt. »Buffy! Du bist die Jägerin, dieser Junge ist ein Druide! Ihr seid das perfekte Paar – vielleicht nicht im Himmel, aber wenigstens in Sunnydale! Ich meine, der Junge ist nicht *mein* Typ, aber er könnte der Richtige für dich sein.«

»Glaubst du das wirklich?«

»He, es ist einen Versuch wert. Schau ihn dir doch an. Er hat ein nettes Lächeln und diese wahnsinnig schönen blaugrauen Augen. Nicht, dass es mich interessiert. Und dieses dunkle Lockenhaar. Und ... und ...«

»Und er ist geheimnisvoll«, fügte Willow hinzu.

»Nun ja«, räumte Buffy ein, »ich mag geheimnisvolle Jungs.«

»Vielleicht etwas zu sehr«, meinte Cordelia in Anspielung auf Angel. Er hatte sich seit Tagen nicht mehr blicken lassen. Sie hätte zu gerne gewusst, was er treibt. »Aber, he, was könnte es schon schaden, mit ihm zu reden?«

»Vielleicht will er nicht mit dir reden, weil er ein Druide ist«, spekulierte Willow.

»Wie meinst du das?«, fragte Buffy.

»Nun, wer weiß?«, sagte Willow. »Vielleicht gibt es so was wie einen Druidenkodex, der eine Verbindung zwischen Druiden und Jägerinnen verbietet.«

»Ein Druidenkodex?« Buffy dachte einen Moment darüber nach. »Wahrscheinlich will ihr Onkel nicht, dass sie sich zu sehr mit anderen einlassen.«

Cordelia glaubte nicht, dass dies der einzige Grund war. »Nun, sie lassen sich immerhin mit den Jungs ein.« Sie funkelte Xanders Rücken an.

»Du weißt, was ich meine«, beharrte Willow. »Sie können sich wahrscheinlich nur mit anderen Druiden verabreden.«

»Glaubst du?«, fragte Buffy. »Vielleicht liegt es an ihrem Onkel, dass sie so abweisend sind ...«

»Die Sache mit dem Onkel kommt mir logisch vor«, gab Willow zu. »Die Jungs sind nett. Der Onkel ist ein wenig abgedreht.«

»Und was jetzt?«, fragte Cordelia. Die Jungs an dem anderen Tisch waren aufgestanden und näherten sich dem Ausgang des *Bronze*. »Sie verschwinden, ohne sich zu verabschieden?«

»Wahrscheinlich ist auch das ein Druidentick«, warf Willow ein.

»Wie kommst du darauf?«

»Nun, Oz ist ziemlich fasziniert von ihren Zaubersprüchen und dem ganzen Zeug. Er sagte mir, dass sie vielleicht was gegen die Werwolfsache tun können. Deshalb versuche ich zu verstehen, warum sie einfach aufspringen und gehen, ohne ein Wort zu sagen ...« Willow sah allerdings nicht sonderlich verständnisvoll aus.

Die Jungs lachten, als sie sich zur Tür drängten, um den Club zu verlassen.

»Nun, mir ist das völlig egal.« Cordelia sah sich im Raum um. Es musste doch noch andere interessante Leute in diesem Laden geben.

»Nun, mir nicht«, erklärte Willow. »Was ist, wenn sie was ... ihr wisst schon, Druidisches tun? Wollt ihr es nicht sehen?«

»He«, mischte sich Buffy ein. »Nur weil sie ihr Für-Tussies-verboten-Schild tragen, müssen wir uns noch lange nicht damit abfinden.«

Willow nickte. »Girlie Power.«

»Ich bin nicht ...« Cordelia verstummte und sah die beiden anderen an. Wenn sie aufstehen wollten, um sich irgendeinen dummen Zauber anzusehen, wollte sie es auch sehen. Sie stand auf. »Gehen wir.«

Die drei folgten eilig den Jungs.

»Cordy!«, rief Amanda vom Tisch hinter ihnen. »Wir haben immer noch nicht über die Dekorationen gesprochen!«

»Später!«, rief sie über die Schulter. Schließlich musste eine junge Frau Prioritäten setzen.

Die Straße draußen war menschenleer.

Für einen Moment wusste Buffy nicht, wohin die Jungs gegangen waren. Dann hörte sie Gelächter hinter der nächsten Ecke.

»Kommt.« Sie winkte den anderen zu, ihr zu folgen. »Wir schauen mal nach, was die Jungs so treiben.«

Die drei bogen um die Ecke und blieben abrupt stehen. Die Straße vor ihnen war voller Blumen.

Von den Jungs war nichts zu sehen. Nur ihre Stimmen waren von fern zu hören.

»Vielleicht können wir uns eine Stunde vor Schulbeginn treffen«, sagte Xander.

»Nach der Schule«, fügte Oz hinzu, »haben wir jede Menge Zeit.«

Willow sah ihre Freundinnen an. »Wir haben sie für immer verloren.«

»An eine Bande Druiden?« Cordelia schnitt eine Grimasse und trat nach der nächsten Blume, die direkt aus dem Beton zu wachsen schien. »Es ist fast so, als würden sie alle an einem Zauberkurs teilnehmen.«

»Zauberkurs?«, wiederholte Willow.

»Du weißt schon, wie ein Zeichenkurs, nur mit Zauberei!«

»He«, sagte Willow, »das ist wirklich toll. Aber warum mussten sie unbedingt rausgehen?«

»Du meinst, abgesehen von der Tatsache, dass es jemand merken würde, wenn überall im *Bronze* plötzlich Blumen wachsen?«, fragte Cordelia.

»Vielleicht verbringen sie ihre ganze Freizeit mit Zaubertricks«, spekulierte Buffy, »und fühlen sich deshalb in der Gegenwart von Mädchen unwohl.« Plötzlich fiel ihr ein, dass Kendra im vollen Jägermodus auch nicht gewusst hatte, wie sie sich Xander gegenüber verhalten sollte.

»Sie kennen also die Geheimnisse der Magie, wissen aber nicht, wie man sich mit einem Mädchen verabredet?«, fragte Willow. »Woran kann das liegen?«

Cordelia zuckte die Schultern.

Weil die Männer kein Gespür für zwischenmenschliche Beziehungen haben?, dachte Buffy. Das konnten sie alle verstehen.

»Vielleicht gibt es keine Frauen bei den Druiden«, vermutete Cordelia.

»Nein«, erwiderte Buffy. »Es muss welche geben. Woher sollen sonst die Druidenbabys kommen?« Sie kniete nieder und pflückte eine Blume. Sie fühlte sich völlig echt an und roch einfach himmlisch, aber schon jetzt sah die Straße weniger wie ein Garten und mehr wie eine Straße aus. Verwelkten sie? Oder waren sie eine Illusion? Ihre Finger schlossen sich fester um den Stiel.

Willow schüttelte den Kopf. »Ich habe mich nach Onkel Georges Auftauchen informiert. Die Druiden waren alles andere als ein reiner Männerverein. Sie hatten Priester und Priesterinnen. Wisst ihr, viele frühe Religionen waren frauenzentriert und basierten auf der Verehrung der Göttin – wie Mutter Erde und so weiter. Ich habe eine Theorie gelesen, nach der das Druidentum ein direkter Nachfolger dieser Religionen sein soll.«

Es passte. Cordelia hatte diese drei Neuen schon von Anfang an für Langweiler gehalten. »Also hat diese Für-Tussies-verboten-Kiste nichts mit den Druiden zu tun. Sie sind einfach so.«

»Vielleicht versuchen sie nur ... besonders geheimnisvoll zu wirken«, grübelte Buffy.

»Nun, wenn ja, dann scheint es zu funktionieren«, erklärte Cordelia. »Über wen haben wir gesprochen, seit wir hier draußen sind?«

»Ich denke, sie sind nur besonders nervtötend. Vor allem Ian.« Buffy hatte genug von diesem Thema. Die Blumen waren verschwunden. Bis auf die in ihrer Hand. Die Straße bestand wieder aus glattem, lückenlosem Asphalt, als hätten die Blumen niemals existiert. Sie wandte sich ab und kehrte in den Club zurück.

Während sie davonmarschierte, hörte sie die anderen reden.

Cordelia sagte: »Sie mag ihn.«

Willow antwortete: »Das ist definitiv der Fall.«

Manchmal konnten ihre Freunde sie zur Weißglut bringen.

Vor allem, wenn sie Recht hatten.

»Also okay«, sagte Ian. »Wenn ihr uns helfen könnt, werden wir alles tun, um euch zu helfen.«

Xander war von dem Vorschlag begeistert. »Um ehrlich zu sein, ich hätte nichts dagegen, diesen Blumentrick zu lernen.«

»Ich denke, es wäre sehr hilfreich, wenn wir uns verbünden würden«, fuhr Ian fort. »Ich meine, nicht dass wir lange in der Stadt bleiben werden oder so. Aber solange wir hier sind, können wir zusammenarbeiten.«

»Ihr könntet uns also die Grundzüge des druidischen Wissens beibringen?«, fragte Xander. »Natürlich nur, wenn das okay ist. Ich möchte niemand auf die Zehen treten.«

»Mein Onkel George würde wahrscheinlich ausflippen, wenn er wüsste, dass wir so mit euch reden«, fügte Tom hinzu. »Er sagte, wir sollten versuchen, für uns zu bleiben.«

»Und warum seid ihr dann nicht bei ihm?«, fragte Oz, der an einem defekten Münztelefon lehnte. Sie waren nach draußen gegangen, um sich den Blumentrick anzusehen, und Dave nutzte die Gelegenheit, auf die Schnelle eine Zigarette zu rauchen. Aber die vorwurfsvollen Blicke, die ihm seine Brüder zuwarfen, ließen Oz vermuten, dass er dieses Laster sehr bald aufgeben würde.

»Er hat noch einige Vorbereitungen zu treffen. In diesem Stadium wären wir ihm nur im Weg.«

»Wir müssen einen gewissen Abstand wahren«, erklärte Dave zwischen zwei Zügen. »Wenigstens sagt das unser Onkel. Schließlich sind wir Druiden.«

Ian seufzte. »Unser Vater war viel lockerer. Onkel George ist strenger, mehr vom alten Schlag. Aber wir wissen, dass er seine Arbeit gut machen wird.«

»Es ist für uns alle wichtig«, stimmte Tom zu. »Da unser Vater dabei ums Leben gekommen ist, haben wir das Gefühl, dass wir die Sache zu Ende bringen müssen. Ich schätze, es ist das Vermächtnis unseres Vaters.«

Dave nickte. »Und wir werden jede Hilfe brauchen, die wir kriegen können.«

»Auch die der Jägerin?«, fragte Xander.

»Vor allem die der Jägerin«, bestätigte Ian.

»Wisst ihr, wir hängen die ganze Zeit hier herum und amüsieren uns«, warf Oz ein. »Irgendwie vernachlässigen wir die Mädchen.«

»Irgendwie?«, echote Xander. »Wir haben sie völlig versetzt.« Und, dachte er, ich habe es getan, weil ich sauer auf Cordelia war.

»Nun, warum gehen wir nicht wieder rein und kümmern uns um sie?« Oz sah Ian an. »Ihr könnt natürlich mitkommen.«

»Tja«, sagte Ian gedehnt, »wenn du meinst.«

Sie kehrten ins *Bronze* zurück.

Willow lächelte sie von dem Tisch an, wo sich vor einer Weile noch alle Mädchen befunden hatten. Sie saß an einem Ende des Tisches, Amanda am anderen, in ein Gespräch mit einem Mädchen am Nachbartisch vertieft.

Von Buffy war nichts zu sehen – und von Cordelia auch nicht.

Xander konnte es nicht fassen. Wo war dieses Mädchen denn jetzt schon wieder hin?

11

Joyce Summers fuhr hoch.

Sie hatte geträumt. Irgendetwas über ihre Tochter. Nur ergab es diesmal einen Sinn. Sie hatte im Wohnzimmer gesessen, von Schlaflosigkeit gequält, und darauf gewartet, dass Buffy durch die Tür kam. Im Hintergrund lief der Fernseher, irgendein entsetzlich schlechter Film über eine Frau in den Vierzigern, die entdeckte, dass ihr Mann mindestens drei weitere Ehefrauen hatte und ein mutmaßlicher Serienmörder war. Joyce wünschte, ihre eigenen Probleme wären auch so einfach.

Ihr Traum hatte sie verstört. Sie konnte noch immer Buffys Stimme hören.

»Mutter, verstehst du nicht?«

Sie sah ihre Tochter inmitten einer Gruppe von Männern in dunklen Roben stehen. Die meisten von ihnen machten einen freundlichen Eindruck. Einer von ihnen war nicht das, was er zu sein schien. Einer von ihnen wollte Buffy etwas zuleide tun.

»Mutter, verstehst du nicht?«

Genau das hatte der Traum ihr zu sagen versucht. Dass sie verstehen, dass sie Buffy irgendwie warnen musste. Joyce konnte sich an keinen Traum erinnern, der so lebendig gewesen war. Sie fragte sich, ob es irgendetwas damit zu tun hatte, dass sie jetzt wusste, dass ihre Tochter die … die Auserwählte war. Wenn ihre Tochter besondere Kräfte hatte, dann galt dies vielleicht auch für Joyce. Und wenn dies tatsächlich stimmte, dann war es umso wichtiger, die Bedeutung des Traumes herauszufinden.

»Mutter, du verstehst nicht?«

Die düster gekleideten Männer – hatten sie etwas mit dem Jungen zu tun, den Buffy vor kurzem kennen gelernt hatte? Ihre Tochter konnte unter den meisten normalen Umständen gut auf sich selbst aufpassen, aber dieser Traum fühlte sich ganz und gar nicht normal an.

Sie hörte den Schlüssel in der Haustür, dann das Knarren, mit dem sich die Tür öffnete.

»Buffy?«

»Ja, Mom. Ich dachte, ich komme heute zur Abwechslung mal früher nach Hause.«

Das nannte sie früh? Nein, sagte sich Joyce, ich werde jetzt keinen Streit anfangen. »Ich bin froh, dass du da bist«, sagte sie stattdessen. »Irgendetwas Interessantes passiert?«

Buffy steckte den Kopf ins Zimmer. »Ich war nur im *Bronze*.« Sie sah nicht besonders glücklich aus.

»War der Junge da, für den du dich interessiert hast?«

Buffy zögerte, als wäre die Frage zu persönlich. »Nun … ja. Aber er hat nicht mit mir geredet.«

Joyce hatte eine Ahnung. »Hat dieser Junge irgendetwas mit … dunklen Roben zu tun?«

»Der Freundeskreis der Übersinnlichen?« Buffy starrte ihre Mutter an. »Nun … ja, Mom. Irgendwie schon. Er gehört so einer Art … Club an. Woher weißt du das?«

Joyce schüttelte den Kopf. »Ich hatte gerade nur einen völlig verrückten Traum. Nun, eigentlich war er überhaupt nicht verrückt. Ich glaube, er war eher eine Warnung. Mit diesen Männern in den dunklen Roben war irgendetwas nicht in Ordnung. Sie kamen mir gefährlich vor.«

»Nun, Mom, nach der heutigen Nacht halte ich die Chancen, dass aus mir und diesem Jungen was wird, für genauso groß wie die, dass ich noch mal eine Highschool abfackle.«

Joyce runzelte die Stirn.

»Nicht, dass ich auch nur im Traum daran denke, noch mal eine Highschool abzufackeln«, fügte Buffy hastig hinzu. »Wir bleiben für immer hier in Sunnydale, selbst wenn das bedeutet, dass ich nie wieder einen netten Jungen kennen lerne. Was nicht passieren wird.«

»Oh«, machte ihre Mutter. Buffys Kopf verschwand und sie hörte ihre Tochter die Treppe hinaufpoltern. Joyce schätzte, dass dies gute Neuigkeiten waren, wenn sie die melodramatischen Anwandlungen ihrer Tochter einmal beiseite ließ. Wie hatte Buffy es noch einmal genannt? Der Freundeskreis der Übersinnlichen? Wer weiß, vielleicht hatte auch Joyce ein paar besondere Fähigkeiten.

Aber Moment mal. Warum ging ihre Tochter mit Männern in dunklen Roben aus?

»Ich wusste, dass du kommst, wenn ich dich rufe.«

Tatsächlich? Warum wusste ich dann nichts davon? Und warum weiß ich nicht, wer ich bin? Und wer mit mir spricht?

Cordelia fand sich in der Gasse hinter dem *Bronze* wieder. Wie war sie hierher gekommen? Vor einem Moment noch hatte sie mit Buffy, Willow und Amanda geplaudert und sich darüber geärgert, dass Xander seine ganze Zeit mit drei Jungs aus Wales verbrachte. Und dann?

»Willkommen daheim, Cordelia.«

Ein Blick, und Cordelia erinnerte sich.

»Naomi«, flüsterte sie. Alles brach wieder über sie herein. Das wallende Gewand, das Naomis Füße verhüllte, sodass es aussah, als würde sie schweben und nicht gehen. Das perfekte ungeschminkte Gesicht, das so viel blasser war als zu ihren Lebzeiten.

Dies war das Gesicht, das sie im Spindspiegel gesehen hatte, dies war die Stimme, die ihren Rücken hinaufgekrochen war.

Cordelia wusste genau, was aus Naomi geworden war.

»Du bist ein Vampir.«

»Das ist nur eins meiner vielen neuen Talente.« Naomi lächelte. Sie entblößte ihre Vampirzähne nicht – noch nicht. Vampire konnten völlig normal aussehen, wenn sie es wollten – bis die Mordlust sie packte. Dann kam ihre wahre bestialische Natur zum Vorschein, ihre Augen glühten rot, ihr Mund füllte sich mit Reißzähnen. Cordelia schauderte. Dank Buffys Gang wusste sie viel mehr über Vampire, als sie je gewollt hatte.

Naomi glitt noch näher heran. Cordelia wollte zurückweichen, aber sie bemerkte, dass sie wie erstarrt war. Genau wie in der anderen Nacht. Wie konnte sie das nur vergessen haben?

Naomi streckte ihre Hand aus und streichelte Cordelias Wange. Ihre Berührung fühlte sich wie die Innenseite einer Tiefkühltruhe an.

»Ich bin ein ganz besonderer Vampir, Cordelia. Ich finde es wahnsinnig wichtig, auf sein Äußeres zu achten.«

Sie lächelte wieder. Diesmal glaubte Cordelia für einen Moment ihre Reißzähne aufblitzen zu sehen.

»Die liebe Cordelia, die zur Anführerin der Cheerleader gewählt wurde – und mich auf den zweiten Platz verwies. Die Cordelia, die mit Bryce Abbot ging, als ich mich danach sehnte, mit ihm zusammen zu sein.«

Was? Bryce Abbot? Cordelia hatte seit Jahren nicht mehr an ihn gedacht. »Der Quarterback? Er war ein Idiot. Wenn er keinen Football in den Händen hielt, wusste er nichts mit sich anzufangen.«

»Sei still, Cordelia!« Naomi zischte tatsächlich. Aber einen Moment später lächelte sie. »Ich habe hier das Sagen. Dies ist nicht der Frühjahrsball, bei dem du zur Königin gewählt wurdest – und nicht ich!«

Cordelia runzelte die Stirn. »Naomi, du hast eindeutig einige Probleme.«

Diesmal lachte Naomi. Cordelia entschied, dass ihr das Zischen besser gefiel.

»Nicht so viele, wie du haben wirst«, sagte Naomi zuckersüß. »Ich möchte dir etwas zeigen. Komm her, mein Dickerchen! Komm her oder Naomi wird böse!«

Cordelia hörte, wie sich hinter dem überquellenden Müllcontainer am anderen Ende der Gasse etwas bewegte.

»Das ist jetzt sein Zuhause«, sagte Naomi. »Mehr hat er auch nicht verdient.«

Das Ding – Cordelia fand kein anderes Wort, um es zu beschreiben – schlurfte hinter dem Müllcontainer hervor. Es erinnerte noch vage an einen Menschen – würde es nicht so gebeugt gehen, wäre es bestimmt zwei Meter groß. Und diese schmutzstarrenden Lumpen, die an seiner Gestalt hingen, konnten einst, vor langer Zeit, seine Kleidung gewesen sein. Und alles an ihm – das verfilzte Haar, die verdreckte Haut, die widerlichen Lumpen – war vom Braun toter Blätter.

»Es gibt so viele Dinge, die ich dir antun kann, Cordelia. Deshalb möchte ich dir auch eine meiner Schöpfungen vorstellen. Aber natürlich – ihr kennt euch ja schon.« Sie winkte dem Ding zu. »Komm näher, damit die liebe Cordelia dich auch richtig sehen kann.« Naomi kicherte. »Also, Cordelia! Ich möchte, dass du Hallo zu einem alten Freund sagst.«

Alter Freund?

Das Ding knurrte und entblößte ein halbes Dutzend gelbbraune, verfaulte Zahnstümpfe.

»Cordelia, du enttäuschst mich. Du würdest doch nie einen alten Freund vergessen, oder? Liebes Mädchen, ich möchte dir das vorstellen, was von Bryce Abbot übrig geblieben ist.«

Cordelia wollte nicht einmal daran denken. Diese schlurfende Monstrosität – sie konnte in etwa Bryces Größe haben, schätzte sie. Vorausgesetzt, der Star-Quarterback schlurfte neuerdings mit gekrümmtem Rücken durch die Gegend, hatte Klauen statt Hände und seit anderthalb Jahren keine Dusche mehr genommen. *Und da wir schon mal dabei sind, hat Bryce nicht letztes*

Jahr seinen Abschluss gemacht? Ich dachte, er wäre aufs College gegangen …

»Brycie und ich waren eine Weile zusammen«, gurrte Naomi, »nachdem du mit ihm Schluss gemacht hast. Aber es war nicht das, was ich mir erträumt hatte, denn ich musste immer daran denken, dass du vor mir da warst.«

Das Ding stöhnte Mitleid erregend. Es schlurfte ein Stück näher. Cordelia unterdrückte einen Schrei.

»Und dann hatte er die Frechheit, mit mir Schluss zu machen!« Naomis Augen glühten rot auf. »Ich war so wütend, dass es mir egal war, ob ich lebte oder starb. Und dann traf ich diesen Vampir.«

Sie streckte eine Hand nach dem Monstrum an ihrer Seite aus. »Oh, Brycie, mein Brycie. Wir werden bis in alle Ewigkeit zusammen sein … Oder wenigstens bis er völlig verfault ist. Wie du siehst, ist er noch immer am Leben – mehr oder weniger.«

Die Kreatur knurrte wieder.

Ein Gedanke ging Cordy nicht mehr aus dem Sinn: Wenn Naomi Bryce Abbot in dieses Ding verwandelt hat, was wird sie dann erst mir antun?

»Keine Widerworte!«, fauchte Naomi das stinkende Ding an. »Oder ich werde mich persönlich um dich kümmern, Brycie!«

Das Ding schlurfte ein Stück zurück.

»Das ist einer der Vorteile, wenn man untot ist«, sagte Naomi fröhlich. »Ich kenne zahllose Methoden, jemandem Schmerzen zuzufügen. Und ich kenne noch ein paar ganz besondere Methoden, um meiner kleinen Kreatur hier unendliche Qualen zu bereiten. Brycie wird alles tun, um das zu verhindern.«

Dann wandte sich Naomi wieder ihr zu. »Liebe, liebe Cordelia.« Diesmal nahm sie Cordelias Gesicht in beide toten, kalten Hände. »Solltest du mich jemals enttäuschen, brauche ich dich nicht einmal zu beißen. Obwohl ich es am Ende wahrscheinlich doch tun werde. Ich freue mich schon darauf, dein Leben auf dieselbe Weise zu zerstören, wie du meines zerstört hast.«

Cordelia starrte sie verwirrt an. Sie verstand einfach nicht, was sie meinte. »Zerstört?«, flüsterte sie.

Naomi lachte. »Erinnerst du dich an all die vielen Gelegenheiten, wo du gewonnen und mich auf den zweiten Platz verwiesen hast? Nun, ich bin vor dir zu einer Vampirin geworden und ich werde dafür sorgen, dass du für alles bezahlst! Ich werde dich verwandeln, Cordelia, sodass dich niemand mehr erkennen wird. Aber zuerst werde ich dich für eine Weile Bryce überlassen. Ich bin sicher, dass er nichts dagegen hat, eure alte Beziehung aufzufrischen.«

Der Kreatur geriet bei dieser Ankündigung in gewaltige Erregung, riss die Klauenhände hoch und stieß ein Heulen aus.

»Da soll noch mal jemand behaupten, dass Naomi nicht für ihre besten Freunde sorgt! Jetzt sei eine liebe kleine Kreatur, Brycie. Kehr in die Schatten zurück, wo du hingehörst.«

Naomi wandte sich von Cordelia ab und verfolgte, wie das Ding, das einst Bryce Abbot gewesen war, zurück in sein Versteck schlurfte. Cordelia versuchte diesen Moment der Ablenkung zu nutzen und wegzurennen, aber so sehr sie sich auch bemühte, sie war noch immer wie erstarrt. Sie konnte mit Naomi reden und die eisigen Hände der Vampirin spüren, aber das war auch schon alles.

»Ach«, seufzte Naomi, als die Kreatur im Müll verschwand, »ist er nicht süß?« Sie wandte sich wieder an Cordelia. »Da wir zusammenarbeiten werden, möchte ich dir ein weiteres Mitglied unseres kleinen Clubs vorstellen.« Sie klatschte in die Hände. »Komm her! Sofort!«

Aus den Schatten am anderen Ende der Gasse löste sich eine kleine Frau. Sie kam Cordelia irgendwie bekannt vor, wahrscheinlich von der Schule. Nur dass sie jetzt eine vorgewölbte Stirn, den Mund voller Vampirzähne und Durst auf Blut hatte.

»Ich werde alles tun, was du sagst«, stieß sie zwischen den Zähnen hervor. »Gloria wird Naomi keinen Ärger mehr machen.«

»Du kennst doch Gloria, oder?« Normalerweise, dachte Cordelia, sahen Vampire cool und glamourös aus. Vermutlich half es ihnen dabei, ihre Opfer anzulocken. Cordelia nahm an, dass auch Gloria jetzt besser als zu ihren Lebzeiten aussah. Aber bei Gloria wirkte selbst der Glamour mausgrau.

»Eigentlich nicht.« Cordelia runzelte die Stirn. »Warst du vielleicht in meinem Sportkurs?«

»›War ich im Sportkurs?‹, fragt sie. ›Nein, sie kann sich nicht an mich erinnern‹, sagt sie!« Gloria trat zähnefletschend näher. »Nun, Gloria wird das Gedächtnis der hübschen kleinen Cordelia ein wenig auf …«

»Gloria!«, herrschte Naomi sie an. »Halt die Klappe.«

Gloria blieb abrupt stehen und blickte zu Boden.

Naomi seufzte, als sie wieder Cordelia ansah. »Tut mir Leid. Tüchtige Helfer sind so schwer zu finden. Deshalb habe ich auch dich auserwählt.«

Oh. Wie großzügig von ihr. Jetzt erinnerte sich Cordelia wieder an dieses Mädchen. »Hast du nicht eine Vorliebe für Kaugummi gehabt?«

»Ja«, bestätigte Gloria, ohne dabei eine von ihnen anzusehen. »Aber mit diesen Vampirzähnen kannst du Kaugummi vergessen.«

»Junior High. Du warst im Sportkurs.«

»Ich habe es nie geschafft, an diesen Seilen hoch zu klettern«, murmelte Gloria. »Aber für Cordelia war es natürlich kein Problem!«

Ja, hegte denn jeder in Sunnydale einen Groll gegen sie?, fragte sich Cordelia.

»Liebe Cordelia, ich kann dich nicht die ganze Zeit im Auge behalten. Aber Gloria wird dich nachts beobachten. Und am

Tag wird Brycie immer in deiner Nähe sein. Sie werden mich informieren, wenn du nicht gehorchst. In der Zwischenzeit hat Naomi andere Pläne mit den neuen Herren dieser Stadt.«

Brausender Wind kam auf. Naomi lachte, als der Wind sie packte und die Gasse hinunter und außer Sichtweite trug.

»Ich hasse es, wenn sie das macht«, sagte Gloria zu Cordelia. »Naomi ist so arrogant. ›Tüchtige Helfer sind schwer zu finden‹, sagt sie. Was bildet sie sich eigentlich ein?« Sie wischte Staub von ihrer Kleidung. »Ich sehe auch nicht schlecht aus.«

Nun, dachte Cordelia, wenn du dich zu einer Generalüberholung entschließen würdest – die verlotterten Klamotten wechseln, das Haar tüchtig durchkämmen, das Gesicht dick schminken – nun, möglich ist alles …

»Ich hatte nie viel Glück bei den Männern«, jammerte Gloria. »Dann traf Gloria endlich einen Märchenprinzen. Natürlich war er ein Vampir.«

Sie lächelte Cordelia an. »Du wirst mit Gloria prima auskommen. Warte nur ab. Gloria ist sehr umgänglich. Naomi kann ein richtiges Aas sein.«

»Kann ich das?«

Cordelia konnte ihren Kopf noch immer nicht bewegen, aber sie erkannte Naomis Stimme, bevor die Vampirin wieder in ihr Blickfeld schwebte.

»Grrrr! Gloria mag es nicht, wenn sich jemand von hinten an sie anschleicht.«

»Gloria wird eine Menge Dinge nicht mögen, die ich ihr antun kann.« Naomi lächelte. »Ich habe meine Angelegenheit schneller erledigt, als ich dachte.«

Sie schüttelte den Kopf, sodass ihre herrlichen Locken tanzten. »Ich wollte nur noch mal nachsehen, wie ihr beide miteinander auskommt.« Sie sah Gloria durchdringend an. »Und ich wollte sehen, ob ich dir trauen kann.«

Naomi richtete ihre Aufmerksamkeit wieder auf Cordelia.

»Du wirst dich an nichts mehr erinnern. Du wirst dich an mich nicht erinnern, bis du mir beim nächsten Mahl mein Abendessen bringst.«

»Dein Abendessen? Was meinst du …«

»Mit wem bist du jetzt zusammen, Cordelia? Ich bin sicher, dass er köstlich schmeckt.«

Was?, dachte Cordelia. Nein! Xander!

»Es wird mir wahnsinnigen Spaß machen, dein Leben zu zerstören«, fuhr Naomi fort, »all deine Freunde, alles, was dir lieb und teuer ist.«

Cordelia hatte genug von all dem. Es kümmerte sie nicht mehr, dass sie wie gelähmt war. »Ich werde … ich werde fliehen. Ich werde nie wieder mit dir reden. Ich werde …«

»Nein, liebe Cordelia, ich habe dich bereits in meinem Bann. Außerdem, wie willst du gegen etwas kämpfen, an das du dich nicht erinnern kannst? Du wirst weitermachen, Tag für Tag, und dich fragen, wohin deine Freunde verschwunden sind, wohin dein Freund verschwunden ist, warum deine Katze nicht mehr nach Hause kommt. Du wirst dich nicht daran erinnern, wann ich dir die Befehle gegeben habe. Aber du wirst es sein, Cordy, die jeden von ihnen in den Tod geführt hat.«

Cordelia war zum Heulen zumute. Warum war Naomi nur so grausam? War es denn ihre Schuld, dass sie zur Anführerin der Cheerleader gewählt worden war, die beliebten Jungs nur mit ihr ausgehen wollten und sie immer als Erste zum Tanz aufgefordert wurde?

»Keine Angst, Cordelia. Ich werde dafür sorgen, dass du dich an alles erinnerst, bevor ich dich töte.«

Naomi war immer neidisch auf sie gewesen – schon zu ihren Cheerleaderzeiten. Was konnte Cordelia denn dafür, dass sie die bessere Cheerleaderin gewesen war?

Aber Cordelia würde nicht weinen. Naomi war so grausam, weil sie jetzt eine Vampirin war. Es hing alles mit ihrem Zustand zusammen. Und Cordelia würde dieser Kreatur nicht die Befriedigung gönnen, sich an ihrem Schmerz zu ergötzen. Irgendjemand würde sie retten. Wo war Xander, wenn sie ihn brauchte? Wo war Miss Jägerin?

»Ich muss jetzt gehen. Aber keine Sorge. Ich werde immer in deiner Nähe sein.«

Naomi löste sich von Cordelia und schwebte davon, bis sie von den Schatten verschluckt wurde.

Cordelia blinzelte.

Was machte sie in der Gasse hinter dem *Bronze*? Sie musste zum Luftschnappen nach draußen gegangen sein. Wahrscheinlich hatte sie sich wieder einmal über Xander geärgert.

Sie fröstelte plötzlich. Vielleicht bekam sie eine Erkältung. Das kommt davon, dachte sie, wenn man vor seinen Problemen davonläuft. Sie musste mit Xander reden, ob er wollte oder nicht.

Dieses Mädchen, das die Gasse hinunterging – Cordelia konnte schwören, dass sie sie aus dem Junior-High-Sportkurs kannte. Warum auch nicht? Im *Bronze* verkehrten alle möglichen Sorten Leute. Neuerdings ließen sie wirklich jeden rein.

Nun, sie war vielleicht in Gedanken nach draußen spaziert, aber das bedeutete nicht, dass sie hier auch bleiben musste. Irgendetwas bewegte sich in dem Müllcontainer am Ende der Gasse. Iiih. Wahrscheinlich gab es dort Ratten.

Cordelia wandte sich ab und kehrte ins *Bronze* zurück.

Im Moment wünschte sie sich nichts sehnlicher, als Xander lächeln zu sehen.

12

»Wenn ich erwachsen bin, werde ich Druide«, erklärte Xander.

Oz warf Xander einen Blick zu, der fast so etwas wie Überraschung ausdrückte, sofern dies bei Oz überhaupt möglich war.

»Schon wie das klingt – einfach toll«, fuhr Xander fort. »Arzt? Anwalt? Indianerhäuptling? Nichts für mich. Ich werde Druide!«

»Ich weiß, was du meinst.« Vor allem, dachte Oz, wenn die Druiden mir wirklich helfen können, meine Vollmondsucht zu kontrollieren oder sogar zu heilen. Er nahm sich einen Moment Zeit, die Buchrücken auf den Regalen zu betrachten. Sie waren in die Bibliothek gekommen, um Giles um Rat zu fragen. Außerdem war sie der ideale Ort, um ungestört miteinander zu reden. Nur selten verirrten sich andere Schüler hierher.

»Nun«, sagte Oz schließlich, »es scheint eine Menge für sie zu sprechen. Und mir haben ihre kleinen Zaubertricks gefallen. Allerdings denke ich, dass ich etwas viel Mächtigeres als Blumenmagie brauche. Ich habe mich eigentlich längst damit abgefunden – ich bin ein Werwolf.« Er sah Xander an. »Aber Willow und ich haben nie zusammen bei Vollmond Händchen halten können. Ich sage dir, das ist in der Romantikabteilung ein echtes Manko. Also, ich habe mit dieser ganzen Werwolfsache einen guten Grund, mich an die Druiden zu halten. Aber was ist mit dir?«

Xander hatte offenbar lange und gründlich darüber nachgedacht. »Buffy ist meine beste Freundin. Und was kann ich tun, um ihr zu helfen? Meistens nichts. Tote Hose, totale Pleite. Ich steh bloß rum wie Null-Null-Sieben ohne die Sieben am Ende. Aber wenn ich von diesen Jungs ein paar Tricks und Techniken lernen könnte, dann könnte ich ihr Rückendeckung geben, wenn diese Biester auftauchen.«

Nun, das klang für Oz nach einem verdammt guten Grund. Aber er hatte noch immer einige Bedenken. »Was wissen wir wirklich über diese Typen? Sie reden eine Menge, aber sie haben uns noch nicht viel von ihren Tricks gezeigt. Und wir haben noch nicht mal den Onkel kennen gelernt.«

»Laut Buffy ist er ein ziemlicher versauerter Typ. Vielleicht kann man nur ein vollwertiger Druide werden, nachdem man einen Sauerkeitstest gemacht hat. Vielleicht versuchen seine drei Neffen deshalb, vorher noch so viel Spaß wie möglich zu haben. Ich habe es so noch nie gesehen.«

Oz wollte noch einmal die Fakten resümieren. »Aber angenommen, die Druiden sind okay, von ihrer Versauerung mal abgesehen ...«

»Ja?«, fragte Xander.

»Ich will unter dem Vollmond spazieren gehen und du willst Buffys Partner in gefährlichen Situationen sein.«

»Ja«, nickte Xander.

»Wie fangen wir es also an?«

»Ich schätze, wir reden weiter mit ihnen.«

»Genau, Reden ist ziemlich sicher. Schließlich haben sie uns zwar eine Menge erzählt, aber wir wissen immer noch nicht genau, warum sie hier sind.«

»Eine sehr gute Feststellung«, sagte eine kultivierte Stimme hinter ihnen.

Beide fuhren herum. Giles stand hinter dem Bibliothekarstisch und betrachtete sie mit einem feinen Lächeln. Wann war er hereingekommen?

»Ich nehme an, ihr wolltet zu mir? Dies ist die Bibliothek und da ich keine buchähnlichen Objekte in euren Händen sehe, müsst ihr nach mir gesucht haben.«

»Hören Sie, Giles«, sagte Xander, »wir haben uns gestern Abend lange mit den jungen Druiden unterhalten.«

»Und sie haben uns erzählt«, fügte Oz hinzu, »na ja, dass sie irgendeine große Sache vorhaben, um das Böse aufzuhalten. Das war aber auch so ziemlich alles, was wir aus ihnen herausbekommen haben.«

»Genau«, nickte Xander mit einer Grimasse, als würde er dieses Eingeständnis hassen. »Wenigstens scheinen sie nette Kerle zu sein.«

»Bis auf den Onkel. Wir haben den Onkel noch nicht kennen gelernt.«

»Na ja, er könnte versauert sein und auch nett. Auf eine versauerte Art.«

»Ihr Onkel hat mir genau dasselbe erzählt«, erwiderte Giles. »Ich habe darüber nachgedacht. Bisher hat man immer geglaubt, dass die Druiden in der Frühzeit des Christentums ausgelöscht wurden. Stattdessen haben sie sich offenbar zweitausend Jahre lang versteckt. Durchaus denkbar, dass ihnen ihre Geheimnistuerei geholfen hat, in all den Jahren zu überleben. Aber ihre Geheimnistuerei ist jetzt ein Ärgernis. Wenn jemand nicht absolut offen und ehrlich zu mir ist, befürchte ich das Schlimmste.«

»Das Schlimmste?«, fragte Oz. »Was könnte das Schlimmste denn sein?«

»Du lebst auf dem Höllenschlund und stellst so eine Frage?«, schnaubte Xander.

Selbst Giles konnte ein Lächeln nicht unterdrücken. Dann wurde er wieder ernst. »Sie reden von einer Zusammenarbeit mit der Jägerin. Ich fürchte, dass sie stattdessen womöglich planen, die Jägerin zu *benutzen.*«

Der Bibliothekar trommelte mit seinen langen Fingern auf das Geländer. »Ich habe bisher noch mit niemandem über meine Befürchtungen gesprochen. Ihr Anführer, ihr Onkel George? Er hat uns nur einen ganz groben Überblick über die Gründe für ihr Hiersein gegeben und seine Erklärung klang glaubwürdig – so dürftig sie auch war. Aber er hat nicht einmal ansatzweise enthüllt, wie sein genaues Ziel aussieht und wie er es zu erreichen gedenkt.«

Xander schüttelte den Kopf. »Mit anderen Worten, wir haben keine Ahnung, was er wirklich vorhat. Ist er Mr. Rogers oder Snidely Whiplash?«

»Genau.« Giles musterte Xander und Oz für einen Moment. »Ihr sagtet, ihr hättet eine ganze Weile mit den drei jungen Männern gesprochen. Haben Sie irgendwelche Andeutungen über die Pläne ihres Onkels gemacht?«

»Sie waren ziemlich vage«, räumte Xander ein.

Oz fügte hinzu: »Ich glaube, sie wissen es selbst nicht.«

»Sie haben uns nur einiges über ihr Leben erzählt.«

»Wie toll es ist, ein Druide zu sein und so.«

»Sicher«, meinte Giles trocken, »das Druidenleben besteht nur aus Spaß und Frohsinn.«

»Na ja«, sagte Xander, »jedenfalls tragen sie schicke Roben.«

Was in der Tat ein Pluspunkt war, wie Oz fand. »Und sie können Blumen herbeizaubern und kleine Blitze aus ihren Fingerspitzen verschießen.«

Xander nickte. »Eine großartige Methode, um Papierbällchen zu verbrennen.«

»Genau. Jedenfalls waren das die Tricks, die sie uns gestern Abend gezeigt haben.«

»Ich glaube, jedes Mal, wenn wir genau von ihnen wissen wollten, warum sie hier sind, haben sie uns ihre Tricks demonstriert.«

Oz war der Meinung, dass noch mehr dahinter steckte. »Aber sie könnten noch andere Gründe gehabt haben. Als sie diese Sache, was immer sie auch ist, das letzte Mal versucht haben, ist ihr Vater gestorben. Vielleicht ist es für sie zu schmerzhaft, darüber zu reden.«

»Ich denke, uns bleibt nichts anderes übrig, als mit äußerster Vorsicht weiterzumachen«, erklärte Giles. »Vielleicht erweisen sich diese Druiden am Ende doch als hilfreich.«

Xander grinste. »Ist es okay, wenn wir uns von ihnen ein paar Tricks beibringen lassen?«

»Ich glaube nicht, dass dies schaden könnte, solange ihre beide auf euch aufpasst und die Augen offen haltet. Es wäre wundervoll, wenn sie wirklich das sind, was sie zu sein behaupten. Wenn der Höllenschlund keine Bedrohung mehr darstellt, wäre dies für die Jägerin und auch für ihren Wächter eine willkommene Verschnaufpause.«

Wow. Diese ganze Jägerin-Höllenschlund-Kiste nahm jeden mit. Oz hatte nie daran gedacht, wie sehr sie auch Giles belastete.

»Im Übrigen haben ich meine Nachforschungen fortgesetzt«, fügte Giles hinzu, »und etwas sehr Beunruhigendes herausgefunden. Allerdings könnte es sich auch als vorteilhaft erweisen.«

Xander starrte den Bibliothekar an. »Könnten Sie sich ein bisschen verständlicher ausdrücken?«

»Ich glaube«, fuhr Giles fort, »dass die Druiden, nachdem sie in den Untergrund getrieben wurden, in verschiedene Splittergruppen zerfielen. Während einige beim Ritual der Naturverehrung blieben, konnten andere den Verlust ihrer Macht nicht verwinden und begannen mit den dunkleren Kräften zu experimentieren, die sie vorher nur zu kontrollieren versucht hatten. Es könnte sogar sein, dass diese druidischen Renegaten für einige der Katastrophen verantwortlich sind, die unsere Besucher aus Wales angeblich bekämpfen wollen.«

»Sie glauben also, dass diese Typen Ärger machen wollen, statt uns zu helfen?«

»Nicht direkt. Aber ich fürchte, dass sie vielleicht versuchen werden, die dunkle Seite zu kontrollieren, ein Ehrgeiz, der – wie wir alle aus eigener Erfahrung wissen – kein gutes Ende nehmen kann.«

Giles warf die Hände hoch. »Natürlich könnte es auch sein, dass mein Misstrauen völlig unbegründet ist. Wir haben einfach nicht genug Informationen.«

»Dann werden wir Ihnen die Informationen besorgen!«, erklärte Xander. »Das sieht nach einem Job für Xanderman aus. Schnell, Oz! Zum Xandermobil!«

Was nach Oz' Meinung gar kein schlechter Schlusssatz war.

Xander sah Cordelia mitten auf dem Korridor stehen. Der Unterricht war seit fünfzehn Minuten zu Ende und die Schule war fast menschenleer. Cordelia schien intensiv damit beschäftigt zu sein, ins Nichts zu starren.

»He, Cordy!«, rief er. »Komisch, dich hier draußen zu treffen statt in der behaglichen Enge eines Besenschranks ...«

Er verstummte. Cordelia starrte noch immer ins Leere.

»Hallo!«, rief Xander. »Erde an Cordy!«

»Bryce«, antwortete Cordelia.

»Was?«

»Bryce Abbot.«

»Was? Meinst du den Footballspieler, mit dem du früher zusammen warst? Der dann aufs College ging? Es war eine kluge Entscheidung, mit ihm Schluss zu machen. Der Mann hatte keinen Hals.« Xander bemerkte, dass er dummes Zeug plapperte. Warum dachte sie an ihren alten Freund? War das der Grund, warum sie sich in der letzten Zeit so seltsam benommen hatte?

Cordelia blinzelte. »Oh, Xander. Ich habe gar nicht gehört ... war mit den Gedanken ganz ...« Sie runzelte die Stirn. »Ich habe eine Million Probleme mit dem Tanzfest.«

Wieder das Tanzfest. Vielleicht wollte sie lieber mit Bryce Abbot hingehen als mit Xander. Nun, er musste sich das nicht anhören.

»Also, ich will dem Mambo nicht im Wege stehen«, sagte Xander. »Ich muss los und ein paar Druiden helfen.«

»Ach ja?« Cordelia runzelte noch immer die Stirn. »Nun, ich schätze, ich habe auch eine Menge zu tun.«

Wenn sie ihn so behandelte, dann konnte er sie auch so behandeln. »Bis irgendwann«, sagte er und wandte sich ab.

Er eilte den Korridor hinunter. Als er um die Ecke bog, glaubte er zu hören, wie Cordelia seinen Namen rief. Quatsch. Das bildete er sich wahrscheinlich nur ein. Oder sie wollte ihm nur irgendeine dumme Frage über seinen Smoking stellen.

Geh bloß weiter, Xander, alter Junge.

Es war Zeit für etwas Druiden-Action.

Buffy beobachtete, wie der große schwarze Wagen mit quietschenden Reifen vor der Highschool anhielt. Ians Bruder Tom saß am Lenkrad und winkte ihr zu. Xander und Oz stürmten ohne ein Wort an Buffy vorbei und sprangen die Treppe zum Auto hinunter.

»Okay!«, rief Xander. »Es wird Zeit, die Geheimnisse der Alten zu lernen!«

»Es wird Zeit, dass Tom lernt, auf der rechten Straßenseite zu fahren!«, drang Daves Stimme aus dem Inneren des riesigen Caddys.

»Eigentlich«, sagte Tom, »müssen wir ein paar Besorgungen erledigen. Ich fürchte, unser Onkel ist heute zu beschäftigt, um mit euch zu sprechen. Aber wir könnten euch stattdessen ein paar Kartentricks beibringen.«

Xander und Oz stiegen hinten ein und der Wagen raste davon.

Niemand hatte Buffy auch nur die geringste Beachtung geschenkt. Und warum sollten sie auch? Sie hatte nicht einmal Ians Stimme gehört. Wahrscheinlich war er gar nicht in dem Wagen. Und warum sollte sie das überhaupt interessieren?

Es hatte schrecklich wehgetan, Angel zu verlieren. Er war zurückgekehrt, aber sie beide hatten sich darauf geeinigt, dass es besser für Buffy war, die Beziehung zu beenden. Die Liebe zu Angel war zu gefährlich für sie.

Sie hatte das Gefühl, irgendetwas tun, sich abreagieren zu müssen. Aber die Vampire würden erst in ein paar Stunden erwachen. Und sie hatte ihrer Mutter versprochen, keine weitere Schule mehr abzufackeln.

Sie fragte sich, ob in ihrem Spind noch immer dieser angebissene Hamburger lag.

13

Ian betrat das Zimmer, in dem sein Onkel wartete. Er konnte verstehen, warum die Leute von Sunnydale misstrauisch waren. Je näher der Tag der Entscheidung rückte, desto zugeknöpfter schien Onkel George zu werden. Inzwischen machte er sich nicht einmal die Mühe, seine Handlungsweise seinen Neffen zu erklären, wenn diese nicht nachdrücklich auf einer Erklärung bestanden.

Onkel George blickte nur einen kurzen Moment zu Ian auf und sah dann wieder in den Weissagungskristall, den er mitgebracht hatte, als müsste er nur lange genug in ihn hineinstarren, um alle Antworten zu erhalten. Der Kristall war ein kleiner, facettenreicher Stein, durchscheinend, mit einem Stich ins Blaue. Immer wenn Ian ihn sah, kam er ihm eiskalt vor.

Ian wartete einen Moment, ob sein Onkel seine Anwesenheit zur Kenntnis nahm. Für ihren Aufenthalt in Sunnydale hatten sie ein Haus gemietet, das laut Anzeige ein »möbliertes Cottage« am Stadtrand sein sollte, aber es ähnelte keinem Cottage, das Ian je gesehen hatte. Es erinnerte mehr an eins der vorstädtischen Reihenhäuser um Cardiff, ein kastenförmiges Gebäude mit weißen Wänden und Florteppichen. Die Einrichtung schien zwanzig Jahre alt zu sein, eine bunt zusammengewürfelte Sammlung karierter Sofas und sperriger Polstersessel, die jeder amerikanischen Sitcom aus den Siebzigern zur Ehre gereicht hätte. Ian hatte noch nie ein derart geschmackloses Haus gesehen und es war der letzte Ort, wo man einen Druiden vermuten würde, was wohl auch der Sinn der Sache war, wie Ian annahm. Immerhin war es hier draußen sehr ruhig. Ihre Nachbarn schienen alle Software-Ingenieure zu sein, die nie zu Hause waren. Der ideale Ort, dachte er, wenn man an einer Beschwörung zur Rettung der Welt arbeitet …

Ian entschied, dass er genug von seinem Onkel und dessen Kristall hatte. »Du hast Dave und Tom in die Stadt geschickt«, sagte Ian. »Aber du sagtest, du brauchst mich hier. Wofür?«

Sein Onkel runzelte die Stirn, ohne den Blick von dem Kristall abzuwenden. »Es wird Zeit, dass wir anfangen. Und es wird Zeit, dass du Verantwortung übernimmst.«

Ian glaubte einen anklagenden Unterton in der Stimme seines Onkels zu hören. »Ich bin immer bereit gewesen, meinen Teil der Verantwortung zu tragen. Vor allem jetzt. Du weißt, wie wichtig dies für uns alle ist – vor allem seit dem Tod meines Vaters.«

»Ich will nicht über deinen Vater sprechen«, antwortete sein Onkel ausdruckslos. »Ich will über das sprechen, was jetzt geschieht.«

Ian zuckte zusammen. Der Tod seines Vaters, Georges Bruder, hatte sie alle erschüttert. Alle fühlten sich dafür verantwortlich, aber sein Onkel schien es am schwersten zu nehmen. Er wollte nicht über das reden, was geschehen war, aber er war von dem Gedanken wie besessen, es zu ändern.

Ian spähte über die Schulter seines Onkels und versuchte einen besseren Blick auf den rauchblauen Kristall auf dem Tisch zu erhaschen. Er konnte den Kristall nicht so gut wie die Ältesten lesen, aber selbst er konnte die Bilder erkennen, die in dem Stein aufflackerten, Bilder, die viel deutlicher waren als alle, die er je zuvor gesehen hatte, was zweifellos mit der Macht des Höllenschlunds zusammenhing. Aber was bedeuteten diese Bilder? Grün. Stand die Farbe für die Natur? Rote Steine.

Blut? Bezogen sie sich auf die Beschwörung, die ihr Onkel durchführen wollte? Sagten sie voraus, was passieren würde, wenn sie Erfolg hatten – oder aber scheiterten?

»Und was geschieht jetzt?«, fragte Ian. »Du scheinst es niemandem verraten zu wollen, nicht einmal deinen eigenen Neffen.«

»Unsinn. Wir sind hier unter Fremden. Ich will nur nicht zu viel enthüllen …«

»Aber hast du mir nicht selbst gesagt, dass wir die Fremden höchstwahrscheinlich brauchen werden, vor allem die Jägerin, wenn wir Hoffnung auf Erfolg haben wollen?«

George drehte sich endlich um und sah seinen Neffen an. »Das sagte ich. Aber von Minute zu Minute scheint sich so vieles zu verändern. Die Bedingungen hier unterscheiden sich völlig von denen daheim. Wir sind so weit von Zuhause entfernt. Aber die Jägerin und ihre Freunde – glaubst du, dass sie uns helfen werden?«

»Nun, sie sind ziemlich misstrauisch.«

George schüttelte den Kopf. »Angesichts der Umstände unserer Ankunft ist das nur natürlich.«

Ian war froh, dass sein Onkel dies endlich einsah. Er fügte hinzu: »Aber ich denke, wenn wir so offen wie möglich zu ihnen sind, werden sie sich uns anschließen.«

»Das hoffe ich.« George wies auf den Kristall vor ihm. »Unser Kurs führt uns in gefährliche Gewässer. Da sind jene, die geschworen haben, uns aufzuhalten. Es wäre eine große Hilfe für uns, wenn wir die Jägerin dazu bringen könnten, uns zu beschützen, während wir unser Werk vollbringen.«

»Also brauchst du … die Jägerin.« Ian hatte Schwierigkeiten, ihren Namen überhaupt auszusprechen. Er schluckte. Er durfte sich bei dem, was getan werden musste, nicht von seinen persönlichen Gefühlen beeinflussen lassen. »Du hast das schon einmal gesagt, aber nie genau erklärt, warum.«

Sein Onkel schüttelte den Kopf. »Dieser Ort der Macht – der Höllenschlund – ist um vieles stärker als die anderen, mit denen ich mich in der Vergangenheit befasst habe. Ich schätze, das macht mich nervös. Ich werde die Beschwörungsformeln ändern müssen, wenn wir Erfolg haben wollen. Und was ist, wenn ich mich irre und sie einige von denen, die wir aufhalten wollen, befreien?«

»Dann greift die Jägerin ein. Aber geraten wir nicht in große Gefahr, wenn es zu einem solchen Unfall kommt?«

»Wenn es zu einem solchen Unfall kommt und die Jägerin das Verhängnis nicht aufhalten kann, werden wir alle sterben.«

Und wahrscheinlich das Ende der Welt heraufbeschwören, dachte Ian. Deshalb waren die Druiden hier, deshalb hatten sie nach zweitausend Jahren ihr Dasein im Verborgenen beendet und waren an die Öffentlichkeit getreten, nicht nur hier, sondern überall auf der Welt.

»Und was ist mit den anderen?«

»Die anderen Gruppen an den anderen bedeutenden Orten der Macht?« George schüttelte wieder den Kopf. »Wenn einer von uns versagt, gelingt es vielleicht den anderen, einen Weg zu finden, die zerstörerischen Kräfte aufzuhalten. Aber vielleicht genügt auch schon ein einziger Fehler, um uns alle zu zerstören.«

Ian fand dieses Gespräch frustrierend. Er fand jedes Gespräch mit seinem Onkel frustrierend. »Wir haben den Leuten hier kaum etwas über unsere wahren Absichten erzählt. Warum informieren wir nicht den Wächter und die Jägerin über die Größe unserer Aufgabe? Das wird sie bestimmt überzeugen, uns zu helfen.«

»Meinst du? Ich weiß es nicht. Wir müssen noch so viele Änderungen vornehmen.«

»Änderungen?« Ian gefiel dieser Gedanke nicht. »Aber ich dachte, die Ältesten hätten den Plan längst abgesegnet. Wir wollten doch die von meinem Vater entwickelte Beschwörung wiederholen ...«

George machte eine abwehrende Handbewegung. »Das werden wir auch, aber womöglich mit ein paar kleinen Modifikationen. Die Ältesten sind eine halbe Welt entfernt. Sie wissen nichts von den subtilen Veränderungen, die ich überall um mich herum entdeckt habe.«

George sprach wieder in Rätseln. Was meinte sein Onkel damit? Ian fürchtete, es zu wissen.

»Du willst die ... die andere Beschwörung ausprobieren, nicht wahr?«

George wandte den Blick ab. »Ich werde alles tun, was nötig ist. Du weißt, wie verzweifelt die Lage werden kann.«

»Das sagst du.«

»Das sagte auch dein Vater«, beharrte George. »Hör zu, ich werde dich soweit wie möglich in alles einweihen, dir die Wahrheit zeigen für den Fall, dass mir dasselbe zustößt wie deinem Vater.«

Und die Beschwörung wird dich auf dieselbe Weise vernichten wie meinen Vater, dachte Ian und unterdrückte ein Frösteln.

»Onkel, ich hoffe, dass dieser Fall nie eintritt.«

Für einen flüchtigen Moment huschte ein Lächeln über das Gesicht seines Onkels. »Das hoffe ich auch – mehr noch als du. Aber ich muss tun, was getan werden muss.«

Vielleicht, dachte Ian, bin ich nur zu kritisch. Sein Onkel hatte jahrzehntelange Erfahrung. Er kannte die Gefahren und wusste, wie man sie überwinden konnte.

»Wie du meinst«, sagte Ian schließlich. »Aber was ist mit der Jägerin und ihren Freunden? Sie wissen im Grunde ihres Herzens, was hier geschieht – und ich glaube, dass dieses Wissen sie dazu bringen wird, sich auf unsere Seite zu schlagen.«

Aber sein Onkel blieb stur. »Wir können uns nicht zu sehr mit ihnen einlassen. Wir werden vielleicht mit ihnen zusammenarbeiten, aber jede Seite wird immer ihre Geheimnisse haben.«

Sicher, dachte Ian, sein Onkel hatte seine Gründe. Aber Ian hatte auch seine Gründe. Er fand es schwierig – eigentlich sogar unmöglich, völlig emotionslos an die Sache heranzugehen, denn schließlich betraf sie diese junge Vampirjägerin. Er sah sie deutlich vor sich. Wie ihre blonden Haare im Mondlicht glitzerten. Mit welcher Kraft sie gegen ihre Feinde kämpfte. Wie ihre Lippen sich kräuselten, wenn sie lächelte.

Er hatte sich noch nie von einem Mädchen so angezogen gefühlt wie von der Jägerin. Je mehr sein Onkel auf Distanz beharrte, desto mehr dachte er an Buffy.

Vielleicht eine einzige Nacht. Was konnte es schon für einen Unterschied machen, wenn die Welt ohnehin unterging?

»Ian?« Die Stimme seines Onkels riss ihn aus seinen Gedanken. »Wir müssen anfangen.«

Ian seufzte. Er hatte keine Zeit für Träumereien. Er sollte eigentlich nur an die Arbeit denken, die vor ihnen lag.

Onkel George hielt einen Zettel in der Hand. »Ich brauche das hier.«

Sein Onkel hatte eine Liste gemacht. Ian hatte keine Ahnung, wie er die meisten dieser Dinge in Kalifornien auftreiben sollte. Vielleicht konnten ihm Xander und Oz helfen. Schon auf den ersten Blick erkannte Ian, dass diese Liste viel zu lang war. Nur etwa die Hälfte der aufgeführten Dinge gehörten zur zweiten Beschwörung seines Vaters. Der Rest von ihnen …

»Ich weiß, was du vorhast. Du brauchst diese Sachen für die Beschwörung, die meinen Vater getötet hat. Die Ältesten haben entschieden, dass wir diesen Weg nicht weiterverfolgen.«

»Die Ältesten sind nicht hier! Uns wird nur sehr wenig Zeit bleiben, den richtigen Weg zu finden. Ich werde beide Beschwörungen vorbereiten. Ich versuche es zuerst mit der anderen. Wenn sie keinen Erfolg hat – nun, ich bete, dass meine Schutzvorkehrungen gegen einen Angriff diesmal besser sind als beim letzten Mal.«

Ian hatte kein gutes Gefühl dabei. Sein Onkel hatte sogar vor seiner Familie und den Ältesten Geheimnisse.

Er ging mit seiner Geheimniskrämerei eindeutig zu weit.

Onkel George schien seine Gedanken zu lesen. »Du musst mir vertrauen. Deine Brüder werden bald zurück sein. Dann werdet ihr drei gemeinsam die Beschwörung vorbereiten, für die sich die Ältesten entschieden haben.«

Ian würde also die auf der Liste stehenden Dinge besorgen. »Und was machst du in der Zwischenzeit?«, fragte er.

»Ich werde die Zeit nutzen, um intensiv darüber nachzudenken, ob es eine Möglichkeit gibt, die andere Beschwörung gefahrlos anzuwenden. Dein Vater hat zu viele Kompromisse gemacht. Ich habe das Gefühl, dass wir zu den wahren alten Lehren zurückkehren müssen.«

Ian gefiel das überhaupt nicht. »Die wahren alten Lehren? Darunter sind Praktiken, die wir vor Hunderten von Jahren aufgegeben haben.«

»Vielleicht war das ein Fehler. Die Druiden haben früher über große Macht verfügt. Vielleicht müssen wir uns wieder darauf besinnen.« Sein Onkel schwieg einen Moment und sah Ian direkt in die Augen. »Mir ist bewusst, dass dies zur Zerstörung des Ordens führen könnte. Aber wenn ich dadurch die Welt retten kann, ist es dieses Opfer wert.«

Trotz der Aufrichtigkeit seines Onkels hatte Ian weiter Zweifel.

»Dennoch, diese Entscheidung ...«

»Nicht du triffst diese Entscheidung«, fiel ihm sein Onkel ins Wort. Er wandte sich wieder dem Kristall auf dem Tisch zu. »Ich werde Kontakt mit den anderen Gruppen aufnehmen.«

Sein Onkel hatte damit die Diskussion beendet und Ian war verpflichtet, ihm zu gehorchen. Er wusste, dass es seine Bestimmung war. Würde er es wagen, auch die Jägerin hineinzuziehen?

Er wusste, dass er dies dem Schicksal überlassen musste.

Sunnydale war ihm in den letzten Tagen wie eine Zuflucht vor den Problemen der Welt erschienen. Selbst die Kämpfe mit den Vampiren waren ihm eher wie ein sportlicher Wettkampf denn wie eine Frage von Leben und Tod vorgekommen. Ian erkannte, dass es an der Jägerin gelegen hatte. In einer imaginären Welt, die niemals Wirklichkeit werden konnte, würden er und die Jägerin immer Seite an Seite kämpfen.

Oder gab es doch eine Möglichkeit, diese imaginäre Welt Wirklichkeit werden zu lassen? Allein der Gedanke an Buffy ließ seine Hände feucht werden. Er wusste, dass er ihr aus dem Weg gegangen war. Bei ein oder zwei Gelegenheiten hatte er sie sogar rüde abgewiesen.

Aber er war nicht hier, um sich zu verlieben. Er, seine Brüder, sein Onkel – sie versuchten, das Böse an der Eroberung der Welt zu hindern.

Ian wusste, dass er ihr früher oder später seine Gefühle gestehen musste.

Seine Gedanken kehrten immer wieder zu diesem Punkt zurück.

Das Leben eines Druiden war hart, die Ausbildung, die Prüfungen. Er hatte nie viel Zeit für Romanzen gehabt – in den letzten ein, zwei Jahren hatte er sich nur ein paar Flirts gegönnt –, aber seit Beginn der Krise hatte er sich allein auf seine Aufgabe konzentrieren müssen.

Vielleicht fanden er und die Jägerin einen Moment Zeit füreinander.

Für jemand, der seinen Weg beschritt, musste dies genügen.

Nun, hier war Gloria, wieder in der Gasse – eine neue Nacht, ein neuer Meisterplan. Cordelia war wieder in ihren kleinen Club zurückgekehrt. *Gloria soll auf die kleine Cordelia aufpassen, sagt Naomi. Aber die Jägerin ist auch in dem Club. Gloria hat gesehen, wie sie reinging. Die Jägerin könnte Gloria wiedererkennen. Was wird dann mit Gloria passieren? Sie wird einen Pflock ins Herz gestoßen bekommen und sich in einen Haufen Staub verwandeln. Welchen Nutzen hätte Gloria als Staubhaufen? Überhaupt keinen!*

Naomi war auch fort. Gloria war es lieber, wenn Naomi fort war, denn dann konnte Gloria in Ruhe nachdenken. Sie würde Cordelia nach Hause folgen, wenn sie das *Bronze* verließ. Aber bis dahin würden noch Stunden vergehen.

Gloria hörte ein Geräusch vom anderen Ende der Gasse und ihr fiel ein, dass sie nicht ganz allein war.

»Bryce!«, rief sie. »Naomi ist weg. Du kannst ruhig rauskommen.«

Naomi konnte Cordelia mit einem Zauber lähmen und es sah aus, als hätte sie Bryce solche Angst gemacht, dass auch er wie gelähmt war. Aber Gloria? Gloria war bereits ein Vampir. Was konnte ihr noch passieren?

»Bryce?«, rief Gloria. »Ich denke, wir sollten einander besser kennen lernen.«

Sie hörte ein Scharren zwischen den Müllsäcken.

»Wirklich, Bryce. Du musst häufiger aus deinem Versteck herauskommen. Was ist das Leben denn wert, wenn man keine Gesellschaft hat?« Sie kicherte. »Verflucht! Ich bin sogar tot und brauche Gesellschaft!«

Das Ding, das einst ein Quarterback gewesen war, kam aus seinem Versteck geschlurft.

»Was für ein süßer Bryce! Armer Junge, Naomi hat dir so schreckliche Sachen angetan – dabei warst du früher ein Star-Quarterback! Ich wette, du hast ein paar tolle Muskeln unter all dem Dreck.«

Das Bryce-Ding stöhnte.

»He, wir müssen zusammenhalten. Sonst treibt uns Naomi noch in den Wahnsinn.«

Das Bryce-Ding knurrte.

Gloria lächelte und schlenderte zu der Kreatur. »Was Naomi nicht weiß, macht sie nicht heiß, wenigstens im Moment nicht. Es gibt eine Menge einsame Nächte in Sunnydale.« Sie kicherte. »Möchtest du etwas Vampirliebe?«

Sie strich ihm sanft das verfilzte Haar aus der Stirn. Irgendwo dahinter verbargen sich zwei Augen.

Dies war das erste Mal, dass sie so etwas mit einem Quarterback machte – oder mit dem, was von ihm übrig geblieben war. Friss das, Naomi, dachte sie.

He, Vampire konnten nicht wählerisch sein.

14

Buffy hatte Sunnydale selten so still erlebt. Wenn die Stadt gestern Nacht ruhig gewesen war, dann war sie heute tot – wenn auch nicht im wörtlichen Sinne. Keine Menschen, keine Vampire, keine Autos, keine Hunde. Als wäre ganz Sunnydale in eine Art Dornröschenschlaf gefallen.

Und je stiller es wurde, desto mehr musste sie an Ian denken. Warum? Er wollte nicht einmal mit ihr reden. Aber die Art, wie er sie ansah, und die Art, wie er in ihrer Nähe verlegen wurde – sie kannte diese Zeichen. Sie schätzte, dass sie doch nicht so ganz aus der Übung war, was die Liebe anging.

Ihr gefiel auch, wie gut er kämpfte. Als Jägerin verbrachte sie zu viel Zeit damit, an ihrem eigenen Kampfstil zu arbeiten. Es tat gut, zur Abwechslung einmal die Finessen eines anderen zu beobachten.

Ihr gefiel außerdem, dass er – bei jetzt zwei Gelegenheiten – genau im richtigen Moment aufgetaucht war. Sie wünschte fast, irgendetwas würde passieren, damit Ian erneut auftauchen konnte.

Wow, mach langsam! Was ist denn das für ein Gedanke? Mädchen, du hast offenbar zu viel freie Zeit.

Buffy fuhr zusammen.

Es war nur ein Vogelschwarm am Ende der Straße, über dem Friedhof. Aber nach dieser langen Zeit der Stille hätte jedes Geräusch sie aufgeschreckt und die Vögel veranstalteten einen Höllenlärm.

Nun, dachte Buffy, wenn etwas passieren sollte, dann wird es auf dem Friedhof passieren. Soweit es die Jägerin betraf, war er Sunnydales Action-Brennpunkt.

Buffy näherte sich schnell, aber vorsichtig dem Friedhofstor und hielt Ausschau nach den vertrauten bleichen Gesichtern. Die Vampire liebten den Friedhof. Er war ihr Zuhause – zumindest für viele von ihnen. Selbst der Meister hatte, wenn auch unfreiwillig, in der Nähe gelebt, direkt auf dem Höllenschlund.

Der Höllenschlund. Buffy fragte sich, ob der Lärm, den die aufgeschreckten Vögel machten, etwas mit den Zaubertricks der Druiden zu tun hatte. Von den Vampiren gab es keine Spur. Nicht einer war zu sehen. Was, wie sie erkannte, ebenfalls auf den Druidenzauber zurückzuführen sein konnte. Das war vermutlich einer der Vorteile, wenn man so geheimnisvoll tat. Man konnte für alles verantwortlich gemacht werden.

Sie trat durch das Tor und schlenderte über den sorgfältig gepflegten Rasen des nur allzu vertrauten Friedhofs. Langsam, jeden Moment mit einem Angriff rechnend, näherte sie sich den lärmenden Vögeln. Hatte sie nicht eben eine Bewegung zwischen den Gräbern gesehen? Waren es vielleicht die Druiden, die irgendein Ritual durchführten? Oder kehrten die Toten ins Leben zurück – wie gewöhnlich?

Sie ging hinüber, um sich die Sache näher anzusehen.

Was war das? Dicht über dem Boden bewegten sich Dinge, aber sie sahen weder menschlich noch lebendig oder tot aus. Sie sahen fast wie Tentakel aus. Buffy verlangsamte ihren Schritt und bemerkte, dass die Tentakel Blätter trieben. Es waren Ranken oder Äste – jedenfalls irgendeine Art Pflanzen –, die wuchsen, während sie sie beobachtete, mit einem Tempo von einem halben Meter oder mehr pro Minute. Die immer länger werdenden Ranken raschelten leise, während die Blätter über den Boden, die Grabsteine und andere Ranken schabten. Das leise

Rascheln war bisher vom Lärm der Vögel übertönt worden, aber jetzt flog fast der ganze Schwarm davon, zweifellos auf der Suche nach einem ruhigeren Ort. Buffy fragte sich, ob sie ihrem Beispiel nicht folgen sollte.

Dies musste etwas mit dem Druidenzauber zu tun haben. Giles hatte erwähnt, dass sie Meister der Naturbeschwörung waren. Vielleicht wollten sie den Höllenschlund mit einem Wall aus Natur umgeben. Die Ranken legten sich um die Grab- und Gedenksteine, überwucherten die Büsche und Bäume. Ja, dieses plötzliche Wachstum musste eine Art Barriere sein, eine Vorbereitung für die angekündigte eigentliche Beschwörung.

Buffy spürte, wie sich der Boden unter ihren Füßen bewegte. Kleine Triebe bohrten sich überall durch die Erde, neue Ranken der riesigen Pflanze, die den Friedhof eroberte. Aber sie war hier allein; niemand sonst war in Gefahr, niemand brauchte die Hilfe der Jägerin. Am besten ließ sie dem Zauber seinen Lauf und fragte später die Druiden – Ian –, was das alles zu bedeuten hatte.

Die Vampire würden sich heute Nacht woanders herumtreiben. Es wurde Zeit, dass sie nach Hause ging …

Doch als sie sich aufmachen wollte, merkte sie, dass ihre Füße am Boden klebten. Sie konnte ihre Stiefel nicht heben. Sie sah nach unten und stellte fest, dass ein dunkelgrünes Netz das Leder überzog. Die Ranken hatten sich um ihre Stiefel gewunden und ihre Füße fest am Boden verankert.

Sie versuchte sich mit einem Ruck zu befreien, aber das feine Rankennetz um ihre Knöchel gab nicht nach. Sie war gefangen. Die Ranken überwucherten den ganzen Friedhof, färbten Grabmarkierungen grün, wanden Blätterboas um Marmorengel, verschluckten Bäume und Büsche. Jeden Moment konnten die Ranken auch sie verschlingen.

Sie durfte nicht in Panik geraten. Sie war die Jägerin. Sie hatte schon viel schlimmere Dinge überlebt. Sie hatte ganze Horden von Vampiren und Wagenladungen von Monstern und Dämonen besiegt. Von einem überaktiven Giftefeu würde sie sich nicht übertölpeln lassen.

Ihre Füße waren gefesselt, aber im Moment befanden sich diese Ranken noch dicht am Boden. Sie bückte sich und zog hastig die Reißverschlüsse ihrer Stiefel auf. Neue Triebe krochen über ihre Hände und versuchten sich um ihre Finger zu schlingen. Sie riss ihre Hände zurück, wobei sie ein paar der dünneren Triebe zerfetzte, schlüpfte aus den Stiefeln und rannte dann zum Rand der verwunschenen Zone. Überall schossen neue Ranken aus dem Boden und brachten sie fast zu Fall. Sie sprang über einen niedrigen Grabstein. Wenn sie jetzt stürzte, würde sie vielleicht nie wieder aufstehen.

Erst als sie den Asphalt erreichte, blieb sie stehen. Hier wuchs nichts durch den schwarzen Straßenbelag; er war glatt und kühl unter ihren Strümpfen. Der Zauber schien nur auf die Rasenfläche hinter ihr zu wirken. Sie drehte sich um und stellte fest, dass sich der Friedhof in einen Dschungel verwandelt hatte.

Dies musste zur Beschwörung der Druiden gehören. Aber warum hatten sie sie nicht vorher informiert – sie davor gewarnt? Zum Glück hielt sich niemand sonst in der Nähe auf. Diese Pflanzen waren gefährlich. Sie hätte ihnen ohne weiteres zum Opfer fallen und erstickt oder zerquetscht werden können.

Sie nahm sich vor, ein ernstes Wörtchen mit den Druiden – mit Ian – zu reden.

Endlich, dachte Cordelia. Sie und Xander hatten endlich etwas Zeit füreinander gefunden.

Sie hatten sich in eine stille Ecke des *Bronze* zurückgezogen und schmusten heftig miteinander. Cordelia hatte nicht gewusst, wie sehr sie das vermisst hatte, bis sie sich in Xanders Arme schmiegte. Sie schloss die Augen und hörte der Band zu, während sie Xanders Wärme spürte, seinen guten, sauberen Geruch genoss, seine süßen Lippen küsste.

Was war das? Mitten beim Küssen fuhr sie zusammen. Sie glaubte eine Stimme gehört zu haben. Was hatte sie gesagt?

Aber da war nichts. Nur die Rockband spielte. Vermutlich hatte sie nur den Sänger gehört.

»Gehts dir gut?«, fragte Xander.

»Hm-hmmm«, antwortete sie.

»Mir auch«, sagte Xander. »Wir sollten das öfter machen.«

Darin, dachte Cordelia, sind wir beide absolut einer Meinung …

Da war sie wieder! Diese Stimme. Es war nicht der Sänger – nein, sie war höher, leiser – vielleicht eine Chorstimme. Was sagte sie?

Sie rief ihren Namen.

Oh …

Cordelia fuhr hoch.

»Hör mal, Xander, ich muss gehen …«

»Was?«, fragte er.

Sie runzelte die Stirn. Sie wollte nicht weg, sie wollte bei ihm bleiben.

Da war die Stimme wieder. Die hartnäckige Stimme.

Sie entwand sich ihm. »Nein, ich muss jetzt wirklich los …«

»Was?« Xander grinste sie an. »Das macht nichts. Solange du zurückkommst.«

»Zurückkommen? Ja, ich komme zurück.«

Sie löste sich von ihm und rannte davon, drängte sich durch die Menge, stieß gegen die Tänzer. Es spielte keine Rolle.

Wichtig ist nur, dass ich dem Ruf folge …

Hatte er vielleicht etwas Falsches gesagt?

In dem einen Moment war alles vergessen gewesen. Er hatte den Nachmittag mit den Druiden verbracht und sich dann mit Cordelia getroffen, und sie hatte nicht ein einziges Mal den Namen »Bryce Abbot« gesagt. Xander und Cordelia waren im siebten Himmel.

Im nächsten Moment war sie losgestürzt, als müsste sie einen Brand löschen. Um genau zu sein, sie war so schnell gerannt, als müsste sie drei oder vier Brände löschen.

Vielleicht hatte er Mundgeruch. Nein. Sie hatten sich inzwischen so oft geküsst, dass es zu einer totalen Speicheltransfusion gekommen sein musste. Sein Atem war ihr Atem. Ende der Geschichte.

Vielleicht lag es an diesen Burgern, die sie vorher gegessen hatten. Vielleicht war ihm plötzlich ein Pickel gewachsen, der wie eine zweite Nase aussah. Xander seufzte. Vielleicht. Es konnte alle möglichen Gründe geben.

War sie etwa losgezogen, um Bryce zu treffen? Was war er – bloß ein Star-Quarterback im Collegealter und einer von Cordys Ex-Freunden? Was sah sie in Bryce, das sie in Xander nicht sehen konnte? Was *konnte* sie nicht sehen?

Am meisten beunruhigte ihn der Gesichtsausdruck, mit dem sie davongelaufen war. Nun, das und die Tatsache, dass sie überhaupt vor ihm davongelaufen war. Hätte sie ihm ein kleines Lächeln geschenkt und »Bin gleich wieder da!« gesagt, dann wäre er einfach an seinem Platz geblieben und hätte den Mr. Glückspilz gemimt, während sie sich die Nase puderte oder sich ein Glas Wasser holte oder mit Amanda über irgendein dringendes Detail des anstehenden Tanzfestes redete – was auch immer. Aber in der Sekunde, bevor sie gegangen war ... Xander glaubte, dass er Cordelia noch nie zuvor so außer sich erlebt hatte.

Vielleicht hatte sie erst in diesem Moment ihren schrecklichen Fehler erkannt. Vielleicht hatte sie die Augen geöffnet und sich entsetzt gefragt: »Küsse ich wirklich Xander Harris?«

Du musst der Realität ins Augen sehen, dachte Xander. Er war nicht der Tanzfesttyp. Vielleicht war Cordelia klar geworden, dass es irgendwo dort draußen jemand gab, der ihre Vorlieben teilte.

Jemand wie Bryce.

Was war, wenn sie es schon vor Wochen erkannt hatte und sich längst mit einem anderen traf? Was war, wenn sie nur eine Möglichkeit suchte, ihn loszuwerden? Vielleicht hatte ihr ständiges Verschwinden gar nichts mit dem Frühjahrsball und alles mit irgendeinem Burschen aus dem Footballteam zu tun – dem örtlichen College-Footballteam!

Wow! Xander hoffte verzweifelt, dass er sich irrte. Vielleicht hatte sie auch nur einen nervösen Magen. Nicht, dass er ihr einen nervösen Magen wünschte, aber im Vergleich zu einer Trennung – nun, kranke Mägen kamen und gingen. Beziehungen waren eine ernstere Sache.

Wo war sie bloß hin? Xander war überrumpelt worden; sie war verschwunden, bevor er reagieren konnte. Und jetzt blieb ihm nichts anderes übrig, als sich die Musik der Band reinzuziehen und zu hoffen, dass sie zurückkommen würde.

Fünf Minuten vergingen, dann zehn. Es war einfach nicht zu fassen. Beim nächsten Mal, entschied Xander, würde er ihr garantiert folgen.

Cordelia gefiel dies überhaupt nicht. In dem einen Moment hatte sie es endlich geschafft, mit Xander zu schmusen, und im nächsten fand sie sich mutterseelenallein und zu allem Überfluss auch noch in dieser Gasse wieder.

»Es ist Zeit für mein Abendessen.«

Cordelia blinzelte. Die ganze Geschichte mit Naomi brach wieder über sie herein. Die Drohungen … die Angst … die Kälte.

Oh, nein. Sie hatte nicht vor, sich von irgendjemand auf diese Weise behandeln zu lassen – nicht einmal von einem Vampir. Sie wollte die Nase rümpfen, aber ihr Gesicht war wieder wie gelähmt.

»Erstick dran!«, sagte sie stattdessen.

Naomis Gesicht tauchte vor ihrem auf. »Liebe Cordelia, du erkennst noch immer nicht, dass du keine Wahl hast. Es sollte dir doch klar sein, dass ich dich zu mir befehlen kann, wann immer mir danach zumute ist. Und bald wirst du erkennen, dass ich dich dazu zwingen kann, alles zu *tun*, was ich will.«

Naomi lachte leise. »Jetzt wirst du mir mein Abendessen bringen. Keine Sorge. Dieses erste Mal muss es niemand sein, mit dem du befreundet bist. Es ist mehr eine Art praktische Übung.«

Cordelia konnte sich nicht bewegen. Und Naomi hatte Recht. Cordelia war gezwungen gewesen, Xander zu verlassen und zu ihr zu kommen, wobei sich einer der schönsten Momente ihres Lebens in einen der schlimmsten verwandelt hatte. Und jetzt wurde von Cordelia erwartet, dass sie ins *Bronze* zurückkehrte und jemanden herausholte, damit Naomi ihn töten konnte?

Sie würde es nicht tun. Sie konnte es nicht tun!

Cordelia suchte fieberhaft nach einem Ausweg. Aber ihr fielen nur Fragen ein. Wie konnte sie Naomi aufhalten – wie konnte sie verhindern, dass Naomi sie zu ihrem Werkzeug machte –, wenn sie sich die meiste Zeit nicht einmal daran erinnern konnte, dass die Vampirin hier war?

Cordelia hatte plötzlich entsetzliche Angst.

Sie hörte das kalte Flüstern der Vampirin dicht an ihrem Ohr: »Jetzt, Cordelia! Tu es jetzt!«

Cordelia blinzelte. Sie war wieder hier, draußen in der Gasse hinter dem *Bronze*. Mann, es musste ihr hier wohl verdammt gut gefallen. Vielleicht die frische Luft? Die Stille – eine kleine Atempause von dem Gedränge im Club? Oder vielleicht der enge persönliche Kontakt zu all dem Müll?

Cordelia rümpfte die Nase. Das bestimmt nicht.

Warum hatte sie Xander nur allein gelassen? Aber im Moment konnte sie nicht an Xander denken. Sie hatte etwas im *Bronze* zu erledigen.

Da ist sie!

Xander spürte ungeheure Erleichterung, als er Cordelia mit einem anderen Mädchen am Hinterausgang reden sah. Erst als er erkannte, dass ihr nichts passiert war, stieg Ärger in ihm hoch. Warum stand sie am anderen Ende des *Bronze* herum und redete mit einer völlig Fremden?

Nun, nur weil er das Mädchen nicht kannte, bedeutete dies noch lange nicht, dass Cordelia sie nicht kannte. Das andere Mädchen schien ungefähr in ihrem Alter zu sein; wahrscheinlich besuchte sie sogar ihre Highschool. Bis vor kurzem, musste er sich ins Gedächtnis zurückrufen, hatten er und Cordelia sich in völlig verschiedenen Kreisen bewegt – vielleicht sogar in verschiedenen Dimensionen.

Nun, er würde dafür sorgen, dass ihre Kreise sich ein gutes Stück annäherten. Er ging zu den beiden Mädchen hinüber.

»Es ist ziemlich voll hier, nicht wahr?«, sagte Cordelia gerade.

»Hi!«, rief Xander, als er zu ihr trat.

Cordelia warf ihm nur einen flüchtigen Blick zu. Sie schien völlig durcheinander zu sein. »Oh – äh, hi, Xander. Wir können uns später unterhalten.«

Xander war nicht bereit, sich so einfach abfertigen zu lassen. Er entschloss sich, in ihrer Nähe zu bleiben und auf einen günstigen Moment zu warten, um sich in das Gespräch einzuschalten.

»Also«, sagte Cordelia, Xander völlig ignorierend, »ich habe gesehen, wie du mit diesem neuen Typen geredet hast.«

»Dave?«, fragte das Mädchen.

»Ja, er ist einer von Amandas Cousins. Ausländische Jungs sind wahnsinnig süß. Findest du ihren Akzent nicht auch toll?«

Einen Moment, dachte Xander. Ist das dieselbe Cordelia? Als er sich das letzte Mal mit ihr über die drei Druiden unterhalten hatte, hatte sie sie als die langweiligsten Leute auf diesem Planeten bezeichnet!

»He, Cordelia«, versuchte er sich wieder einzumischen. »Ich hatte eigentlich gehofft, ein paar Worte mit dem Mädchen reden zu können, mit dem ich ins *Bronze* gekommen bin, um die Band ...«

»Nicht jetzt, Xander«, unterbrach sie, ohne ihn anzusehen. »Verschwinde und setz dich irgendwo hin.«

Was? Das war es? Keine Erklärung, keine Entschuldigung, nur ein »Verschwinde und setz dich irgendwo hin«?

Zum ersten Mal in seinem Leben war Xander sprachlos.

Aber offenbar war Cordelia entschlossen, so viel zu reden, dass es für sie beide reichte. Sie wandte sich wieder an das andere Mädchen. »Hier ist es viel zu voll, um sich in Ruhe zu unterhalten. Kommst du mit nach draußen?«

»Nach draußen?«, wiederholte sie ungläubig.

»Ja, sicher«, sagte Cordelia mit einem wissenden Grinsen. »Hör zu, Barb. Da draußen gibts eine Hintertreppe, auf der man unbeobachtet ist.«

Ach ja? Xander überlegte, was Cordelia meinte. Nun, da war diese Feuertreppe, die zu dieser Gasse mit den Müllcontainern führte – nicht gerade ein romantischer Ort und mit Sicherheit kein Ort für Cordelia.

»Wirklich?«, fragte Barb.

»Ja. Wenn man noch bei seinen Eltern wohnt, muss man sich nach ein paar Plätzen umschauen, wo man ungestört ist – du weißt schon, warum. Barb, vertrau mir. Ich kenne mich aus.«

Das war eindeutig etwas, das Xander nicht hören wollte.

Aber Barb war schon halb überredet. »Nun, wenn das, was du mir erzählen willst, ein richtiger Hammer ist ...«

Cordelia schüttelte den Kopf. »Was Marti zu Anton über deinen alten Freund Billy gesagt hat – aber nein. Ich muss es dir unter vier Augen erzählen.« Sie lächelte verschwörerisch. »Hier gibt es zu viele Ohren, verstehst du?«

Barb verzog das Gesicht. »Wer hört denn hier schon auf das,

was andere Leute erzählen? Es sind doch alle mit sich selbst oder der Musik beschäftigt.«

Für Xander ergab es auch keinen Sinn. Was hatte Cordelia vor? Wollte sie Barb vielleicht auf den Arm nehmen?

»Hör zu, ich mach mir deswegen keine Sorgen. Ich will nur nicht, dass es irgendjemand weitertratscht. Und hinterher gehen wir wieder rein und reden mit Dave. Dave!«, rief sie und winkte Amandas Cousin zu, der gerade durch den Haupteingang hereinkam. »Bis später!«

Dave lächelte und winkte zurück. Er drängte sich zu ihnen durch die Menge.

»Oh«, sagte Barb strahlend. »Da kommt Dave.«

Cordelia zog an ihrem Arm. »Willst du das Geheimnis nicht hören? Vertrau mir, du wirst dich totlachen.«

Xander stellte sich ihnen in den Weg. »Cordy, wenn du zurückkommst, möchte ich ...«

»Xander?« Cordelia blinzelte. »Nun, okay. Ich muss nur ... nur ...« Sie runzelte die Stirn, als würden ihr nicht die richtigen Worte einfallen. Dann drehte sie sich halb um und griff nach ihm. »Xander! Ich brauche ... ich brauche ...«

Was war bloß mit ihr los? Cordelia sah aus, als würde sie im nächsten Moment in Ohnmacht fallen.

Xander trat näher, doch Cordelia schüttelte den Kopf. »Nein, mir geht es gut.« Sie funkelte Xander an. »Habe ich dir nicht gesagt, dass du mich in Ruhe lassen sollst?«

Xander wich zurück. Cordelia war manchmal launisch – wie jeder andere auch. Aber im Moment führte sie sich schlicht unmöglich auf. In der kurzen Zeit, in der er mit Cordelia zusammen gewesen war, hatte er geglaubt, sie recht gut kennen gelernt zu haben, aber diese Cordelia Chase schien eine völlig Fremde zu sein.

»Komm schon, Barb.« Cordy griff nach dem Ellbogen des anderen Mädchens. »Die Männer können warten.«

Dave erreichte Xander, als die Mädchen davoneilten.

»He!«, sagte Dave. »Sie wollten doch mit mir reden, oder?«

»Das ist die entscheidende Jeopardy-Frage«, erwiderte Xander. »Keiner weiß, was sie vorhaben. Aber ich werde es schon herausfinden.«

Xander drängte sich durch die Menge. Er bemerkte, dass ihm Dave dicht auf den Fersen blieb. Er musste erfahren, was vor sich ging. Dies war nicht länger seltsam. Xander hatte das Gefühl, dass es viel schlimmer war.

Er holte sie an der Hintertreppe ein. Es war tatsächlich die Feuertür, die mit dem Schild, auf dem »Das Öffnen dieser Tür löst Alarm aus!« stand. Nur dass die Tür, wie Xander bemerkte, bereits offen war.

Barb war schon halb die Treppe hinauf. Dave sah von Cordelia zu Barb und wieder zurück; wahrscheinlich wollte er nicht unhöflich sein, aber ebenso wahrscheinlich wollte er, dass Cordelia verschwand und er mit dem anderen Mädchen allein sein konnte.

Nun, dachte Xander, es wird Zeit, dass ich eine Lanze für die Liebe breche. Wenn er sich mit Cordelia davonmachte, konnten Dave und Barb ungestört ihre Zweisamkeit genießen.

»He, Cordelia!«, rief er, als er zur Feuertür trabte.

»Xander!« Sie verdrehte die Augen. »Ich habe dir doch gesagt, dass du – ich dachte, ich hätte dir gesagt – ich dachte – ich will nicht – geh weg von mir, sofort! Es ist nicht sicher! Es ist – ich will dich nie wieder sehen!«

Dave lächelte entschuldigend. »Nun, ich schätze, ich lasse euch jetzt besser allein, damit ihr das klären könnt.« Er rannte die Treppe hinauf und durch die Tür, durch die Barb vor einem Moment verschwunden war.

Diesmal fiel Cordelia tatsächlich in Ohnmacht. Xander fing sie auf, bevor sie zu Boden stürzen konnte. Er hielt sie eine Weile in den Armen und verfolgte, wie die Anspannung aus ihrem Gesicht wich. Sie sah wie ein schlafendes Kind aus.

Sie öffnete die Augen. »Xander?«

»Cordelia?«

Sie drehte den Kopf und sah sich um. »Was machen wir hier hinten?«

»Du bist hierhin gegangen, zusammen mit Barb.«

»Barb?« Cordelia blickte verwirrt drein. »Von der Junior Highschool? Ich habe sie seit Jahren nicht mehr gesehen.«

Was? Erinnerte sie sich denn an gar nichts mehr?

»Cordelia, irgendetwas ist mit dir passiert. Vielleicht hat man dich mit einer Art Zauber belegt.«

»Was meinst du damit?«

In diesem Moment brach der Lärm los.

Naomi erkannte das erste Opfer sofort, als es die Gasse betrat. Ihr Name war Barb, eine Randfigur aus ihrer alten Clique. Sie gehörte zu der Sorte, die niemand groß vermissen würde.

Cordelia hatte hervorragende Arbeit geleistet.

»Barb!«, rief sie.

Barb fuhr beim Klang ihrer Stimme herum. »Naomi? Ich habe dich seit einer Ewigkeit nicht mehr gesehen!« Sie sah sich in der Gasse um und bemerkte den durchdringenden Gestank, der von den Müllcontainern am anderen Ende ausging.

»Iiiih«, sagte sie naserümpfend. »Kein Wunder, dass man an diesem Ort ungestört ist.«

»Oh«, machte Naomi. »Diese Gasse ist ganz und gar nicht so schlimm, wie du denkst. Für einige von uns kann es hier richtig aufregend sein.«

»Aufregend?« Barb blickte zum Hintereingang des *Bronze* hinüber. »Ich warte auf Cordy. Sie wollte nachkommen. Wartest du auch auf jemand?«

»Jemand?« Naomi glitt zu der jungen Frau. »Nein, ich wollte nur mit dir reden, Barb. Ich habe immer das Gefühl gehabt, dass wir beide uns näher kennen lernen sollten.«

»Näher kennen lernen?« Barb blickte nach unten. Naomi hatte ihren Arm ergriffen. »Iiiih! Deine Hand ist eiskalt!« Naomi packte mit der anderen Hand Barbs Schulter und zog sie näher zu sich.

»Was machst du da?«, schrie Barb. Sie wand und krümmte sich. Aber sie war nicht stark genug, um sich aus dem Griff einer Vampirin zu befreien. »Nein!«

»Ja«, flüsterte Naomi.

Barbs Widerstand brach zusammen, als sich Naomis Vampirzähne in ihren Hals bohrten.

Ah. Es fühlt sich so gut an, die Zähne in zartes junges Fleisch zu graben. Jetzt würde sie genussvoll trinken und sich von der Wärme beleben lassen.

»He!«

Naomi öffnete die Augen. Ein junger Mann stand vor ihr. Cordelia machte offenbar Überstunden. Sehr gut. Sie würde Barb aussaugen und sich anschließend um ihn kümmern.

Naomi spürte, wie sie von ihrer Mahlzeit weggeschleudert wurde. Der junge Mann hatte ihr mit voller Wucht einen Tritt in die Rippen verpasst.

»Barb!«, rief er. »Versteck dich hinter mir!«

»Dave?«, murmelte die junge Frau, vom Blutverlust bereits benommen.

Naomi schrie vor Wut auf. Niemand durfte es wagen, sie beim Essen zu stören! Sie würde diesen schwächlichen Menschen packen, in Stücke reißen und sein Blut von der Straße lecken! Dann würde sie sich wieder das Mädchen vorknöpfen – ein Hauptgericht und ein Dessert.

Sie stürzte sich auf den Jungen, aber er war nicht mehr an seinem Platz. Ein weiterer Tritt traf ihren Rücken und beförderte sie in den Müll, der sich am Ende der Gasse türmte.

»Komm, Barb!«, hörte Naomi ihn rufen. »Wir müssen von hier verschwinden. Wir müssen Hilfe holen.«

Nein, das würden sie nicht. Menschen konnten sie einmal überrumpeln, mit etwas Glück vielleicht sogar zweimal. Aber sie war eine Vampirin. Vampire siegten immer.

Sie kämpfte gegen ihren Blutdurst an. Reine animalische Wildheit würde sie unter Umständen nicht zu ihrem Ziel führen. Der Junge war offensichtlich ein ausgebildeter Kämpfer. Aber Naomi war schneller. Sie musste sich nur einen Moment Zeit nehmen, um seine Bewegungen zu studieren und seine Schwachstelle zu finden. Um so befriedigender würde es sein, ihn hinterher auszusaugen!

Sie wühlte sich aus den Müllsäcken und wischte den Unrat von ihrem Gewand. »Du wirst nirgendwohin gehen, Dave. Dies ist deine letzte Verabredung mit Barb.«

Sie näherte sich ihm diesmal vorsichtiger. Wenn sie den Jungen erst einmal zu fassen bekam und ihre Vampirzähne in seinen Hals bohrte, hatte sie gewonnen. Sie musste nur rechtzeitig reagieren, wenn er angriff. Dann würde sie sich an seinem Blut laben!

Sie streckte ihre rechte Hand aus. Er machte einen Schritt nach links. Sie wich zurück. Er wippte leicht auf seinen Fußballen, als hätte er nicht die geringste Angst vor ihr. Das würde sein Verderben sein.

»Barb?«, rief er über die Schulter. »Bist du okay?«

»Dave?«, antwortete Barbs matte Stimme. »Ich glaube schon. Was ist passiert?«

»Das erkläre ich dir später. Hast du irgendwelche Holzstücke in der Gasse gesehen? Irgendetwas Spitzes?«

Dieser Junge wusste also, was sie war und wie man sie vernichten konnte. Vielleicht, dachte Naomi, war sie zu selbstsicher gewesen. Vielleicht konnte sie ein wenig Hilfe brauchen, um sich von dieser Plage zu befreien.

»Bryce!«, rief sie. »Wo bist du? Ich brauche dich!«

Hinter den Müllsäcken blieb alles still. Nur die Atemzüge und Herzschläge der beiden Menschen vor ihr waren zu hören.

»Bryce!«, rief sie. »Gloria!«

Niemand antwortete. Naomi war allein.

Das durfte nicht sein. Ihre Diener waren verpflichtet, ihr immer zur Verfügung zu stehen.

Der Junge trat einen Schritt auf sie zu. Konnte er ihre Furcht spüren? Sie war stärker als er! Sie konnte ihn mühelos zerquetschen.

Der Junge lächelte. In seiner Hand hielt er ein spitzes Holzstück.

Sie würde nicht auf diese Weise enden!

Naomi wich einen Schritt zurück. »Ich werde euch alle töten!«, schrie sie. Und dann rannte sie davon.

15

George konnte den Blick nicht von dem Kristall wenden. Zweifellos hatte sein Neffe Ian geglaubt, dass er den Edelstein benutzte, um die Zukunft vorherzusehen. Aber alles, was ihm die Facetten zeigten, war die Vergangenheit.

Tief in dem Stein, wieder und wieder, sah er, was geschehen war.

Nein! Lasst sie nicht näher kommen! Lasst es nicht zu!

George schloss die Augen. Seit Jahren hatten die Ältesten vor einer ungeheuren Gefahr gewarnt, die in der Zukunft drohte. Und die Mächte der Finsternis schienen sich zu rühren, die übernatürlichen Wesen an Kraft zu gewinnen. George und sein Bruder Stephen hatten die Zeichen gesehen. Sie kannten die Überlieferungen, sie wussten, was die Veränderungen bedeuteten. Gemeinsam entschlossen sie sich, das Böse zu bekämpfen, das sich anschickte, die Welt zu erobern.

Die beiden hatten die möglichen Beschwörungsformeln zusammengetragen, die Omen studiert, um den günstigsten Zeitpunkt zu ermitteln, und so den, wie sie glaubten, sichersten Weg herausgefunden, um die Welt vor der aufziehenden Gefahr zu retten. Am Ende hatten sie die Alternativen auf zwei verschiedene Beschwörungen reduziert. Sie hatten wochenlang über die beste Möglichkeit gestritten. Ein Zauber aus Licht und Kristall, der die dunklen Mächte bannen würde, ähnlich wie jene Beschwörung, die nach Georges Meinung den großen Vampir namens der Meister in die Höhlen unter eben diesen Straßen verbannt hatte. Oder ein dunklerer, älterer Zauber, der die dunklen Wesen dorthin zurückschicken würde, woher sie gekommen waren. Der zweite Zauber war der wirksamere von beiden, aber dieser zweite Zauber erforderte Blut.

Stephen war der Begabtere gewesen, der mit dem wahren magischen Talent. George war mehr der Gelehrte und seine eigenen Zauber waren oft unbeholfen und unsicher. Er hatte zwar in den meisten Fällen Erfolg, aber selbst er musste zugeben, dass seine Beschwörungen oft nur auf Umwegen zum Ziel führten.

Stephen war derjenige, der die Beschwörung durchführen sollte, sodass seine Meinung am Ende den Ausschlag gab. Sie würden die Magie des Lichtes einsetzen, nicht die des Blutes, und versuchen, jene Mächte zu überwältigen, die ihnen Böses wollten. Waren sie erst einmal gefangen, konnten die Ältesten in aller Ruhe nach einem Weg suchen, diese Wesen für alle Zeiten zu verbannen. Damals war ihnen alles so logisch erschienen.

Nein! Lasst sie nicht näher kommen! Lasst es nicht zu!

Und so hatten sie vor fast einem Jahr am Frühlingsanfang mit ihrem Werk begonnen. Keiner von ihnen hatte geahnt, dass es so gefährlich werden würde.

Erst nach Beginn der Beschwörung war ihnen klar geworden, dass sie den falschen Ort gewählt hatten. Der uralte Ort der Macht war schwach, die Verbindung zu den dunkleren Wesen viel zu brüchig. Dennoch hatte Stephen weitergemacht und versucht, die dunklen Mächte in seinem Netz aus Licht zu fangen.

Und Stephen war es gelungen, die Verbindung zu stärken, aber dadurch hatte er den dunklen Wesen – den zehntausend Dämonen der Legende – einen Weg in die materielle Welt der Sterblichen geöffnet und seinen eigenen Tod provoziert.

Nein! Lasst sie nicht näher kommen! Lasst es nicht zu!

George! George!

Stephens Beschwörung bestand aus drei Phasen. Die erste war die Herstellung der Verbindung, die zweite ihre Stärkung und die dritte das Anbringen des Siegels, das die dunklen Mächte nicht durchdringen konnten. George und Stephens drei Söhne hatten Stephen mit Schutz- und Stärkungszaubern unterstützt und alles war gut gegangen, bis das von Stephen beschworene große weiße Licht seine Farbe verändert hatte, dunkler geworden war, von Gelb über Orange zum düstersten Rot.

»Was soll ich tun?«, rief George. Das Licht umhüllte sie und war so intensiv, dass es sie fast blendete. George konnte seinen Bruder kaum noch erkennen, obwohl er direkt neben ihm stand. Seine Neffen, vielleicht zwanzig Schritte entfernt, waren überhaupt nicht mehr zu sehen.

»Beeilt euch!«, hatte Stephen gerufen. »Beginnt den dritten Teil der Beschwörung!«

Und dann hatte das Licht den dunklen Mächten den Weg gezeigt. Stephen war in Panik geraten.

»Sie sind überall! Nein! Nein! Lasst sie nicht näher kommen! Lasst es nicht zu! George! George!«

George hatte etwas tun müssen. Die erste Beschwörungsformel funktionierte offenbar nicht. Er kannte den anderen, dunkleren Zauber auswendig. Er hatte alle Vorbereitungen getroffen für den Fall, dass es sich als notwendig erweisen sollte. Er würde die Dämonen zurücktreiben. Er würde sie auf ewig verbannen!

Er brauchte Blut. Im letzten verzweifelten Moment öffnete er seine eigenen Adern.

Aber als er die Schnitte machte, schien sich Stephen von den Wesen zu befreien.

»Nein!«, rief sein Bruder. »Ich kann sie zurücktreiben! Ich kann die Beschwörung vollenden! George! Was hast du …«

Es war zu spät. Georges Beschwörungsformel hatte bereits gewirkt.

Zusammen schienen die beiden Zauber einen Moment des Vakuums zu erzeugen, einen Moment, der es den Wesen ermöglichte, ein letztes Mal zuzuschlagen.

Das rote Licht war erloschen, aber Stephen war von Flammen umgeben. Sein Schrei dauerte nur einen Augenblick. Einen Augenblick später war er verbrannt.

Die Beschwörungsformeln ergänzten einander. Auf irgendeine Weise schien die Kombination zu funktionieren. Die dunklen Wesen waren gebannt, zumindest für einige Zeit. Aber von Stephen war nur ein verkohlter Leichnam übrig geblieben.

Und in Georges Ohren gellte noch immer der Todesschrei seines Bruders.

Das Blut – Georges Blut – hatte nicht genügt.

Die Dämonen waren vertrieben. Aber vorher hatten sie Stephen getötet und George verschont, damit er diesen Moment immer wieder durchlebte.

Der Schrei – der Todesschrei seines Bruders – schien in dem Stein widerzuhallen. Er verdunkelte die Zukunft. Er verdunkelte die Omen. Er verdunkelte alles.

George hatte sie alle retten wollen. Er hatte sich nicht vorstellen können, dass die zweite Beschwörungsformel zum Tod seines Bruders führen würde.

Die drei Jungen waren von dem Zauber geblendet worden. Nur Stephen hatte gesehen, wie sich George die Schnitte zugefügt hatte. Und Stephen war tot.

Niemand sonst würde davon erfahren. George wusste es und er würde diese Bürde tragen, bis er das erfolgreich zu Ende führte, was die beiden Brüder begonnen hatten. Die Verantwortung und das Risiko lagen allein bei ihm. Aber er würde Erfolg haben, ganz gleich, was es kostete.

Es war fast ein Jahr vergangen, seit sein Bruder sein Leben verloren hatte, ein Jahr, in dem George gelernt hatte, nicht nur einen Zauber zu beherrschen, sondern zwei, und er würde alles tun, was getan werden musste, um die dunklen Mächte zu besiegen. Er schuldete es seinem Bruder und der Welt.

Und so schickte er die Jungen los, um die notwendigen Utensilien zu besorgen und die einleitenden Beschwörungen durchzuführen. Tom, der Begabteste der drei, arbeitete an einer Beschwörung, die den Höllenschlund so verändern würde, dass jeder Dämon, der versuchte, das Tor zu durchqueren, vernichtet werden würde. Später, wenn die Beschwörung aufwendiger wurde, sollten Ian und Dave ihn unterstützen. Dann, morgen Nacht, würde George mit den letzten Vorbereitungen beginnen.

Es gab noch andere Aufgaben, die seine Aufmerksamkeit verlangten. Aber er konnte den Blick nicht von dem Kristall wenden. Warum zeigte ihm der Edelstein nicht, was ihn erwartete?

George blickte von dem anklagenden Kristall auf.

Jemand – oder etwas – hatte den Raum betreten.

Er starrte die Schatten an.

»Was willst du hier?«

Die Schatten verdichteten sich zu einer Gestalt – zu der Gestalt eines hoch gewachsenen Mannes mit dunklen Haaren, einer aristokratischen Nase und einem grausamen Lächeln. Nein, dachte George. Kein Mensch.

Ein Vampir, der sich Eric nannte.

»Du weißt, dass du mich sprechen wolltest«, sagte Eric.

George erkannte, dass er Recht hatte. Eric war ein Bote der Finsternis. Er hatte George in Wales aufgespürt, nach dem Unfall. Irgendwie war es ihm gelungen, George erneut zu finden.

George war von diesem Geschöpf fasziniert. Es half ihm zu verstehen, gegen was er kämpfte.

Eric kicherte. »Ich bin der Einzige, der keine Angst vor dir hat.« Er schüttelte den Kopf. »Die meisten meiner Art haben die Stadt verlassen. Ich habe noch nie zuvor einen derartigen Exodus erlebt. Nur die Narren oder jene, die zu sehr mit sich selbst beschäftigt sind, um zu sehen – nur sie sind geblieben.«

George war einer der Ältesten des ältesten Ordens auf dem Antlitz der Erde. Er mochte neugierig auf diese Kreatur sein, es mochte ihm vielleicht sogar gelingen, sie für seine Zwecke zu benutzen, aber er würde sich von ihr nicht einschüchtern lassen.

»Und zu welcher Sorte gehörst du?«, fragte er. »Zu jenen, die zu sehr mit sich selbst beschäftigt sind, oder zu den Narren?«

Eric zog amüsiert eine Braue hoch. »Weder zu der einen noch zu der anderen, was auch der Grund dafür ist, dass du jetzt mit mir sprichst. Nur ich habe erkannt, dass es keine Flucht vor dir gibt. Nur ich bin dir bis hierher gefolgt, um dieser Sache ein Ende zu machen. Deine Beschwörung zielt zwar auf den Höllenschlund, aber sie wird die ganze Welt beeinflussen.«

»Das ist richtig«, gab George zu.

»Es ist erstaunlich, wie viel Weisheit man in ein paar hundert Jahren der Existenz erringen kann«, entgegnete Eric ruhig. »Du solltest es irgendwann einmal selbst probieren.«

»Meine Art hat ihre Weisheit über viele Jahrtausende hinweg weitergegeben und wir werden nicht ruhen, bis deine Art von der Erde getilgt ist.«

»Wirklich? Dann ziehst du mein früheres Angebot nicht mehr in Erwägung?« Erics Lächeln wurde breiter und entblößte seine Zähne. »Alles, was ich dir bis jetzt gesagt habe, ist wahr. Es ist alles eine Frage des Überlebens. Du garantierst meines und ich werde deines garantieren.«

»Das klingt wie eine Drohung«, grollte George. »Ich lasse mich von Wesen deines Schlages nicht aufhalten!«

»Georgie, Georgie, Georgie. Du hast nicht zugehört. Ich habe gegen deine Beschwörung nichts einzuwenden. Die uralten Zauber werden den Höllenschlund für die nächsten hundert Jahre versiegeln. Sie werden außerdem den Status quo für jene garantieren, die vorbereitet sind.«

Eric trat näher ins Licht. Seine Augen glühten rot unter der Deckenlampe. »Denk darüber nach, George. Gewisse Veränderungen sind einfach zu groß. Alles Übernatürliche von der Welt zu verbannen könnte sich als genauso verhängnisvoll erweisen wie der Siegeszug des Bösen. Der Weg deines Ordens ist der Weg des Gleichgewichts. Du bist ein Teil dieses Gleichgewichts, und ich bin es auch. Diese Stadt selbst ist der Beweis für meine Worte. Was ist die Jägerin, wenn es keine Vampire mehr gibt? Verdammt langweilig, glaubs mir. Gönne der Welt ein paar Geheimnisse. Sie wird es dir danken.«

»Du machst mir also dieses Angebot, um der Jägerin zu helfen?«

»Du weißt, warum ich dir dieses Angebot mache.« Der Vampir breitete die Arme aus. »Dies ist mein großer Moment«, krähte Eric. »Immer gab es welche, die über mir standen. Ich wusste, dass der Tag kommen würde, an dem ich die Führung übernehme.«

Vielleicht, dachte George, gilt das auch für mich. Mit einer plötzlichen Klarheit erkannte er, wie sehr er sich dies wünschte – dass alle anderen Ältesten vor ihm zu Kreuze krochen und zugaben, dass *er* der Einzige war, der Recht gehabt hatte.

»Es wird sich für uns beide lohnen«, fuhr Eric fort. »Eine Allianz zwischen uns wird dir erlauben, den Höllenschlund hundert Jahre lang zu kontrollieren und alles zu zerstören, was sich hindurchwagt, und alles, was mir die Herrschaft über die Nacht streitig machen könnte. Ich habe nur den Wunsch zu überleben – und meine Macht vielleicht ein wenig zu vergrößern. Denn selbst wenn das Böse gebannt wird, so wird die Macht bleiben, eine Macht, derer ich mich bedienen werde, um König in diesem kleinen Reich zu sein.

Möglicherweise wird die Jägerin mich dann töten. Alles, worum ich bitte, ist eine Chance. Und um diese Chance zu bekommen, muss ich dafür sorgen, dass du Erfolg hast. Die Jägerin mag dir helfen, die Mächte der Finsternis zurückzuschlagen.

Aber ich kann sie von innen heraus angreifen, sie untergraben und dich vor ihnen beschützen.«

George war überrascht. Vorher hatte Eric nur von Wissen gesprochen. Dies war ein neues Angebot. »Schutz? Ich werde darüber nachdenken müssen.«

Eric nickte. »Wir beide wissen, dass die Zeit knapp ist. Ich erwarte morgen deine Antwort.«

Der Vampir glitt zurück in die Schatten.

George stand auf, aber die Kreatur war bereits spurlos verschwunden.

Es gab zu viele Fragen, aber er hatte keine Zeit, nach den Antworten zu suchen. George wollte nicht den Tod seines Bruders wieder und wieder erleben. Er musste um jeden Preis Erfolg haben.

Er blickte auf den Tisch und erstarrte. Der Kristall hatte seine Farbe gewechselt.

Der Stein war rot, die Farbe des Blutes.

Damit war die Entscheidung über die Beschwörung gefallen – die Verbannung, nicht die Blockade. Natürlich würde er seinem Vampir-»Alliierten« nichts davon verraten. Welche Dienste ihm Eric auch immer anbot, sie konnten als kleine Sühne für all die Schandtaten dienen, die er begangen hatte – ein letztes Opfer, bevor George ihn vernichtete.

Blut war der Weg.

Der Kristall konnte nicht lügen.

Xander spürte, wie Cordelia in seinen Armen zitterte. Sie schien jeden Moment in Tränen auszubrechen.

»Wir sollten nicht nach draußen gehen«, flüsterte sie.

Was immer dort draußen auch vorgehen mochte, es hörte sich extrem gefährlich an. Wenn Dave auch nur halb so gut wie Ian war, dann würde er sich schon zu wehren wissen. Aber wer wusste, mit was er es zu tun hatte?

»Ich fürchte, wir müssen nachsehen«, erwiderte Xander. »Zwei Menschen sind nach draußen gegangen, weil du sie geschickt hast.«

»Xander Harris!«, stieß Cordy hervor. »Ich habe nicht … ich meine, ich wollte nicht …« Sie brach ab. »Es ist plötzlich so still.«

Sie hatte Recht. Das Geschrei und Gepolter und Geknurre hatte aufgehört. Es konnte nicht länger als eine Minute gedauert haben. Aber es hatte schrecklich geklungen.

»Ich kann es nicht ertragen«, sagte Cordy. »Ich muss nachsehen.« Sie ergriff Xanders Hand und rannte die Treppe hinauf.

Sie fanden Dave auf den Knien vor, über eine benommene Barb gebeugt.

»Wir haben den Lärm gehört«, sagte Xander. »Was ist passiert?«

»Ein Vampir«, sagte Dave.

»Naomi«, flüsterte Barb.

»Naomi?«, wiederholte Cordelia ungläubig.

Xander konnte die Male am Hals des Mädchens erkennen. »Sie hat Barb gebissen.«

»Sie hat nicht viel Blut gesaugt«, erklärte Dave. »Barb wird sich wieder erholen.«

»Viel Blut …«, wisperte Cordelia. Sie wirkte zutiefst verängstigt.

Dave sah zu ihr auf. »Warum hast du uns nach draußen geschickt? Wusstest du, was passieren wird?«

»N-nein. Ich … ich …«, stotterte Cordelia. »Ich kann mich an nichts erinnern!«

Dave starrte sie einen Moment an und nickte dann. »Nein, das kannst du nicht. Hier draußen ist das Böse sehr stark. Wenn uns vor der Beschwörung noch etwas Zeit bleibt, werden wir mit meinem Onkel George darüber reden.«

Xander hatte eine andere Idee. »Na ja, okay, aber zuerst müssen wir mit ein paar Freunden von uns sprechen. Es wird Zeit, dass Buffy und Giles uns dabei helfen herauszufinden, was hier vor sich geht.«

Als die menschlichen Teenager weg waren, wagte sich Gloria in die Gasse. Allmählich fühlte sie sich hier richtig heimisch. Sicher, es war schmutzig, es stank, es war voller Ratten. Aber es waren ihr Schmutz, ihr Gestank, ihre Ratten.

In dieser Nacht war es einfach wundervoll, ein Vampir zu sein.

Sie hatte zusammen mit Bryce ein kleines Versteck aufgesucht, das sie kannte – ein Versteck, von dem nicht einmal Naomi etwas wusste –, und dort hatte sie Bryce ein paar sehr wichtige Lektionen beigebracht, Dinge, die sowohl schön als auch hässlich waren. Das war einer der Vorteile, wenn man ein Vampir war – die hässlichen Dinge waren viel abwechslungsreicher. Ihr hatte es eine Menge Spaß gemacht und Bryce auch, wie sie glaubte, obwohl er nicht gerade der gesprächige Typ war. Aber was machte das schon? Gloria redete sowieso genug für zwei.

Und sie hatten es direkt vor der Nase der allwissenden Naomi getan.

Gloria kicherte. »Naomi sagt dies. Naomi sagt das. Ich frage mich, was Naomi sagen würde, wenn sie wüsste, was wir getan haben? He! Brycie?«

Brycie kam in die Gasse gewalzt. Dem schlurfenden Geschöpf konnte man eine Menge nachsagen, aber nicht, dass es schnell war. Ach, was solls, dachte Gloria. Bei manchen Dingen ist Langsamkeit von Vorteil.

Sie hatte einige Mühe gehabt, den großen Kerl dazu zu bringen, diese Gasse zu verlassen, obwohl ihr Versteck nur einen Block entfernt war. Er hatte sich nicht sehr wohl dabei gefühlt. Er hatte gegrunzt, gezögert und versucht, sie zurück in die Gasse zu drängen.

»Ah, Brycie«, hatte sie geflötet. »Du hast wohl Angst in der Fremde, hm?«

Aber er war ihr dann doch gefolgt. Und sobald er in Glorias Unterschlupf gewesen war, hatte er keinen Versuch gemacht, ihn wieder zu verlassen.

»Haben wir nicht eine Menge Spaß gehabt, Brycie?« Sie hatte ihm die Frage bereits ein Dutzend Mal gestellt, aber sie konnte es sich nicht verkneifen, sie noch einmal zu stellen. »Gloria hatte Spaß. Du bist vielleicht nicht gerade eine Augenweide, aber du hast es faustdick hinter den Ohren. Gloria weiß das.«

Bryce gab ein Gurgeln von sich.

Gloria strich ihm über das verfilzte Haar. »Ihr kleines Müllmonster hat wohl Angst gehabt, hm? Aber Naomi war weit weg. Sie hat Gloria nicht vermisst. Sie hat Bryce nicht vermisst. Sie wird es nie erfahren.«

»Weh-weh-weh«, brachte Bryce hervor.

Gloria klatschte in die Hände. »Versuchst du der kleinen Gloria was zu sagen?«

Irgendwo unter den Haaren und dem Schmutz glaubte sie zu sehen, wie Bryce nickte. »Weh-hun.«

»Ein Wort? Gloria dachte, du kennst keine Wörter. Siehst du, wie gut es dir tut, mit Gloria zusammen zu sein? Schon kannst du sprechen!«

Bryce nickte wieder. »Wehtun. Naomi wehtun.«

»Wirklich? Ja. Ich denke, wir können Naomi wehtun.« Sie klatschte wieder in die Hände. »Gloria hat eine Idee! Ich denke, wir werden eine Weile weiter so tun, als würden wir ihr helfen. Wir werden richtig nett zu ihr sein. Gloria kann das. Aber wenn Brycie sagt, wir tun ihr weh, dann werden wir ihr wehtun. Niemand darf es wagen, so mit Gloria zu reden!«

»Wehtun«, stöhnte Bryce ein letztes Mal und schlurfte dann wieder in sein Versteck hinter dem Müllcontainer.

Gloria sagte sich, dass es am besten war, wenn auch sie wieder ihren Posten einnahm. Sie hatte den Auftrag, Cordelia zu beobachten. Immerhin hatte Naomi das gesagt.

Gloria würde schon auf ihre Kosten kommen, aber es hatte keinen Sinn, Naomi wütend zu machen. Das konnte sie tun, wenn sie in der Lage war, Bryces kleinen Wunsch zu erfüllen. Nur dass Gloria eine viel bessere Idee hatte. Sie würde Naomi nicht nur wehtun.

Sie würde sie töten.

16

»Ian!«, rief Tom aus dem Nebenraum.

Was war denn jetzt schon wieder? Er war gerade erst in das gemietete Cottage zurückgekehrt und schon schrie sein Bruder nach ihm.

Ihr Onkel dachte natürlich nicht im Traum daran, ihnen zur Hand zu gehen. Er hätte die Vorbereitungen eigentlich beaufsichtigen müssen, aber er verbrachte fast seine ganze Zeit damit, in diesen Kristall zu starren. Onkel George war schon immer sehr launisch gewesen, doch seit dem Tod ihres Vaters und vor allem seit sie nach Sunnydale gekommen waren, hatte seine Laune den Tiefpunkt erreicht. Ian und seine Brüder gingen ihm aus dem Weg und redeten nur dann mit ihm, wenn es absolut notwendig war, und ihr Onkel hatte nichts dagegen eingewendet.

Bis die eigentliche Beschwörung am nächsten Abend begann, oblag es Ian und seinen Brüdern, die Vorbereitungen abzuschließen. Er hatte gerade die letzten Dinge besorgt, die sein Onkel für die Beschwörung brauchte, hauptsächlich exotische Kräuter, die er in einem abgelegenen Laden erstanden hatte. Offenbar konnte man in Kalifornien alles finden, sofern man wusste, wo man suchen musste. Er war Oz unendlich dankbar für seine tatkräftige Mithilfe.

Und nicht nur das – Ian hatte Oz gebeten, später bei ihnen vorbeizuschauen. Nicht jeder musste so geheimnistuerisch wie ihr Onkel sein. Und mit etwas Glück konnten sie Oz' Lykanthropie-Problem mit Hilfe ihres Onkels lösen. Vielleicht gelang es Onkel George nicht sofort, aber wenn sie erst einmal mit dem Höllenschlund fertig waren, würde ein Anti-Werwolf-Zauber eine Kleinigkeit sein.

Ein ganz normaler Tag im Leben eines Druiden. Ian hatte die Besorgungen erledigt, während Tom – wenn jemand in der Familie die Fähigkeiten ihres Vaters geerbt hatte, dann Tom – die Beschwörungsformel entwickelte. Ihr anderer Bruder, Dave, war ihrem Onkel ganz aus dem Weg gegangen und verbrachte seine Zeit mit einem neuen Mädchen, das er kennen gelernt hatte. Ian hatte nichts dagegen einzuwenden; die einleitenden Formeln, an denen sie gerade arbeiteten, konnten ohne weiteres von ein oder zwei Personen überwacht werden. Aber wenn er es sich recht überlegte, hatte er doch etwas dagegen einzuwenden. Er wünschte, er hätte mit Dave losziehen können. Er wünschte, er könnte Buffy sehen und ihr diesmal offen sagen, was er für sie empfand.

Ian seufzte. Wenn sein Onkel je von seinen Gefühlen für die Jägerin erfuhr, würde George mehr als nur schlechte Laune bekommen. Schließlich wurde von Druiden erwartet, dass sie unter ihresgleichen blieben.

»Ian!« Toms Stimme klang verzweifelt. »Ich meine es wirklich ernst! Hier geht irgendetwas vor!«

Ian stellte die Tüte mit den Besorgungen ab und rannte durch den viel zu weißen Flur zum Badezimmer.

Tom kümmerte sich um den Zaubertrank, der ihnen bei der Beschwörung helfen sollte. Ian hatte fast lachen müssen, als sein Onkel ihm erzählte, wo sie das Gebräu anrühren sollten. Als die Erbauer dieses gemütlichen kleinen Hauses die Badewanne eingebaut hatten, hatten sie sich wahrscheinlich nicht vorstellen können, dass sie eines Tages eine gefährliche Flüssigkeit aufnehmen würde, die die Welt retten sollte.

Tom stand vor der Badezimmertür.

»Was ist los?«, fragte Ian.

»Ich kann den Trank nicht unbeaufsichtigt lassen«, antwortete Tom. »Onkel George hat uns genaue Anweisungen gegeben.«

»Ist das ein Problem?« Vielleicht, dachte Ian, wollte sein Bruder nur zu Dave.

»Nein.« Tom wies ins Bad. »Das Problem ist da drinnen. Was auch immer in der Wanne ist – ich fürchte, es lebt!«

Ian drängte sich an seinem Bruder vorbei und betrat das Bad. Drei Schritte vor der Wanne blieb er stehen. Tatsächlich, da ging irgendetwas vor.

Die Wanne schien mit einer dunkelgrünen, viskosen Flüssigkeit gefüllt zu sein. Wenn die Oberfläche glatt war, funkelten winzige Lichtreflexe auf ihr. Aber sie war nicht oft glatt. Die dunkelgrüne Flüssigkeit schwappte und wogte heftig hin und her, ein Aufruhr, der jeweils eine knappe Minute dauerte, um sich dann für ein paar Sekunden zu beruhigen, als würde sie neue Kraft für die nächste Runde sammeln. Manchmal schien die Flüssigkeit voller Luftblasen zu sein; dann wiederum sah es so aus, als würden kleine, harte Klumpen direkt unter der Oberfläche der dunkelgrünen Flüssigkeit treiben.

»Ist das normal?«, fragte Tom.

»Was ist das?« Ian hatte etwas Derartiges noch nie zuvor gesehen. Es hatte keine Ähnlichkeit mit den magischen Tränken, die sie bisher zusammengebraut hatten.

»Es ist dasselbe Gebräu, das wir zusammen angerührt haben – die Grundlage für den Pflanzenzauber, der den Höllenschlund versiegeln soll.«

»Das ist unmöglich.« Dies war einer der Hilfszauber, die nach dem Willen ihres Onkels die Hauptmagie unterstützen sollten. Sie hatten eine Probe angerührt, um die Wirksamkeit zu testen, aber da hatte die Flüssigkeit nur ein paar Zentimeter hoch in der Wanne gestanden.

Vielleicht hatten sie sich dabei verrechnet, vielleicht hatte auch ihr Onkel die Rezeptur verändert, um sie den mächtigen Energien anzupassen, mit denen sie konfrontiert waren. Er sah wieder Tom an. »Hat Onkel George dir gesagt, du sollst eine größere Menge herstellen?«

Tom schüttelte den Kopf. »Dies ist exakt dieselbe Formel, die wir schon früher benutzt haben.«

»Was hat die Veränderung hervorgerufen?«, fragte Ian, aber er hatte den Satz noch nicht ganz ausgesprochen, als er die Antwort fand.

»Der Höllenschlund!«, rief er. Doch wenn die Nähe eines Ortes der Macht einen einfachen Zauber derart veränderte, was würde dann mit den großen Beschwörungsformeln passieren, die ihr Onkel einsetzen wollte?

»Das ist überaus Besorgnis erregend.«

»Na ja«, meinte Tom, »es ist *nur* ein Pflanzenzauber.«

Aber, dachte Ian, genau das ist es, was mir Sorgen macht. Und wo steckte überhaupt ihr Onkel? Er sollte eigentlich hier sein, um derartige Zwischenfälle auszuschließen.

»Hallo.«

Ian und Tom fuhren herum und sahen Oz draußen vor der Badezimmertür stehen.

Tom warf einen Blick auf den Schlamassel in der Wanne und musste fast lächeln. Nun, wenn er schon offener sein wollte, was ihre Pläne anging, dann war dies der ideale Moment dafür.

»Die Haustür stand weit offen«, erklärte Oz mit einer aushobenden Handbewegung, »und das hier war offenbar das Zentrum des Geschehens.«

Tom nickte. »Ich schätze, so könnte man es ausdrücken.«

»Wir scheinen ein kleines Problem mit unserer Badewanne zu haben«, gestand Ian.

Oz trat näher, um besser sehen zu können. Kaum hatte er einen Blick in die Wanne geworfen, schnellten beide Brauen hoch. »Wow, das nenne ich eine Verstopfung.«

»Nein«, erwiderte Ian, »das war schon von uns geplant – nun, in gewisser Hinsicht. Wir haben eine Kleinigkeit vorbereitet, um unserem Onkel bei seinem großen Kampf gegen das Böse zu helfen.«

Tom schüttelte den Kopf. »Ja, nur hat sich diese spezielle Kleinigkeit vorher nie aus eigenem Antrieb bewegt.«

Oz betrachtete mit zusammengekniffenen Augen die blubbernde Masse in der Wanne.

»Ich denke, dass diese spezielle Kleinigkeit versucht, die Wanne zu verlassen.« Er sah die beiden Brüder an. »Ist das ein Bekannter von euch?«

Ian stellte fest, dass Oz Recht hatte. Die Masse in der Wanne wogte wilder als je zuvor hin und her. Und Teile der Masse schienen sich nach oben zu wölben und sich dabei zu verfestigen. Einige Teile sahen wie Tentakel aus oder vielleicht sogar wie Arme. Oz hatte mehr als nur Recht. Es war exakt so, als versuchte etwas in dieser zähflüssigen Masse, einen Weg aus der Wanne zu finden.

»Ein *Bekannter*?« Ian hörte einen Hauch von Panik in seiner Stimme. »Dieses ... Ding dürfte sich gar nicht bewegen!«

»Na ja, das kriegen wir schon hin.« Völlig unbeeindruckt drängte sich Oz an den Brüdern vorbei und öffnete die Türen des Schränkchens unter dem Waschbecken. »Aha«, sagte er nach einer kurzen Pause. »Das müsste eigentlich genügen.«

Er nahm einen Sauger heraus, drehte sich dann um und musterte die hyperaktive Flüssigkeit in der Wanne.

»Ihr müsst sie einige Zeit beobachten«, sagte er zu den anderen.

Oz hatte Recht. Die Bewegungen des Wesens in der Wanne folgten einem Muster. Zuerst wölbte sich die Mitte auf, anschließend bildeten sich zu beiden Seiten die Tentakelarme und dann hob sich erneut das Mittelstück. Anfangs hörte Ian nur das erwartete Schwappen, aber jetzt bemerkte er auch ein leises Grollen.

Vielleicht hatte Oz so etwas schon einmal gesehen. Aber in all den Jahren seiner Ausbildung zum Druiden war Ian noch nie mit etwas Ähnlichem konfrontiert worden.

»Man muss sich nur dem Rhythmus dieses Wesens anpassen«, erklärte Oz, »und dann …«

»Oz, warte!«, rief Ian. Er und sein Bruder waren hier die Zauberer. Sie sollten entscheiden, was zu tun war.

Oz wich einem besonders langen Fühler aus. »Es scheint Verdacht zu schöpfen.«

Der Fühler wurde in die Wanne zurückgezogen und bildete sich in der Mitte neu.

»Jetzt!«, schrie er und schlug mit dem Sauger wuchtig auf das Mittelstück der wogenden Masse.

Die Masse erstarrte wie im Schock, um dann ein lautes Ächzen von sich zu geben und in der Mitte zusammenzusacken wie ein Soufflé, aus dem die Luft gelassen wurde.

Eine Zeit lang bewegte sich niemand.

Die Flüssigkeit in der Wanne rührte sich nicht.

Wie hatte Oz das geschafft? Ian starrte die jetzt inaktive Masse an.

»Ich weiß nicht, ob das richtig war.«

»Ich habe ganz spontan gehandelt.« Oz grinste. »Wer weiß, was passiert wäre, wenn ich es nicht getan hätte!«

»Das ging wirklich schnell«, fügte Tom hinzu. »Woher wusstest du, wo du es treffen musstest?«

»Nach einer Weile bekommt man ein Gespür für diese Dinge.« Oz zuckte die Schultern. »Solche Sachen passieren hier jeden Tag.« Er grinste. »Außerdem bin ich auch als Meister Abflussfrei bekannt.«

Ian fand Oz' Worte äußerst beunruhigend. »Das war ein ganz einfacher Zauber. Er ist viel zu mächtig geworden. Ich fürchte, mein Onkel hat sich verrechnet. Wenn der Höllenschlund jeden Zauber auf diese Weise beeinflusst, könnte dies ein potentiell tödliches Problem werden. Vielleicht müssen wir unsere Pläne noch einmal überdenken.«

Tom blickte auf die zehn Zentimeter hohe und nun harmlos, wenn auch schleimig aussehende Flüssigkeit in der Wanne. »Wir haben also einige Arbeit vor uns. Wo zum Henker ist Dave?«

»Dave wird schon kommen. Ich mache mir größere Sorgen wegen Onkel George. Bei all dem Lärm, den dieses Ding veranstaltet hat, hätte er längst hier auftauchen müssen, oder?«

»Ich werde sie umbringen!«, schäumte Naomi. »Ich habe ihnen befohlen, mir zu dienen, aber sie waren nirgendwo zu finden!«

Bryce und Gloria waren verschwunden. Sie hatten sie einfach im Stich gelassen. Nachdem sie ein Vampir geworden war, hatte sie geglaubt, derartige Dinge hinter sich gelassen zu haben. Aber andere konnten sie noch immer verraten. Wie hoch war der Preis für den Verrat an einem Vampir? Sie brauchte Bryce und Gloria noch immer, wenigstens für ein oder zwei Tage. Aber wenn ihr Plan Erfolg hatte, würde sie die beiden auf äußerst fantasievolle Weise töten – sofern *töten* in diesem Fall überhaupt der richtige Ausdruck war.

Eric lächelte sie an. »Diener können manchmal schrecklich unzuverlässig sein.« Er wies hinauf zum sternenübersäten Himmel. »Aber sieh es doch einmal anders. Was für eine Rolle werden die beiden spielen, wenn wir die Welt beherrschen und alle uns dienen?«

Eric schaffte es immer, dass sie sich besser fühlte. Er hatte ihr wirklich eine Menge beigebracht. Bevor sie ihn getroffen hatte, war sie nur ein durchschnittlicher Vampir gewesen. Er hatte ihr gezeigt, wie sie Bryce in dieses Ding verwandeln konnte, ohne dass er dabei starb, und wie sie die lebende Cordelia unter ihre Kontrolle bringen konnte.

»Du möchtest es also immer noch zusammen mit mir wagen?«, fragte sie leise.

»Naomi, wie kannst du nach dieser langen Zeit noch daran zweifeln? Nur wenn wir gemeinsam handeln, wird der Plan gelingen. Ich kenne die Geheimnisse der Magie. Du kennst die Geheimnisse der Jägerin.«

Er legte eine seiner starken Hände auf ihre Schulter. »Aber wir müssen noch die Einzelheiten besprechen. Morgen Nacht werden unsere Träume wahr.«

»Unsere Träume?« Naomi war nach Lachen zumute. Eric gab ihr immer das Gefühl, dass sie an etwas Großem mitwirkte.

»Während ich meinen Teil der Aufgabe erfülle, wirst du dich mit den anderen um die Jägerin kümmern müssen. Ihr müsst sie beschäftigen. Auch wenn sie nichts von der bevorstehenden Beschwörung der Druiden weiß, könnte sie sich einmischen und alles verderben.«

Er drehte sie sanft, sodass sie sich Auge in Auge gegenüberstanden. »Unser Plan steht kurz vor der Verwirklichung. Nur noch eine Nacht und alles wird anders sein.«

»Anders«, wiederholte Naomi.

»Keine Angst, Naomi. Eric wird sich schon um dich kümmern.«

Sie hoffte es. Eric hatte ihr weit mehr beigebracht, als sogar ihm bewusst war.

Zum ersten Mal in ihrem neuen Leben nach dem Tod war sie verraten worden. Sollte Eric sie auch verraten, würde ihr Rache schrecklich sein.

17

Buffy war auf direktem Weg zur Highschool-Bibliothek. Sie trafen sich dort immer, wenn die Lage richtig ernst wurde; schließlich war sie in gewisser Hinsicht Giles' Hauptquartier. Sie hoffte nur, dass Giles wusste, wie gefährlich diese ganze Druidensache war, und dass er bereits einen genialen Rettungsplan ausgebrütet hatte.

»Buffy!« Sie hörte Xanders Stimme, als sie gerade über den Rasen der Highschool laufen wollte. »Mann, was bin ich froh, dich zu sehen.«

Sie drehte sich um und sah Xander und Cordelia mit einem von Ians Brüdern auf sich zukommen. Alle blickten mindestens genauso besorgt drein wie sie selbst. »Die Aussichten für Sunnydale sind ganz und gar nicht sonnig«, sagte Xander nur. »Wir müssen mit Giles reden.«

Buffy nickte. »Da bin ich ganz deiner Meinung – und zwar in beiden Punkten.«

Sie eilten zu der einen Tür, die Giles immer offen ließ, wenn er in der Bibliothek war. Der Wächter war tatsächlich da.

Die vier stürmten in die Bibliothek. Giles und Willow blickten von dem Monitor auf, vor dem sie saßen.

»Ich habe euch erwartet«, sagte Giles mit der für ihn typischen Gelassenheit.

»Uns alle?«, fragte Xander.

»Nun, zumindest einige von euch«, räumte Giles ein, während er Dave einen Blick zuwarf und dann zögerte. »Die Dinge sind in Bewegung geraten.«

Willow nickte. »Entweder ist das Computerprogramm verrückt geworden oder das Ende der Welt steht vor der Tür.« Sie schwieg einen Moment und fügte hinzu: »Ich hoffe, es ist das Computerprogramm.«

»Nun, es ist nicht das Einzige, was hier verrückt geworden ist.« Buffy erzählte ihnen mit knappen Worten von ihrem Kampf gegen die Pflanzen.

»Ich fürchte, wir sind dafür verantwortlich«, sagte Dave, als sie fertig war.

»Die wilden Grapscherpflanzen sind Druidenwerk?«, fragte Buffy.

»Ja, sie sind einer der Zauber, die mein Onkel morgen einsetzen will. Aber dieses extreme Wachstum, dieses Übermaß an Aggressivität – nichts davon hätte so früh einsetzen dürfen. Ich bin sicher, dass mein Onkel und meine Brüder die vorbereitenden Beschwörungen noch nicht einmal beendet haben. Wenn die Pflanzen so stark auf die Vorbereitungen reagieren, wie werden sie dann erst auf die eigentliche Beschwörung reagieren?«

»Vielleicht«, sinnierte Giles, »sollte uns euer Onkel endlich seinen versprochenen Besuch abstatten, damit wir über alles reden können.«

»Mein Onkel hat Sie noch nicht wieder aufgesucht?«, fragte Dave ungläubig. »Dabei hat er doch ausdrücklich erklärt, wie ungeheuer wichtig die Hilfe der Jägerin ist. Ich verstehe einfach nicht, warum er nicht zu Ihnen gekommen ist, um Ihnen alles zu erklären.«

Giles musterte den Rest der Gruppe, die gerade den Raum betreten hatte. »Aber von euch sieht keiner besonders glücklich aus. Habt ihr alle gegen diese Pflanzen kämpfen müssen?«

»Da draußen treibt mehr als nur ein riesiger grüner Daumen sein Unwesen«, erwiderte Xander. »Wir haben gerade einen Vampirangriff überlebt.«

Buffy schüttelte den Kopf. »Egal, was passiert, die Vampire sind immer dabei.«

»Aber diesmal war es eine Vampirin«, erklärte Xander. »Und zwar Naomi.«

Naomi? Buffy pfiff leise vor sich hin. Ms. Jammern-ist-mein-ganzes-Leben? Von allen Mitgliedern von Cordelias alter Clique war Naomi die größte Nervensäge. Egoistisch. Und kleinlich. Eigentlich war es kein großer Verlust, dass Naomi in eine Vampirin verwandelt worden war.

»Und«, fügte Xander hinzu, »ich glaube, sie hat Cordelia verhext.«

Buffy bemerkte, dass Cordelia noch kein einziges Wort gesagt hatte. Diese Sache war also ernst.

»Sie hat außerdem eins der Mädchen aus dem Club gebissen«, warf Dave ein. »Glücklicherweise konnte ich eingreifen, bevor sie viel Blut saugen konnte. Wir haben ihr etwas Wasser gegeben, etwas zu essen ...«

»Donuts«, erklärte Xander. »Nachts um diese Zeit haben in Sunnydale nicht viele Geschäfte geöffnet.«

»Ich habe die Wunde mit einer Kleinigkeit behandelt, die ich dabei hatte«, fuhr Dave fort. »Sie ist sofort verheilt und wir haben das Mädchen nach Hause gebracht. Wir haben für derartige Notfälle immer etwas in der Tasche. Ich könnte euch eine Liste geben.«

»Das wäre zweifellos sehr hilfreich«, erwiderte Giles.

»Kein Wunder, dass das Computerprogramm verrückt gespielt hat«, fügte Willow hinzu. »Für einen Ort, wo nichts passieren soll, ist eine ganze Menge passiert.«

»Die arme Barb.« Dave lächelte, als er an sie dachte. »Ich bin sicher, wenn sie morgen aufwacht, wird ihr alles wie ein schlechter Traum vorkommen.«

»Das ergeht vielen Leuten in Sunnydale so«, versicherte ihm Giles.

»Nun, diese Traumkiste ist ja noch erträglich«, meinte Buffy. »Aber es passieren hier jede Menge Sachen, mit denen die Leute nicht zurechtkommen.«

»He, es gibt *hier* eine Sache, mit der wir nicht zurechtkommen«, unterbrach Xander. Er berichtete rasch, wie er bemerkt hatte, dass sich Cordelia seltsam verhielt, dass sie eine junge Frau – Barb – in die Gasse hinter dem *Bronze* gelockt hatte, wo Naomi wartete. Und dass Cordelia, kaum dass sie Barb dazu gebracht hatte, nach draußen zu gehen, den ganzen Vorfall vergessen hatte.

Giles rieb sich den Nasenrücken unter seiner Brille. »Ich glaube, für so etwas sind schon besondere Kräfte erforderlich. Cordelia, kannst du dich an irgendetwas erinnern?«

Cordelia schüttelte unglücklich den Kopf.

Der Bibliothekar wirkte nicht im mindesten überrascht. »Ja, das passt zu dieser Art von Kontrolle. Ich bin überzeugt, dass es ein Mittel dagegen gibt. Ich werde entsprechende Nachforschungen betreiben. In der Zwischenzeit, Cordelia, bleibst du am besten immer in der Nähe der anderen. Wenn Naomi versucht, dich noch einmal zu beeinflussen, werden dich die anderen zweifellos zurückhalten können.«

Cordelia nickte. Sie sah nicht sehr überzeugt aus. Eigentlich, dachte Buffy, sieht sie zutiefst verängstigt aus.

»Okay«, sagte Xander. »Irgendjemand muss diese Frage stellen. Könnte es sein, dass es einen Zusammenhang zwischen dieser Vampirkiste und den Pflanzen gibt?«

Giles dachte einen Moment darüber nach, bevor er antwortete. »Wer kann das in Sunnydale schon ausschließen?«

»In dieser Gegend«, fügte Willow hinzu, »hängt *alles* irgendwie mit den Vampiren zusammen.«

»Exakt.«

»Nicht immer, aber immer öfter«, nickte Buffy. »Das heißt, wenn ich sie nicht aufhalten kann.«

»Wobei sich noch das zusätzliche Problem stellt«, fuhr Giles fort, »dass, wie wir sehen können, die Magie der Druiden außer Kontrolle zu geraten droht.«

Für einen Moment herrschte Stille. Selbst mit der Hilfe der Druiden, dachte Buffy, sind wir noch immer machtlos.

»Nun«, sagte Giles schließlich, »wenn wir schon einmal alle hier sind, sollten wir etwas dagegen tun.«

Xander nickte. »Vorausgesetzt, wir finden heraus, was dieses ›dagegen‹ eigentlich ist.«

»Hat jemand Oz gesehen?«, fragte Willow.

»Oz und Ian haben ein paar Besorgungen erledigt«, erklärte Xander.

»Nun, vielleicht gibt Onkel George ihm eine Erklärung«, hoffte Dave. »Ich kann nicht verstehen, warum er nichts von sich hören lässt, nachdem er so darauf bestanden hat, mit euch zusammenzuarbeiten.«

»Uns ergeht es genauso wie dir«, stimmte Buffy zu.

George wusste jetzt, was er zu tun hatte. Er musste das Cottage verlassen, ohne dass seine Neffen etwas davon bemerkten. Aber er hatte den Kristall in die Innentasche seines Mantel gesteckt und trug ihn dicht an seinem Herzen.

Er spürte durch sein Baumwollhemd, wie der Kristall vibrierte. Die Macht der Prophetie kehrte zurück. Vielleicht lud auch der Höllenschlund den Kristall wieder auf. Er würde den Stein in Griffweite haben, wenn der Moment der Entscheidung kam.

Es war Zeit, dass er sich mit der Jägerin und ihren Freunden befasste. Er hätte schon längst mit ihnen sprechen müssen. Wie lange hatte er in diesem Zimmer gesessen und sich von seiner Vergangenheit überwältigen lassen? Die Erinnerungen hatten ihn gelähmt.

Wie seltsam, dachte er, dass Eric mir hierher gefolgt ist. Aber in gewisser Hinsicht war er dem Blutsauger dankbar, denn Erics Auftauchen hatte George aus seiner Erstarrung gerissen.

Jetzt kehrten seine Lebensgeister zurück. Der Druide spürte, wie sich seine Sinne schärften, als ihn wieder die Macht durchströmte. Er konnte das Zwitschern der Vögel am anderen Ende der Stadt hören, die Hitze der Sterne auf seinem Handrücken spüren. Er konnte die Seelen spüren, die sich in den Häusern vor ihm befanden, und er konnte jene hören, die nicht mehr unter den Lebenden weilten, wie sie sich im Zentrum der Stadt sammelten.

Aber die Jägerin und ihre Freunde – er wusste, an welchem Ort sie waren. Doch warum war einer seiner Neffen bei ihnen? Wie konnte das geschehen? Er konnte nicht länger die subtileren Zeichen lesen. Die Welt um den Höllenschlund wurde mit jedem verstreichenden Moment immer undurchschaubarer.

George durchsuchte den Raum, in dem sich die Jägerin befand. Ja, sie war auch da.

Erst vor wenigen Momenten hatte der Stein seine rote Farbe verloren und endlich hatte der Weissagungskristall zu ihm gesprochen. Der Kristall hatte ihm gesagt, dass sie diejenige war, die er brauchte. Aber eigentlich lag es auf der Hand.

Seine Reue hatte ihn blind gemacht. Er würde nie wieder blind sein.

Was würde er sagen, wenn er endlich vor ihnen stand, nicht als Projektion, sondern leibhaftig?

Er war überzeugt, dass er ihr Misstrauen zerstreuen konnte. Aber er wusste nicht, ob er es überhaupt noch wollte. Erklärungen waren unwichtig. Was zählte, war der Erfolg der Beschwörung. Ein Opfer war unvermeidlich. Blut allein genügte nicht. Damit die Beschwörung Erfolg hatte, musste George ein Leben opfern.

Das Leben eines Menschen. Bedauerlich, dass es einer der

Freunde der Jägerin sein musste. Aber wenn ihre Freunde verwickelt waren, würde auch die Jägerin verwickelt sein. Es war einfach und effizient.

George lächelte.

Er würde am Ende triumphieren.

18

Buffy war froh, dass Giles ihre Erschöpfung bemerkte und in Worte kleidete.

»Es ist spät«, sagte Giles. »Ihr solltet alle nach Hause gehen und etwas schlafen. Morgen werden wir wahrscheinlich die ganze Nacht auf den Beinen sein.«

»Morgen?«, schrie Cordelia auf, als wäre sie aus einem tiefen Schlaf gerissen worden. Sie sah die anderen entsetzt an. »Morgen? Aber morgen Nacht findet der Frühjahrsball statt!«

»Es ist außerdem die Nacht, in der laut meinem Onkel die Mächte des Bösen daran gehindert werden müssen, die Welt zu übernehmen«, fügte Dave freundlich hinzu.

»Wie *rücksichtsvoll*!« Cordelia holte tief Luft. »Nun, ich schätze, es betrifft auch mich. Vor allem, wenn ich bedenke, was mit Naomi passiert ist.« Sie zuckte zusammen und die nächsten Worte kamen ihr nur widerwillig über die Lippen. »Der Frühjahrsball ist gestorben.«

Sie richtete ihren Zeigefinger auf ihren Freund.

»Aber, Xander Harris, wir werden zum Ausgleich *jedes* Tanzfest besuchen, das die Sunnydale High zukünftig veranstaltet.«

»Jedes?«

Sie runzelte leicht die Stirn und schien zu überlegen. »Nun, wenigstens bis zu unserem Abschluss. Danach werden wir sehen.«

Buffy entschied, dass es für Cordelia doch noch Hoffnung gab.

»Kommt, Leute«, rief sie den anderen im Raum zu. »Ich bringe euch nach Hause.«

Willow blickte von ihrem Computermonitor auf. »Giles, meinen Sie nicht, wir sollten herausfinden, wie Naomi Cordelia beeinflusst hat?«

»Oh, richtig. Das ist von überragender Bedeutung. Willow und ich werden noch eine Weile weiterarbeiten müssen.« Er nickte ihrem Computergenie zu. »Wenn du einverstanden bist, fahre ich dich hinterher nach Hause.«

»He, um die Mächte des Bösen zu besiegen, bin ich zu allem bereit.« Sie winkte ihren Freunden zu. »Sollte euch Oz über den Weg laufen, dann sagt ihm, dass ich ihn anrufen werde!«

Buffy glaubte, dass Willow ein wenig traurig aussah. Trotz der ganzen Arbeit, die sie sich aufgeladen hatte, schien sie sich einsam zu fühlen. Gewöhnlich waren sie und Oz unzertrennlich, doch in den ereignisreichen letzten Tagen hatten sich die beiden kaum gesehen.

Aber jeder musste seinen Teil dazu beitragen, um diese Krise zu bewältigen. Je gefährlicher die Lage war, desto mehr klebte Willow an ihrem Computer. Buffy fragte sich, ob andere Jägerinnen ebenfalls derart wundervolle Freunde gehabt hatten, die in jeder Notlage zur Stelle waren.

Ihre Freunde waren sehr schweigsam, als sie durch die Straßen von Sunnydale gingen. Sie vermutete, dass alle müde waren. Die Straßen waren ebenfalls still, als würde ganz Sunnydale schlafen. Als würden die Leute für morgen Nacht ihre Kräfte sammeln, dachte Buffy. Das Ende der Welt. Wieder einmal.

Als sie Cordelias Haus erreichten, verabschiedete sie sich von Xander und Cordelia. Dave winkte und sagte, dass er ebenfalls heim musste, um nach seinem Onkel zu sehen.

Buffy hatte keine andere Wahl, als nach Hause zu gehen. Die Jägerin war wieder einmal ganz allein.

Xander hatte Cordelia noch nie so schreckhaft erlebt. Bei jedem Blätterrauschen, jedem Grillenzirpen floh sie in seine Arme, was ihm in gewisser Hinsicht gefiel. Aber ihr ständiges Jammern und Wimmern ging ihm schließlich auf die Nerven. Er bekam selbst ein wenig Panik.

Er legte seinen Arm um sie und führte sie energisch die Treppe hinauf zu ihrer Veranda. Cordelia suchte in ihrer Handtasche nach den Schlüsseln, was selbst in ihren besten Zeiten keine schnelle Angelegenheit war.

Sie blickte stirnrunzelnd zu Xander auf. »Was ist, wenn ich mitten in der Nacht aufwache und Naomi vor mir steht?«

Xander wünschte, er könnte sie irgendwie beruhigen. Er drückte ihre Schultern.

»He. Denk immer daran, dass ein Vampir nur in ein Haus eindringen kann, wenn man ihn hereinbittet.«

»Bist du dir dessen sicher?« Endlich hatte sie die Schlüssel gefunden.

»Rein mit dir. Ich bin hier und warte so lange, bis du die Tür hinter dir abgeschlossen hast. Willow und Giles arbeiten an dem Problem. Gemeinsam werden sie schon einen Ausweg finden. Ich bin sicher, dass wir morgen für alles eine Lösung parat haben.«

Cordelia seufzte. »Das hoffe ich.« Sie warf einen letzten Blick über Xanders Schulter auf die dunkle, dunkle Welt. »Ich geh jetzt besser rein.«

Der große tapfere Xander. Aber wenn Cordelia die Tür abgeschlossen hatte, würde er ganz allein dort draußen sein. Nun, Buffy war wahrscheinlich nicht weit. Zweifellos würde sie ihm zu Hilfe eilen, wenn er nur laut genug schrie.

Cordelia gab ihm einen Gutenachtkuss, den man kaum als Kuss bezeichnen konnte. Xander spürte, dass sie mit den Gedanken nicht bei der Sache war.

Sie sperrte rasch die Tür auf, blieb aber auf der Schwelle noch einmal stehen und sah Xander ein letztes Mal an.

»Und ich werde den Frühjahrsball vermissen!«, klagte sie.

Die Tür fiel hinter ihr zu. Xander wartete, bis sich der Schlüssel im Schloss drehte. Er stieg die Treppe hinunter und machte sich durch die totenstille Nacht auf den Heimweg.

Er blieb stehen und sah sich um. Gespenstisch, wie leer die Straßen waren.

Warum hatte er nur das Gefühl, dass er beobachtet wurde?

Er fragte sich, ob es schon zu spät war, um bei Ian und den anderen vorbeizuschauen und sie um die versprochenen Druidenlektionen zu bitten.

Es würde für Naomi jetzt ein Kinderspiel sein.

Sie konnte warten, bis Cordelia fast eingeschlafen war. Cordelias ach so hübscher, ach so treuer Freund Xander hatte behauptet, dass Vampire nicht in ein Haus eindringen konnten, wenn sie nicht eingeladen wurden. Das war insoweit richtig, aber es spielte keine Rolle. Naomi konnte Cordelia einfach nach draußen rufen.

Naomi erinnerte sich noch gut an die Zeit, als Xander noch ein schlaksiger Trottel gewesen war, dem Cordelia keine zwei Blicke gegönnt hatte. Aber der Junge hatte sich seitdem prächtig entwickelt. Naomi war überzeugt, dass auch er köstlich schmecken würde.

Sie hatte mit dem Gedanken gespielt, Cordelia in dieser Nacht wieder mit ihrem Bann zu belegen oder Xander auf Cordelias Veranda anzugreifen, ihn auszusaugen und dort liegen zu lassen, damit Cordelia ihn am Morgen fand.

Aber beiden Plänen fehlte die Dramatik. In Sunnydale war es jetzt viel zu still. Naomis beste Pläne verdienten ein Publikum. Sie würde bis morgen warten, wenn sie Cordelia benutzen konnte, wenn sie beide für das größere Drama benutzen konnte, das ganz Sunnydale verschlingen würde. Naomi stellte sich den perfekten Moment vor. Sie würde Cordelia lange genug von ihrem Bann befreien, damit sie sah, wie Naomi die Lebenskraft aus ihrem geliebten Xander saugte. Und danach – warum sollte sie Cordelia nicht Eric überlassen? Ihr Blut würde ihm zusätzliche Kraft für seinen Kampf gegen die Druiden geben.

Es war ein wundervoller Plan. Sie war überzeugt, dass seine Poesie Eric gefallen würde.

Aber genug von Cordelia und ihren kleinen Highschool-Freunden. Im Moment hatte Naomi andere Dinge zu tun.

Buffy bemitleidete sich also selbst. Na und?

Nun, Cordelia und Xander waren in die eine Richtung verschwunden und Dave in die andere, um nach Barb zu sehen und anschließend nach Hause zu gehen. Der Marsch der tanzenden Pärchen. Nur Buffy war dazu bestimmt, allein zu marschieren.

Angel …

Traurig, traurig, traurig.

»Buffy!«

Zwei junge Männer rannten ihr entgegen und winkten. Oz – und Ian.

»Hast du irgendwo meinen Onkel gesehen?«, rief Ian.

»Sie sieht aus, als hätte sie sich mit eurem Pflanzenzauber herumgeschlagen«, fügte Oz hinzu. »Tut mir Leid, Buffy. Bist du okay?«

»Null Problemo.« Sie lächelte Ian zaghaft an. »Nur eine kleine Auseinandersetzung mit Killerpflanzen.« Die zerrissene Kleidung, das schmutzige Gesicht, das wild zerzauste Haar, vor dem jeder Kamm kapitulieren musste – die Spuren waren unübersehbar. Sie hatte schon immer eine Vorliebe dafür gehabt, netten Jungs über den Weg zu laufen, wenn sie aussah, als hätte sie sich soeben in Kunstdünger gewälzt.

Oz wies auf seine nicht gerade fleckenfreie Kleidung. »Wir mussten selbst die Revolte eines Badewannen-Schleimklumpens niederschlagen. Hast du Willow irgendwo gesehen?«

»Sicher. Sie ist noch immer in der Bibliothek. Wir sind gerade weggegangen. Willow und Giles schlagen sich mit diesem Computerproblem herum, du weißt schon.«

Oz nickte. »Vielleicht schau ich gleich kurz bei ihr vorbei.« Er wies auf Ian. »Morgen?«

Ian nickte. »Wir können alle Hilfe gebrauchen, die wir kriegen können.«

Buffy war froh, dass Oz nach Willow sehen wollte. Sie glaubte, dass es beiden gut tun würde.

Sie war noch froher, dass sie auf diese Weise mit Ian allein sein konnte.

Oz trabte die Straße Richtung Highschool hinunter. Ian lächelte ein wenig schüchtern. Ein erstes gutes Zeichen, dachte Buffy.

»Ich habe bis jetzt noch nicht viel mit dir geredet«, sagte er.

»Ja, das ist mir irgendwie aufgefallen. Ich schätze, es hat was mit dem Schweigegelübde der Druiden oder so zu tun.«

»Ja, das ist der Ruf, der uns Druiden vorauseilt, nicht wahr?«

Für einen Moment herrschte Stille.

Nun, dachte Buffy, das Sozialverhalten der Druiden haben wir abgehakt. Und worüber unterhalten wir uns jetzt?

»Du suchst also deinen Onkel«, sagte sie. »Dave auch.«

Ian zuckte die Schultern. »Ja. Er benimmt sich ein wenig seltsam. Eigentlich mehr als nur ein wenig. Dabei stehen wir kurz davor, die Springflut des Bösen zurückzuschlagen, die aus dem Höllenschlund heranrast. Das ist keine Kleinigkeit.«

»Ganz bestimmt nicht«, bekräftigte Buffy. »Es klingt eher nach einer großen Sache.«

»Die größte überhaupt. Nach den Berechnungen meines Onkels könnte diese Sache die ganze Welt verändern, wenn wir sie nicht morgen stoppen.«

»Und es wird keine Veränderung zum Guten sein, nicht wahr?«

»Die schlimmste überhaupt. Mein Onkel war ganz besessen von dieser Sache, bis wir nach Sunnydale kamen. Dann, urplötzlich, bekommt er eine dieser Launen – mein Onkel ist ziemlich launisch, glaubs mir. Und jetzt sitzt er nur noch im Wohnzimmer und brütet vor sich hin. Oh.« Ian wies nach hinten. »Wir haben draußen am Stadtrand ein Cottage gemietet. Jedenfalls sagte mein Onkel, es wäre superwichtig, dass du uns bei unserem Vorhaben unterstützt. Damit du uns im Notfall helfen kannst.«

»Nun, er hat einmal mit Giles gesprochen«, erinnerte Buffy.

Ian blickte zum Himmel. »Und das war es auch schon! Hat er dabei irgendwelche Einzelheiten seines Plans erwähnt?«

»Ich glaube, er hat nicht einmal erwähnt, dass er einen Plan hat.«

»Genau.« Ian seufzte. »Und dann, nachdem er seinen eigenen Zeitplan total durcheinander gebracht hat, ist er heute Nacht einfach verschwunden, ohne ein einziges Wort zu sagen. Im Höllenschlund geht etwas sehr Seltsames vor.«

»Die Untertreibung des Jahres«, nickte Buffy.

Nach einem Moment des Schweigens fügte sie hinzu: »Vielleicht kann Giles dir bei der Suche nach deinem Onkel helfen. Er ist in diesen Dingen sehr gut.«

Ian dachte einen Moment darüber nach, bevor er antwortete. »Nein, wenn mein Onkel nicht gefunden werden will, wird ihn auch niemand finden. Das ist ein weiteres Druidentalent.«

Moment mal.

»Aber«, fragte Buffy, »wenn du ihn sowieso nicht finden kannst, warum suchst du dann nach ihm?«

Ian warf die Hände hoch. »Na ja, ich musste irgendetwas tun.« Er starrte seine Hände an, als wäre er überrascht, sie in der Luft zu sehen. Er grinste verlegen. »Außerdem hatte ich gehofft, dass du mir über den Weg laufen würdest.«

Buffy ertappte sich dabei, dass sie ebenfalls grinste. Jetzt, wo Ian endlich mit ihr sprach, sagte er nette Dinge.

»Und was treibst du in dieser schönen Nacht auf den Straßen?«, fragte Ian.

»Ich? Eigentlich war ich auf dem Heimweg.«

Ian nickte und musterte die menschenleere Straße. »Nun, da ich absolut keine Ahnung habe, wohin er verschwunden ist, könnte ich meinen Onkel auch in der Umgebung deines Hauses suchen.«

»Klingt nach einem guten Plan«, nickte Buffy. Nach einem Moment fügte sie hinzu: »Es wäre schön, zur Abwechslung mal nicht allein nach Hause zu gehen.«

»Ich stehe immer zu Diensten.«

Sie gingen weiter.

»Auch wenn wir sozusagen aus verschiedenen Welten stammen«, sagte Ian nach einem Moment, »fühle ich mich ... zu dir hingezogen.«

Hingezogen?, dachte Buffy. Nun, das ist neu. Nicht unbedingt schlecht. Bloß neu.

»Sind wir denn wirklich so verschieden?«, fragte sie nach einem weiteren Moment des Schweigens. »Wir haben schließlich dasselbe Ziel.«

»Und wir benutzen zum Teil dieselben Methoden. Du bist eine fantastische Kämpferin.«

»Danke.« Buffy war froh, dass es tiefste Nacht war. Sie glaubte, dass sie rot wurde. »Du bist auch nicht gerade ein Schwächling.«

»Stell dir vor, wenn die Welt ein anderer Ort wäre, wie aus einem Comic oder einer Fernsehserie, würden wir ein großartiges Verbrechensbekämpferteam abgeben.«

»Ja«, seufzte Buffy. »*Wenn* die Welt ein anderer Ort wäre.«

Sie blickte auf. Sie hatten ihr Haus bereits erreicht. War der Heimweg normalerweise nicht länger?

»Nun, wir sind da«, sagte Buffy. »Das gute alte Summers-Haus.«

»Es hat mir wirklich Spaß gemacht, mit dir zu reden.«

Plötzlich standen sie sich Auge in Auge gegenüber. Plötzlich waren sie sich ganz nahe.

»Ja«, sagte Buffy und blickte zu Ian auf. »Mir hat es auch Spaß gemacht.«

»Wir müssen das unbedingt wiederholen. Leider werde ich nicht mehr allzu lange hier sein. Vielleicht können wir morgen was zusammen unternehmen.«

»Ja«, sagte Buffy. »Morgen.« Noch vor einer halben Stunde war sie nicht einmal sicher gewesen, ob sie Ian je wiedersehen würde. Jetzt hoffte sie halb, dass er sie küsste.

»Natürlich könnte morgen Nacht auch das Ende der Welt anbrechen.« Ian grinste. »Ich schätze, das dürfte uns einigen Gesprächsstoff liefern.«

»Ich bin froh, dass du mir endlich erzählt hast, warum ihr hier seid. Ich würde dir wirklich gern vertrauen.« Solange die beiden weiterredeten und einander so nahe waren, konnte es vielleicht dazu führen, dass ...

»Wir möchten auch, dass du uns vertraust.« Ian runzelte die Stirn. »Ich frage mich, was sich mein Onkel dabei gedacht hat.« Er sah zum Haus hinüber. »Ich muss ihn unbedingt finden.«

»Dann finde ihn«, sagte Buffy. Der Zauber war verflogen. Sie warf einen Blick zur Haustür. »Hör mal, ich muss jetzt wirklich rein.«

»Ja.« Er winkte, als er sich zum Gehen wandte. »Wir reden morgen weiter.«

»Morgen«, wiederholte sie.

Wow. Sie war sich nicht ganz sicher, was hier passierte.

Bei diesem Tempo konnte daraus, wenn sie ein paar Wochen Zeit hatten, eine große Liebe entstehen.

Und wann musste er fort? Wahrscheinlich sobald sein Onkel die Beschwörung beendet hatte. Und wann war das? Morgen?

Wie gewöhnlich, Buffy, ist dein Timing perfekt.

Buffy seufzte und schloss die Haustür auf. Sie brauchte jetzt dringend etwas Schlaf.

Auf die eine oder andere Weise war morgen ihr großer Tag.

Willow hatte zu allen früheren Fällen derart umfassende Dateien angelegt, dass sie nur Minuten brauchte, um ein paar ausführliche Beschreibungen des Versklavungszaubers zu finden.

Sie scrollte schnell durch den Text.

»Ooh, es gibt eine Menge darüber, aber das meiste ist sehr alt.«

Giles blickte von dem Stapel Bücher auf, den er durchsah. »Interessant. Ich kann auch keine aktuellen Hinweise finden. Es scheint sich um einen Zauber zu handeln, der früher von einigen Vampiren beherrscht wurde, aber später in Vergessenheit geriet. Allerdings taucht Drusillas Name immer wieder auf. Ich frage mich, ob sie ihn bei ihrem Kampf gegen Kendra benutzt hat. Es würde jedenfalls erklären, wieso ein Vampir so mühelos eine Jägerin töten konnte.«

»Ja. Vielleicht benutzen sie ihn nicht sehr oft«, überlegte Willow, während sie den Text der nächsten in Frage kommenden Website überflog. »Vielleicht wurde das Wissen nur von einigen auserwählten Vampiren gehütet. Die meisten Hinweise beziehen sich auf Mitteleuropa. Sie wissen schon, die klassischen Vampire.«

»Europa, hmm?« Giles rieb sich das Kinn. »Ich frage mich, ob die Druiden etwas mitgebracht haben – oh, natürlich unwissentlich.«

»Ich habe nie beabsichtigt, irgendwelche Vampire mitzubringen.«

»Pardon?«, sagte Giles. Er und Willow blickten beim Klang der Stimme auf.

Es war George, der älteste Druide. Er stand auf der Schwelle der Bibliothekstür. Und diesmal, bemerkte Willow, warf er einen Schatten.

»Aber mir ist ein neuer Vampir gefolgt – von Wales, meine ich«, fuhr George fort. »Er bietet mir Macht an, Kontrolle über die Menschen.« Er schüttelte den Kopf. »Ich fürchte, dieser Höllenschlund ist ein sehr verwirrender Ort.«

»Vor allem für einen Außenstehenden«, stimmte Giles freundlich zu. »Wir sind bereit, Ihnen zu helfen.« *Vorausgesetzt, Sie verraten uns, was hier vor sich geht,* fügte er in Gedanken hinzu.

»Es war nachlässig von mir, Sie nicht schon früher aufzusuchen.« Er breitete in einer Geste der Hilflosigkeit die Hände aus. »Ich fürchte, es hat gewisse Komplikationen gegeben.«

»Die gibt es immer.« Giles seufzte. »Ich schätze, auch das haben wir dem Höllenschlund zu verdanken.«

»Ja. Nun, ich fürchte, meine Ansprüche haben sich geändert ... auf eine Weise, die Ihnen missfallen dürfte.« George sah Willow direkt an.

Giles runzelte die Stirn. Er machte einen schnellen Schritt und stellte sich vor den Druiden. »Willow, verschwinde von hier!«

»Ich fürchte, dafür ist es zu spät«, sagte George.

Giles hob eine Hand, um dem anderen den Weg zu versperren, aber seine Hand erstarrte und begann zu zittern, als würde sie gegen eine unsichtbare Macht ankämpfen.

»He!«, rief Willow von ihrem Platz am Computer. »Giles?«

»Sie machen es mir nicht leicht«, sagte der Druide zu Giles. »Aber Sie können mich nicht aufhalten.«

Giles zitterte jetzt am ganzen Körper. »Wenn Sie ... das tun ... sind Sie ... nicht besser als ... die Wesen, die Sie bekämpfen!«

George lächelte traurig, als er an dem Bibliothekar vorbeitrat. »Vielleicht haben Sie Recht. Und wenn ich meine Beschwörung erfolgreich durchgeführt habe, steht es Ihnen oder der Jägerin frei, mich zu töten, sollten Sie das immer noch wollen. Aber ich werde meine Aufgabe erfüllt haben und zufrieden sterben.«

Der Druide seufzte, als er sich Willow langsam näherte. »Ich bin lange Zeit so blind gewesen. Blind gegenüber der Wahrheit, dass unsere einzige Chance in den alten Ritualen liegt, den Beschwörungen des Lebens und des Blutes.« Er reichte Willow eine Hand, als wollte er sie zum Tanz auffordern. »Ich hätte ein Zeichen darin sehen müssen, dass du, Willow, den Namen unseres geliebten Weidenbaum trägst.«

»Nein! N ...« Giles verstummte abrupt. Er zitterte nicht mehr. Er schien wie versteinert.

»Ich hoffe, du wirst mir vergeben«, sagte George zu Willow, »aber er wurde allmählich lästig.«

Willow stand von ihrem Computer auf und wich zurück. »Was wollen Sie von mir?«, fragte sie mit bebender Stimme. »Ich bin bloß das Computermädchen. Ich kann Ihnen weit nützlicher beim Sammeln von Informationen sein. Was wollen Sie wissen?«

»Ich fürchte, die Zeit für Informationen ist längst vorbei. Jetzt bleibt nur noch Zeit für Taten.«

Es musste irgendeine Möglichkeit geben, ihn abzulenken. Vielleicht konnte sie immer noch entkommen.

»Sie wollen Giles als Statue zurücklassen?«

»Oh, du hast Recht. Es wird einfacher sein, ihn nur in Schlaf zu versetzen.«

George nickte Giles zu, ohne seinen Blick von Willow zu wenden. Der Bibliothekar stöhnte und sank langsam zu Boden.

»Willow.« George lächelte sanft. »Ich kann mir keinen passenderen Namen vorstellen für das, was getan werden muss.«

Willow sah sich um. Der Druide hatte sie gegen ein Bücherregal gedrängt. »Äh, ich glaube, ich sollte wirklich hier bleiben ...«

»Es tut mir Leid. Das ist nicht länger deine Entscheidung.« Er runzelte für einen Moment die Stirn, als sein Zeigefinger seine Braue berührte. »Willow – Rosenberg, nicht wahr? Du hast eine sehr wichtige Mission zu erfüllen. Du wirst die Welt retten.«

Oh, dachte Willow, das klingt gar nicht so schlecht.

»Ich verspreche dir, dass du keine Schmerzen haben wirst.«

Das klang allerdings weniger gut. Willow mochte keine Sätze, in denen das Wort »Schmerz« vorkam.

»Warten Sie!«, schrie sie.

George schüttelte traurig den Kopf. Von seinen Fingern schienen Blitze zu zucken.

Im Raum explodierte grelles weißes Licht.

Wo war Buffy, wenn man sie brauchte?

19

Naomi hatte zeit ihres Lebens – und zeit ihres Todes – auf einen derartigen Moment gewartet. Sie hatte sich mit den anderen draußen bei dem Abpackbetrieb verabredet, im abgelegensten Teil der Stadt. Hier konnten sie ihre Pläne schmieden, ohne gestört zu werden.

Naomi stand auf der offenen Laderampe, einer natürlichen Bühne, und wartete auf den Rest ihrer Art.

Viele Vampire hatten bei der Ankunft der Druiden die Stadt verlassen – viele, aber nicht alle. Und andere waren gekommen, um die Plätze der Geflohenen einzunehmen. Die Untoten wurden von der Macht des Höllenschlunds angezogen wie die Motten vom Licht.

Sie musterte die anderen, die sich vor ihr auf dem rissigen Asphalt versammelt hatten. Dies waren keine Vampire mit Eroberungsträumen, sondern ganz normale Vampire, ehemalige Automechaniker und Collegestudenten, Surfer, Hausfrauen und Highschoolstreber. Naomi hatte einige der Letzteren selbst verwandelt. Sie waren so einfach anzulocken, so dankbar für ihren Biss gewesen. Und so hatte sie ein halbes Dutzend bebrillter Klugscheißer mit einer Eins in Chemie unter ihrer Kontrolle.

Vielleicht waren sie nicht gerade die hellsten Vampire. Vielleicht waren sie nicht besonders umgänglich. Aber diese Vampire hatten eine Eigenschaft, die Naomi zutiefst bewunderte: Für diese Vampire war Naomi eine Königin.

Eric hatte dafür gesorgt, indem er ihr volles Vampirpotential entwickelt hatte. Mit seiner Hilfe hatte sie sich binnen kürzester Zeit von einem Highschoolküken in die unwiderstehliche Eisprinzessin verwandelt. Er hatte ihr Tiefe und Macht und die Aura des Geheimnisvollen gegeben.

Naomi betrachtete ihre bleichen Hände mit den perfekt geformten blutroten Nägeln. Wer hätte geahnt, dass sie erst sterben musste, um zu einer richtigen Frau zu werden?

»Kommt heraus, meine Kinder!«, rief sie ungeduldig. Es war Zeit für die Entscheidungsrede und den Entscheidungsplan.

Und sie folgten ihrem Ruf, kamen aus ihren Kellern und Gassen, ihren Gräbern und Särgen. Sie trugen noch immer die Overalls und Schürzen und Pullover, die Teil ihres früheren Lebens gewesen waren. Dies waren die kleinen Leute – oder besser: die kleinen *Vampire* –, vielleicht hundert oder mehr Köpfe stark, die alle Träume Naomis verwirklichen würden. Sie stellte befriedigt fest, dass Gloria und Bryce ebenfalls gekommen waren. Sie war erleichtert, dass sie sie nicht suchen und zur Strecke bringen musste, sondern dass die beiden sich freiwillig ihrer Rache auslieferten.

»Meine Kinder!«, wandte sie sich an die Untoten auf dem Parkplatz. »Das Warten wird bald zu Ende sein! Morgen ist eure Nacht!«

Damit hatte sie ihre Aufmerksamkeit geweckt. Hundert bleiche Gesichter blickten gleichzeitig zu ihr auf.

»Morgen werden wir eine Beschwörung durchführen, mit deren Hilfe das Böse endgültig triumphieren wird! Niemand wird mehr auf euch hinunterschauen! In der neuen Welt werdet ihr die unumschränkten Herrscher sein.«

Eric hatte ihr nie genau erklärt, wie das alles funktionieren sollte, aber sie vertraute ihm – zumindest die meiste Zeit. Hätte er ihr so oft geholfen und all diese netten Dinge getan, wenn er sie am Ende fallen lassen wollte?

Sie wusste nur eins: Bald würde vor ihren Augen eine völlig neue Welt entstehen und sie und Eric würden ihr Mittelpunkt sein, erfüllt von der Macht des Höllenschlundes!

Was auch immer das war.

Aber ihr Publikum wartete.

»Unser Sieg ist greifbar nah!«, fuhr sie fort. »Ich will, dass ihr euch morgen wieder hier versammelt, und zwar eine Stunde nach Sonnenuntergang. Wir müssen eine große Entscheidungsschlacht ausfechten, damit unsere Art triumphiert – für immer! Und danach, in jeder Nacht zwischen jetzt und der Ewigkeit, werden die Lebenden zu unserer freien Verfügung stehen! Sie werden niederknien und sich uns anbieten, dankbar für unsere Aufmerksamkeit!«

Beeindrucktes Raunen ging durch die Menge. Den Vampiren gefiel die Idee. Ihr auch. Sie hoffte nur, dass sie ihnen nicht zu viel versprochen hatte.

»Also schont eure Kräfte!«, befahl sie ihren Anhängern. »Pflegt euren Durst. Morgen werden wir uns gemeinsam der Jägerin zum Kampf stellen, ihr jedes Glied einzeln ausreißen und uns an ihren Knochen laben!«

»An ihren Knochen laben!«, schrie jemand aus dem Publikum.

»An ihren Knochen laben!«, wiederholte sie und das Publikum fiel ein.

»An ihren Knochen laben! Laben! Laben! Laben!«

Sie wartete, bis sich der Jubel gelegt hatte, und schrie dann ein einziges Wort: »Morgen!«

Naomi trat vom Rand der Laderampe zurück. Sie hatte keine Illusionen. Ihre Gefolgsleute würden morgen über die Jägerin herfallen und sie ablenken, sodass Eric seinen Plan durchführen konnte. Aber ihre Gefolgsleute waren untrainiert. Früher oder später würden sie dank ihrer zahlenmäßigen Übermacht die Jägerin überwältigen, aber vorher würden viele von ihnen im Kampf fallen.

Und wenn schon, dachte Naomi. Zu diesem Zeitpunkt würde Eric die Beschwörung beendet haben und triumphieren. Und auf jene Vampire, die dann noch existierten, wartete ein wahres Festmahl.

Ihr Publikum zerstreute sich. Aber sie musste sich noch zwei ihrer Anhänger vorknöpfen.

»Gloria! Bryce!«

Die beiden warteten, während die anderen verschwanden. »Kommt her!«, rief sie. Beide näherten sich zögernd der Laderampe. Gloria trug ein wallendes rosa Gewand. Nach dem grauenhaften Schnitt und der furchtbaren Farbe zu urteilen musste es sich um das Kleid einer Brautjungfer handeln. Wie kam Gloria nur an diese Sachen? Sie konnte nicht erkennen, was Bryce trug, aber das war Naomi nur recht.

Naomi wartete, bis beide direkt vor ihr standen, ehe sie das Wort ergriff.

»Wo habt ihr beide heute Abend gesteckt?«

»›Heute Abend‹, sagt sie?« Gloria blickte verwirrt drein. »Wann war denn das?«

Naomi war nicht bereit, Gloria so einfach davonkommen zu lassen. »Vor ein paar Stunden. Ich habe euch gesagt, dass ich euch noch brauchen werde!«

Gloria sah das Ding an, das einst Bryce Abbot gewesen war. »›Pass auf Cordelia auf‹, sagt sie. ›Lass sie nicht aus den Augen.‹« Sie sah wieder Naomi an. »War das nicht Glorias Auftrag?«

Sie hatte Recht. Naomi hatte ihr diesen Auftrag gegeben. War es möglich, dass Gloria diesmal ihren Befehl befolgt hatte?

Nun, sie hatte ihrem Müllmonster keinen derartigen Befehl erteilt. »Wo war Bryce?«

»›Wo war Bryce‹, fragt sie. Bryce ist immer noch sterblich. Vielleicht vergisst Naomi das. Manchmal denkt Gloria, Bryce muss gehen und Dinge tun. Essen und Wasser suchen. Eine Stelle, wo er sich erleichtern kann. Ist das richtig, Bryce?«

»Hu-hu-hu«, stieß Bryce hervor.

Naomi sprach mit zwei Idioten. Vielleicht, dämmerte ihr, hatte sie Gloria wirklich woanders hingeschickt. Und was das Ding betraf, das einmal Bryce Abbot gewesen war – wenn man jemand den größten Teil seiner Menschlichkeit nahm, dann verlor er womöglich auch einen Teil seiner Intelligenz. Nun gut. Vielleicht würde sie für den Augenblick auf ihre Rache verzichten.

Aber wenn die morgige Nacht vorbei war, würde sie sie auf jeden Fall töten.

Gloria wartete, bis sie sicher war, dass Naomi wirklich verschwunden war. Sie wartete, bis alle Laute der Nacht – die der Vögel, Ratten und Insekten – von einem Moment zum anderen wieder einsetzten. Diese Laute verstummten stets, sobald sich irgendwo eine Gruppe von Vampiren einfand – als würde ein Vampir mit einem Funken Selbstachtung Insekten essen! –, und wurden erst wieder hörbar, wenn sich die Tiere sicher fühlten.

»Ich schätze, wir können jetzt reden, Brycie«, sagte sie schließlich, während sie mit der Faust der Laderampe drohte, auf der Naomi noch vor zehn Minuten gestanden hatte. »Na, ist sie nicht schrecklich stolz und hochnäsig?«

Gloria sprang auf die Rampe und äffte Naomi nach. Sie stolzierte auf und ab. »Meine Kinder! Morgen – werde ich euch – alles geben! Und ihr müsst dafür nur töten – eine Jägerin! Sie hat ja bloß den Meister getötet, den Orden von Taraka vernichtet und Dutzende von Vampiren aufgespießt! Was für ein Angebot!« Sie sah auf Bryce hinunter. »Verdammt gut, was?«

»Hu-hu«, stimmte Bryce zu.

»Für wen hält sie sich eigentlich?«, ereiferte sich Gloria. »›Einen Moment‹, sagt sie. ›Ich will mit euch beiden reden‹, sagt sie. Und wir müssen uns fügen und vor ihr im Staub kriechen!«

»Hu-hu-hu«, stimmte Bryce zu. »Wehtun!«

Gloria lächelte bei dem Gedanken. »Ja, Brycie, Gloria wird dir helfen, die hübsche kleine Naomi in ihre Schranken zu weisen.« Sie betrachtete den Parkplatz, wo Naomi Hof gehalten hatte. ›Wo habt ihr heute Abend gesteckt‹, sagt sie. ›Ich habe euch gebraucht‹, sagt sie. Oh, wenn Naomi wüsste, wo Gloria und Brycie gesteckt haben, wäre sie richtig wütend!«

»Hu-hu-hu.«

Sie sprang von der Rampe und gab dem Müllmonster einen zärtlichen Knuff. Bryce schmatzte. »Du denkst immer nur an das eine, nicht war, du böser Junge? Aber das muss bis später warten. Jetzt hat Gloria einen Plan. Naomi denkt, sie kann Bryce und Gloria nach Herzenslust herumkommandieren. Naomi denkt, sie hat alles im Griff.

Nun, sie wird nicht mehr so stolz und hochnäsig sein, wenn Buffy hinter ihre Pläne kommt. Da kannst du Gloria beim Wort nehmen!« Sie blickte um sich, um absolut sicherzugehen, dass sie beide allein waren. »Jetzt hör mir zu, mein Prinz des Mülls. Gloria und Naomi müssen tagsüber schlafen. Aber Brycie hat dieses Problem nicht. Du wirst also Folgendes tun …«

»Hu?«, fragte Bryce.

Sie betrachtete ihren Gefährten. »Du bist nicht gerade der perfekte Bote, nicht wahr? Gloria wird alles aufschreiben.«

Gloria kicherte, als sie den Boden nach einem Stück Papier absuchte. »Wir zahlen ihr alles heim!«

Oz öffnete die Tür zur Bibliothek.

Sofort schloss er sie wieder und blieb auf dem Korridor stehen. Der Druidenonkel – George – war dort drinnen und tat Dinge, die nicht besonders freundlich wirkten. Er hörte Willow fragen, ob George Giles so zurücklassen wollte, und während die Tür wieder zufiel, erhaschte er einen Blick auf den Bibliothekar, wie er zu Boden sank. Gedämpfte Stimmen drangen durch die geschlossene Tür. Willow klang ganz und gar nicht glücklich.

Oz überlegte fieberhaft, was er tun konnte. Natürlich wollte er Willow retten. Allerdings vermutete er, dass Giles bereits versucht hatte, Willow zu retten, und Giles lag jetzt bewegungslos auf dem Boden. Demzufolge war eine direkte Konfrontation vielleicht nicht die beste Lösung.

Eins war klar: Diese nicht allzu freundliche Sache, die George machte, schien sich völlig von allem zu unterscheiden, was Ian oder die anderen jungen Druiden ihm erzählt hatten. Was war, wenn sie wussten, was ihr Onkel plante, und ihn die ganze Zeit belogen hatten? Oz ballte die Fäuste. Nein, Oz hatte eine Menge Zeit mit den jüngeren Druiden verbracht. Er hätte es bemerkt, wenn sie Böses im Schilde führten … irgendwie. Er bezweifelte, dass Ian überhaupt etwas von Georges Plänen wusste. Was immer er hier auch trieb, der alte Onkel George handelte auf eigene Faust.

Aber Ian war irgendwo dort draußen und suchte nach dem, was Oz soeben gefunden hatte. Oz wünschte, er könnte nach draußen gehen und den jungen Druiden suchen. Was auch immer Onkel George machte, Oz hatte das Gefühl, dass Ian auf Oz' Seite sein würde. Aber was war, wenn er losging und Ian suchte und sie beide zurückkehrten, nur um festzustellen, dass George und Willow verschwunden waren? Oz musste die richtigen Prioritäten setzen. Und Willow war die Nummer eins.

Fremdartiges Licht fiel durch die kleinen runden Fenster in der Bibliothekstür. George machte dort drinnen irgendetwas Magisches und es musste mit Willow zu tun haben! Oz widerstand dem neuerlichen Impuls, in den Raum zu stürmen. *Vergiss nicht, dass Giles bereits hilflos auf dem Boden liegt. Denk nach, bevor du handelst!*

Okay. Wie sehen die Optionen aus? Früher oder später musste George den Raum verlassen. Oz stand vor dem einzigen Ausgang. Natürlich konnte der Druide auch durch eins der Fenster verschwinden, aber mitten in der Nacht, in einer Schule, wo er sich allein wähnte – warum sollte er das tun?

Also war es wahrscheinlich, dass der Druide durch diese Tür kommen würde, vielleicht zusammen mit Willow, vielleicht ohne sie. Wenn der Druide allein herauskam, würde Oz nach Willow sehen. Wenn der Druide Willow bei sich hatte, würde Oz ihnen folgen. Sobald er festgestellt hatte, wohin die beiden gingen, würde er Buffy suchen oder Ian oder beide. Dann konnten sie gemeinsam losschlagen.

Nun, es klang wie ein Plan. Aber Oz fühlte sich nicht besonders wohl dabei. Wer wusste, was dort drinnen vor sich ging? Die unheimlichen Lichtblitze hatten aufgehört, aber jetzt drang aus der Bibliothek ein leises Heulen wie von einem klagenden Wind.

Etwas schlug krachend gegen die andere Seite der Tür. Oz entschied, dass ihm der Korridor nicht genug Deckung bot. Er rannte so leise wie es seine Turnschuhe erlaubten zur nächsten Ecke, die knapp zwanzig Schritte entfernt war. Dort konnte er sich hinter dem Springbrunnen verstecken und beobachten, was weiter geschah.

Kaum war er außer Sichtweite, hörte er, wie die Bibliothekstür aufgestoßen wurde. Der heulende Wind wurde lauter. Jetzt, wo er nicht mehr von der Bibliothekstür gedämpft wurde, klang er wie hundert menschliche Stimmen, die schmerzerfüllt jammerten. Oz konnte außerdem ein gelbes Leuchten hinter der Ecke erkennen. Er riskierte einen Blick.

Das Erste, was er sah, war Willow, die in der Luft schwebte und von dem gespenstischen gelben Leuchten umgeben war. Sie schien zu schlafen – wahrscheinlich war auch das eine Folge des Druidenzaubers.

George war direkt hinter ihr. Seine ganze Aufmerksamkeit schien auf den schwebenden Körper vor ihm gerichtet zu sein, als würde es ein Höchstmaß an Konzentration erfordern, Willow in der Luft zu halten.

Oz fragte sich, ob er es wagen konnte, sich anzuschleichen und George anzugreifen, solange er abgelenkt war. Nun, der Überraschungsmoment würde zu seinem Vorteil sein. Aber was sollte er tun, wenn dieser Moment vorbei war?

George machte eine Handbewegung. Die Doppeltür vor ihm sprang auf und schlug krachend gegen die Wand. Oz wich hastig zurück.

Oder, sagte sich Oz, er konnte auf diese selbstmörderische Absicht verzichten und bei seinem früheren Plan bleiben – ihnen folgen, herausfinden, wohin sie gingen, und dann Verstärkung holen. Seit er sich mit Buffy und ihrer Clique zusammengetan hatte, hatten sie alle möglichen Arten übernatürlicher Bedrohungen siegreich überstanden. Aber sie hatten dabei immer im Team gearbeitet. Mit der Ankunft der Druiden war die alte Gang irgendwie zerbrochen. Er und Xander hatten mehr Zeit mit Ian und seinen Brüdern verbracht als mit ihren Freunden. Doch jetzt war es wahrscheinlich an der Zeit, die Reihen neu zu formieren und vielleicht auch die drei jungen Druiden zu rekrutieren.

Oz dämmerte, dass seine Überlegungen auf einer Menge Annahmen basierten. Die drei jungen Druiden schienen normale Menschen zu sein, aber vielleicht waren sie durch ein Gelübde verpflichtet, den älteren Druiden zu gehorchen, ganz gleich, welch böse Pläne die verfolgten. Vielleicht würde er Willow nicht helfen, wenn er sich an Ian wandte, sondern am Ende selbst in Gefangenschaft geraten.

Nein. Druiden oder nicht, Oz hatte eine gute Menschenkenntnis. Die drei jungen Druiden mochten starke Familienbande haben, aber am Ende, hoffte er, konnte er darauf vertrauen, dass sie die richtige Entscheidung trafen.

Irgendwo in der Schule flogen krachend Türen auf. Der Lärm verriet, dass sich George sehr schnell bewegte. Es wurde höchste Zeit, dass Oz die Verfolgung aufnahm.

Er konnte ein trübes gelbes Leuchten erkennen, das sich durch den Hauptkorridor der Schule entfernte. Oz lief dem Licht hinterher. Er hörte das Krachen einer weiteren Doppeltür. Es war die dritte, was bedeutete, dass sie auf dem Weg nach draußen waren. Oz beschleunigte seine Schritte. Wenn George plötzlich auf den Einfall kam, sich ebenfalls in die Luft zu erheben und mit Willow davonzufliegen, wollte Oz zumindest wissen, welche Richtung sie nahmen.

Aber als er den Ausgang erreichte, entdeckte er die beiden auf dem Gehsteig, der zur Straße führte. So konnte er George in sicherer Entfernung folgen. Glücklicherweise schwebte Willow langsam genug, dass Oz sich mühelos an ihre Fersen heften konnte. Von dem gespenstischen Leuchten ganz zu schweigen – es war schwer, die Spur von jemandem zu verlieren, der von einem gespenstischen Leuchten umgeben war.

George näherte sich dem Heck eines hell lackierten Lieferwagens mit der Aufschrift *Miete mich am Wochenende! $19,95!*. Er öffnete die Tür und murmelte ein paar Worte. Willow schwebte hinein.

Nun, das war nicht so schlimm wie die Möglichkeit, dass sie davonflogen, aber ein Lieferwagen konnte Oz genauso schnell abhängen. Er wartete, bis George vorne einstieg, und sprintete dann zu dem Mietwagen.

Das Dach des Wagens war mit Halterungen für den Transport von Matratzen oder Möbel ausgerüstet. Das musste genügen.

Oz stieg auf die hintere Stoßstange des Lieferwagens und als der Druide den Motor anließ, packte er den Dachträger und zog sich nach oben. Es kam ihm seltsam vor, dass Druiden moderne technische Errungenschaften wie Autos benutzten. Oz vermutete, dass er in ihnen immer – sofern er überhaupt darüber nachgedacht hatte – eine Art Amish gesehen hatte, nur mit magischen Fähigkeiten. Jetzt fuhren sie mit Autos durch die Gegend. Wahrscheinlich waren sie sogar mit dem Flugzeug nach Sunnydale gekommen! Es erinnerte ihn daran, wie wenig er im Grunde von diesen Leuten wusste, die er erst vor ein paar Tagen kennen gelernt hatte.

Oz spürte, wie der Wagen unter ihm mit einem Ruck losfuhr. Er hatte keine Zeit mehr für weitere Überlegungen. Er konnte Willow nur retten, wenn es ihm gelang, sich auf dem Dach zu halten.

Nun, sie waren jedenfalls unterwegs, nur fuhren sie nicht besonders schnell. Es sah so aus, als könnte dies die ganze Nacht dauern. He, wer brauchte Schlaf, wenn das Mädchen seiner Träume in Gefahr war?

Er würde feststellen, wohin der gute alte George sie brachte, und dann entscheiden, ob er ihnen nachschleichen konnte oder Hilfe holen musste.

Er würde schon irgendeinen Weg finden, den Tag zu retten, selbst wenn er sich dabei mit Magie herumschlagen musste. Schließlich war er sehr geschickt im Umgang mit einem Sauger.

Der Lieferwagen gewann an Tempo und fuhr weit schneller, als der Druide am Lenkrad fahren sollte, über einige Straßenschwellen, wobei jede den Lieferwagen heftig durchschüttelte und fast Oz' Arme aus den Schultergelenken riss. Vielleicht war George nur kein geübter Fahrer. Aber vielleicht war er auch nur entschlossen, so schlecht wie möglich zu fahren.

Doch Georges Fahrkünste spielten keine Rolle. Oz musste sich nur festhalten, als hinge sein Leben davon ab.

Genauer gesagt zwei – seines und Willows.

20

Es gab so viel für Giles zu tun. Mit jedem Tag spitzte sich die Lage in Sunnydale weiter zu. Er hatte gerade einen Polizeibericht über irgendwelche Rowdys gelesen, die auf dem Friedhof Särge zerstört hatten. Von Nacht zu Nacht schien es schlimmer zu werden. Und dann war George hereingekommen und hatte vor einer weiteren Krise gewarnt, die angeblich die ganze Welt betraf.

Er hatte sich so sehr gewünscht, George vertrauen zu können. Buffy und ihre Freunde waren wundervolle Helfer, aber sie waren jung und hatten einfach nicht genug Lebenserfahrung. Die Vorstellung, mit einem anderen Erwachsenen zusammenzuarbeiten, war sehr verlockend gewesen – nun, er hatte Jenny gehabt, aber die Erinnerung an Jenny war zu schmerzhaft.

Giles ging weiter. Was hatte er vor? Er war auf der Suche nach George.

Das ist nicht die Wirklichkeit, dämmerte es Giles. Wann war er eingeschlafen? Wann hatte er angefangen zu träumen?

Er erreichte einen leeren Betonraum – vielleicht ein Teil einer alten Fabrik. George war dort.

»Helfen Sie mir«, sagte George.

Wie konnte er ihm helfen? Giles fiel ein, dass George etwas sehr Schlimmes getan hatte.

»Helfen Sie mir«, rief George wieder. Giles bemerkte, dass hinter dem Druiden eine andere, dunklere Gestalt stand, eine Gestalt, von Schatten umhüllt, mit bleichen Händen, die wie Klammern um Georges Schultern lagen und ihn festhielten.

»Nein«, sagte George. »Nein. Sie und Ihre Freunde werden für die Ablenkung sorgen. Sie und Ihre Freunde werden dem Grauen ein Ende machen. Aber ich muss allein mit dem hier fertig werden.«

Der Druide, der Raum, die mysteriöse Gestalt – alles war verschwunden. Giles wollte aufwachen.

Warum konnte er nicht aufwachen?

George musste es tun. Er musste.

Nein! Lasst sie nicht näher kommen! Lasst es nicht zu!

Sie waren gescheitert. Die Beschwörungsformel seines Bruders hatte versagt. Seine Beschwörungsformel hatte versagt.

Er musste alles wieder gutmachen, nicht nur wegen der Jungen oder der anderen Ältesten, sondern wegen der Welt.

Der Stein hatte ihm den Weg gezeigt. Er hatte in seine Facetten geschaut und Blut gesehen. Er war den alten Symbolen nicht nahe genug. Um zu siegen, mussten sie alle zu den alten Lehren zurückkehren.

In gewisser Hinsicht war dieses ganze letzte Jahr ein Traum gewesen. Er hatte jeden Moment des Tages mit Visionen gelebt. Monatelang hatte er ihnen verzweifelt zu entfliehen versucht. Jetzt wollte er nichts anderes, als sie annehmen und zu seinen eigenen machen.

Er hatte den Tod seines Bruders immer wieder durchlebt. Aber schlimmer noch, er hatte versucht, sich vor den Bildern zu verschließen, die in jenem Augenblick, bevor sein Bruder gestorben war, auf ihn eingestürmt waren. Er hatte die andere Seite gesehen. Selbst jetzt fehlten ihm die Worte, das Gesehene zu beschreiben – die Überladung seiner Sinne, die Schreie der Wut, der Panik, der Verzweiflung; die spürbare Gegenwart eines durch und durch verderbten Bösen, das mächtiger war als alles, was er je zuvor erlebt hatte; eine Million Gesichter, zwei Millionen Hände, die alle versuchten, ihn zu sich in die Tiefe zu ziehen.

Eric war ein Vampir. George kannte sich mit Vampiren aus. Dies war viel schlimmer als Vampire. Vampire konnten sein Blut trinken; sie konnten ihn in eine Kreatur ohne Seele verwandeln. Aber diese Kreaturen konnten seine unsterbliche Seele in alle Ewigkeit martern.

Nein! Lasst sie nicht näher kommen! Lasst es nicht zu!

Er erlebte den Moment immer wieder, träumte immer wieder denselben Traum. In diesem Traum war er manchmal sein Bruder, lauthals um Erlösung flehend. In diesen Träumen wollte ein Teil von ihm sie näher kommen lassen. Er musste für sein Versagen bestraft werden. Er musste bestraft werden, weil er die falsche Wahl getroffen hatte. Er musste für den Tod seines Bruders bestraft werden.

Das Fegefeuer wartete. Vielleicht würde er am Ende seine Seele opfern, um die Welt zu retten. Aber es würde eine Form der Erlösung sein. Er konnte ein neues Leben haben und einen ehrenvollen Tod.

Es hatte alles mit Eric angefangen. George war von einem Vampir geweckt worden. Eric hatte ihn vor fast einem Jahr gefunden, nach der fehlgeschlagenen Beschwörung. Eric behauptete, dass ihn das Blut angezogen hatte, das bei der magischen Handlung vergossen worden war. Eric war ein verwerfliches Geschöpf, ohne jede Moral – aber er war uralt und auf seine Art weise.

Von Eric erfuhr George zum ersten Mal von der Existenz des Höllenschlundes. Er war der stärkste aller Orte der Macht, doch seine wahre Natur war den Druiden verborgen geblieben, bis sie die entsprechenden Gegenzauber entwickelt hatten, die ihnen seine täuschende Natur enthüllten. Und Eric hatte ihm in vielerlei Hinsicht geholfen.

George hatte geglaubt, dass er Eric losgeworden war, als er sich in diesen Teil der Welt begeben hatte. Als der Vampir dann doch wieder aufgetaucht war, hatte George mit Entsetzen reagiert und befürchtet, ihn nie mehr loswerden zu können.

Jetzt fand er die Gegenwart des Vampirs manchmal auf seltsame Weise tröstend.

Er hatte vor, Eric zu benutzen, so wie Eric zweifellos ihn benutzen wollte. Jede Zusammenarbeit konnte nur von kurzer Dauer sein und verlangte äußerste Vorsicht.

Verzweifelte Umstände erforderten verzweifelte Maßnahmen. Eric war an den Umgang mit normalen Menschen gewöhnt. Er konnte nichts von der wahren Macht und Stärke der Druiden ahnen.

George war entschlossen, die Untoten zu benutzen. Und er war entschlossen, auch Unschuldige zu töten, um die Lebenden zu schützen. Er hoffte, dass ihm seine Neffen – und die Ältesten seines Ordens – am Ende vergeben würden. Sie würden die Wahrheit erkennen, wenn sie in dieser besseren Welt lebten.

Er erinnerte sich, wie ihn Erics Auftauchen im Cottage überrascht hatte. Wieso hatte der Vampir in das Haus eindringen können? Vielleicht hatte ihm ein früherer Bewohner die Erlaubnis erteilt. Das war das Problem mit Mietshäusern: Man wusste nie, wer vor einem dort gewohnt hatte.

Andererseits konnte es auch mit dem Höllenschlund zusammenhängen. So nahe am Zentrum der Macht herrschten andere Gesetze.

Der Höllenschlund brachte seine übernatürlichen Sinne völlig durcheinander. Seit er die Highschool erreicht hatte, quälte ihn das Gefühl, dass er von einem Werwolf verfolgt wurde. Ein Werwolf? Es war nicht einmal Vollmond. Das seltsame Gefühl war selbst dann nicht verschwunden, als er in den Lieferwagen gestiegen und völlig allein durch die Straßen von Sunnydale gefahren war.

Er würde froh sein, wenn er alles hinter sich hatte.

Er warf einen Blick in den Rückspiegel und sagte zu dem schwebenden Mädchen, das er in Trance versetzt hatte: »Es tut mir Leid, junge Dame, aber dein Tod wird ein völlig neues Zeitalter einleiten.«

Warum hatte er das eigentlich gesagt? Hauptsächlich, so vermutete er, um den Klang seiner eigenen Stimme zu hören. Er war dankbar für jeden Laut, der die dunkle Stille durchbrach.

Der Zauber hatte Willows Augen geschlossen, aber ihr Gehirn arbeitete noch immer. Sie hatte das Gefühl, in einem Swimmingpool zu treiben, nur dass dieser Pool natürlich kein Wasser enthielt und ihr widerlicher Cousin Ronnie sie nicht bei jeder sich bietenden Gelegenheit nass spritzte. Aber sie hatte dasselbe schwerelose Gefühl.

Der Druide George hatte Giles mit einem einzigen Blick zum Schweigen gebracht und anschließend mit derselben Mühelosigkeit Willow in diesen Zustand versetzt. Oh, und da waren noch diese Blitze gewesen, die aus seinen Fingern zu zucken schienen; Willow konnte sich nicht genau erinnern. Aber vielleicht ergab es für sie auch nur keinen Sinn. Das war eines der Probleme mit der Magie; oberflächlich betrachtet schien sie oft nicht sehr logisch zu sein.

Nun gut, der Einsatz roher Gewalt schied also aus, aber wenn Willow ehrlich war, hatte sie nie viel davon gehalten. Allerdings war Buffy eine Expertin in Sachen Gewaltanwendung, nur dass sie – in diesem Fall – von George in einen Stein oder Baum oder sonst was verwandelt worden wäre, wenn sie auch nur versucht hätte, ihn mit einer ihrer berühmten Salto-Fußtritt-Kombinationen auszuschalten.

Aber obwohl dies ihre erste Konfrontation mit Druiden war, hatten sie genug andere bösartige Kreaturen bekämpft. Von denen waren manche wahrscheinlich noch bösartiger gewesen als die Druiden. Sie hatten immer einen Ausweg gefunden; sie hatten über die verschiedensten Geschöpfe triumphiert – über den Meister, Moloch, Angelus. Warum sollte es diesmal anders sein?

Wäre Willow wach gewesen, hätte sie jetzt geseufzt. Wenn sie nur wüsste, was George mit ihr vorhatte.

Natürlich! Sie wusste, was er mit ihr vorhatte. Halbwegs.

Willow dachte an die Prophezeiungen. Sie hatte sie oft genug studiert, zum Teil, um herauszufinden, warum das Computerprogramm überhaupt diese verdammten Sprüche generiert hatte.

Der erste lautete: *Es gibt eine Veränderung bei den Untoten. Es besteht die Möglichkeit, dass die Zahl der Vampire zunimmt.*

Nun, sie glaubte nicht, dass dies irgendetwas mit den Druiden zu tun hatte. Vorausgesetzt natürlich, dass es nicht das war, wogegen die Druiden kämpften. Sie hatten von einem »großen Bösen« gesprochen. Aber keiner von ihnen hatte genauer erklärt, um was es sich bei dem großen Bösen handelte. Vampire waren schlimm, aber sie waren nicht so schrecklich wie manche jener weltvernichtenden Dämonen, mit denen es Buffy und die Gang in der Vergangenheit zu tun gehabt hatten.

Wenn überhaupt, dann war die erste Prophezeiung nur ein kleiner Teil der Antwort. Die zweite lautete: *Eine neue Welle wird die Oberfläche leerfegen. Hütet euch vor denen, die darunter lauern.*

Waren die Druiden die neue Welle? Und war Onkel George derjenige, der darunter lauerte? Sie nahm an, dass es irgendwie passte. George verfolgte einen geheimen Plan, er hatte Giles ausgeschaltet und jetzt brachte er Willow werweißwohin – alles in allem sah es verdächtig nach einem Geheimplan aus. Aber es hatte nicht unbedingt etwas Lauerndes an sich. Nun, wenigstens im Moment nicht.

Der letzte Absatz des Computerausdrucks lautete: *Eine einzige Nacht wird die Entscheidung bringen. Die Macht könnte alles verändern.*

Nun, das war wahrscheinlich der Grund für ihre Entführung. Das Programm wollte ihnen damit die Wichtigkeit der Macht in einer einzigen Nacht klar machen – der Nacht, in der George und die Druiden ihre Beschwörung durchführen wollten.

Die Prophezeiungen wirkten noch immer wie eine Mischung aus lächerlichen Allgemeinplätzen und vagen Andeutungen. Nichts davon war besonders nützlich.

Nun, wenn sie oder ihre Freunde die morgige Nacht überlebten, würden sie vielleicht erfahren, was die Prophezeiungen wirklich bedeuteten, und das würde ihr weitere zwanzig Jahre unermüdlicher Forschungsarbeit am Computer ersparen.

Eigentlich schienen zwanzig Jahre Arbeit an einem Computerprogramm im Moment eine sehr verlockende Alternative zu sein. Aber vielleicht gaben ihr die Prophezeiungen einen Hinweis darauf, wie sie sich aus ihrer misslichen Lage befreien konnte. Vielleicht konnte sie George dazu überreden, sie laufen zu lassen, sofern er überhaupt bereit war, sie anzuhören. Vielleicht hatten die Prophezeiungen für ihn eine Bedeutung. Vor allem eine, die ihm Einhalt gebot.

He, es war einen Versuch wert. Was hatte sie schon zu verlieren? Im schlimmsten Fall würden die Druiden bei ihrem »Opfert-Willow«-Plan bleiben.

Vielleicht konnte sie George dazu bringen, das Geheimnis der Prophezeiungen zu lösen. Sie fragte sich, ob die Druiden mit Computern arbeiteten.

Willow hörte, wie die Wagentüren zugeschlagen wurden, und dann noch einen dumpfen Laut über ihrem Kopf, als wäre etwas auf dem Dach des Autos gelandet. Der Motor erwachte brummend zum Leben.

George wollte sie also irgendwohin bringen. Vielleicht zu seinem Haus? In ihrem schwebenden Zustand bekam sie kaum etwas von ihrer Umgebung mit.

Der Motor brummte leise und regelmäßig. Sie würde in alle Ewigkeit schweben. Ein alter Kinderreim kam ihr in den Sinn:

Fahr, fahr, fahr mit dem Boot
Den Fluss hinab, fort von der Not
Du darfst dich nicht umschaun
Das Leben ist nur ein Traum.

Fahr, fahr, fahr …

Treiben, für immer treiben …

Die Stimme riss sie aus ihren tiefer werdenden Träumen. Sie driftete davon, fort aus der Realität. Realität? Die einzige Realität, die sie hatte, war die in ihrem Kopf.

Es war die Stimme des Druiden. Was sagte er?

»Es tut mir Leid, junge Dame, aber dein Tod wird ein völlig neues Zeitalter einleiten.«

Oh ja, ihr Tod. Nun, es war nett von dem Druiden, dass er ihren Verdacht bestätigte.

Ihr Tod. Genau aus diesem Grund musste sie wach bleiben.

Der Motor brummte leise in ihren Ohren.

Ihr Tod. Genau aus diesem Grund brauchte sie einen Plan.

Fahr, fahr, fahr mit dem Boot.

Sie schwebte noch immer.

Es musste doch irgendeinen Ausweg geben.

Den Fluss hinab, fort von der Not.

Bestimmt würde irgendjemand Giles finden. Er würde ihnen sagen, was geschehen war.

Du darfst dich nicht umschaun.

Was konnte sie nur tun? Sie war von Dunkelheit umgeben und ihr einziger Begleiter war das leise Brummen eines Autos – oder vielleicht eines Lastwagens – oder vielleicht – oder – oder –

Das Leben ist nur ein Traum.

Oz hielt sich noch immer fest. Und der Lieferwagen fuhr nicht gerade schnell, aber mit gleich bleibender Geschwindigkeit durch die Nacht.

Manchmal glaubte er, dass ihm die Werwolfhälfte seines Ichs ein besonderes Durchhaltevermögen verlieh, selbst wenn er nicht das haarigste Wesen in der Stadt war. Er konnte seine Freunde aus der Band mühelos übertrumpfen und stundenlang üben, bevor er müde wurde. Und wenn er eine Prüfung vor sich hatte – er hatte seiner Mutter versprochen, eines Tages den Abschluss zu machen –, konnte er die ganze Nacht aufbleiben und lernen und am nächsten Morgen trotzdem die Prüfung bestehen. Und bis jetzt hatte er es geschafft, sich an den Aluminiumstangen des Gepäckträgers festzuhalten, obwohl sie über einige recht beeindruckende Bodenwellen geholpert waren.

Immerhin hielt sich George auf den Nebenstraßen. Er wollte mit seinem Mietwagen wahrscheinlich so wenig Aufmerksamkeit wie möglich erregen. Sie hatten das Zentrum umfahren und näherten sich jetzt dem Stadtentwicklungsgebiet hinter dem Friedhof. Für einen Moment nahm Oz an, dass George zu seinem gemieteten Cottage wollte. Aber der Lieferwagen dröhnte an der Einfahrt zum Neubauviertel vorbei und bog erst nach einem knappen Kilometer ab, um einer kurzen Schotterstraße zu folgen, die vor einigen alten Betonlagerhäusern in einer Sackgasse endete.

Kaum hielt der Wagen an, sprang Oz vom Dach. Er war immerhin heil angekommen. Allerdings fühlten sich seine Arme an, als wären sie während der Fahrt um zehn Zentimeter länger geworden. Der Druide stellte den Motor ab und Oz sprintete zum nächstgelegenen Versteck, einer Reihe verrosteter Zapfsäulen in der Mitte des Parkplatzes.

Statt die Hecktür des Lieferwagens zu öffnen und Willow herauszuholen, betrat George direkt das Lagerhaus.

Uh-oh. Zeit für eine Entscheidung. Sollte Oz den großen Willow-Rettungsplan in Angriff nehmen oder George folgen, um herauszufinden, was er im Schilde führte?

Er musste noch einmal seine Möglichkeiten überdenken. Zuerst das Willow-Szenario: Was sollte er tun, wenn er die Hecktür des Lieferwagens öffnete – was natürlich voraussetzte, dass sie nicht abgeschlossen war – und Willow noch immer schwebte? Sie nach Hause schieben? Und was konnte er gegen dieses gespenstische Leuchten unternehmen? Er vermutete, dass es ihm möglich wäre, den Lieferwagen zu stehlen, wenn er wüsste, wie man ein Auto kurzschloss. Die Typen in den Filmen wussten immer, wie man ein Auto kurzschloss. Für einen flüchtigen Moment wünschte er, er hätte den Kfz-Kurs und nicht Musik belegt.

Nein, korrigierte er sich. Er hatte den Musikkurs schließlich gewählt, um diesen Kfz-Typen zu entkommen.

Er entschied, dass es Zeit war, die Tür Nummer zwei zu nehmen. George hatte beim Betreten des Lagerhauses die Tür offen gelassen. Außer ihm war noch jemand da – Oz konnte Stimmen hören.

Vielleicht erfuhr er irgendetwas über Georges weitere Pläne, wenn er lauschte. Denn das hier, dämmerte ihm, war vielleicht gar nicht Georges Endziel. Es war gut möglich, dass er mit Willow im Heck des Lieferwagens weiterfahren wollte. Verdammt, bevor die Nacht vorüber war, konnten Oz' Arme zwanzig Zentimeter länger sein.

Er lief zur Seite des Gebäudes und näherte sich geduckt, um nicht durch die Fenster entdeckt zu werden, der offenen Tür. Die Stimmen wurden lauter. Er konnte jetzt die Worte verstehen.

»Nun«, sagte eine der Stimmen, »habe ich dir zu viel versprochen?«

»Ich bin sehr zufrieden, Eric. Es gibt hier genug Platz und die Möglichkeit, unser Opfer einzusperren.«

Opfer? Oz hatte etwas Derartiges natürlich befürchtet, aber dennoch gefror ihm das Blut in den Adern. Er musste Willow unbedingt befreien!

»Ich habe einigen Einfluss in der Stadt«, fuhr Eric fort, »und dafür gesorgt, dass das Gebäude wieder ans Stromnetz angeschlossen wurde.«

»Das erspart mir die Mühe eines Illuminationszaubers«, antwortete George. »Danke. Ich glaube nicht, dass ich die Elektrizität direkt benutzen werde ...«

»Ich verstehe mehr von Magie, als du dir vielleicht vorstellen kannst. Es ist erstaunlich, wie viel Wissen man sammeln kann, wenn einem ein paar Jahrhunderte zur Verfügung stehen.«

»Bitte erinnere mich nicht an deine Vampirvergangenheit. Wir haben eine Abmachung ...«

»Von der wir beide profitieren werden.«

»Aber sie endet morgen Nacht.«

»Oh ja, sie endet morgen. Aber dann wird die Welt für uns beide ein anderer Ort sein.« Eric kicherte. »Und ich werde mich zurückziehen.«

»Wenn wir uns danach wiedersehen«, beharrte George, »werden wir Feinde sein.«

»Dann gibt es vielleicht keinen Grund mehr für ein Wiedersehen.«

Oz bemerkte eine Bewegung im Inneren. Jemand kam heraus. Er stürzte davon und verschwand hinter der Ecke des Gebäudes.

Dieser Eric sagte, dass er später wiederkommen würde; es gäbe noch einige Dinge, die er erledigen müsste. George stimmte widerwillig zu und erklärte, dass sie schließlich erst morgen Nacht Feinde sein würden.

Oz hatte keinen zweiten Wagen vor dem Lagerhaus stehen gesehen. Er fragte sich, wie Eric hergekommen war und wie er von hier wegkommen wollte. Oz hoffte, dass er nicht ausgerechnet an der Ecke vorbeispazierte, hinter der er sich versteckte.

Sie sprachen über morgen Nacht. Oz vermutete, dass Willow bis dahin in Sicherheit war. Konnte er es wagen, einen Blick ins Innere zu werfen, um sich mit der Örtlichkeit vertraut zu machen? Nun, einen kurzen Blick konnte er wohl riskieren. Aber dann musste Oz Verstärkung holen.

Wer auch immer dieser Eric war, er würde es genau wie George mit Buffy zu tun bekommen.

Buffy war allein unterwegs. Wo war sie? Die Stadt war verschwunden. Nur Schatten waren von ihr geblieben.

Sie entdeckte vor sich eine Straßenlaterne. Darunter wartete eine schwarz gekleidete Gestalt. Sie lächelte und entblößte dabei spitze Zähne.

»Ich habe auf dich gewartet«, sagte der Vampir. »Du kannst mich Eric nennen.«

»Ich kann dich auch töten.« Buffy griff nach ihrer Tasche, aber sie war nicht an ihrem Platz. Was war mit ihr passiert?

»So einfach ist das nicht«, sagte Eric.

Buffy runzelte die Stirn. »Es kommt mir alles ziemlich unwirklich vor.«

»Dann ist dies vielleicht ein Traum?« Eric lächelte noch immer. »Man kann auch in seinen Träumen sterben, wusstest du das nicht?«

Sie hörte Willows Stimme ihren Namen rufen. Es klang, als wäre Willow weit entfernt.

»Du wirst sie nicht retten können«, sagte Eric. »Es ist bereits zu spät.«

»Wenn das hier ein Traum ist«, fauchte Buffy, »könnte ich einfach aufwachen!«

»Das könntest du, wenn du die Kontrolle über deinen Traum hättest.«

»Und wer hat die Kontrolle?«, rief eine andere Stimme an Buffys Seite.

Das Lächeln verschwand vom Gesicht des Vampirs. »Was hast du hier zu suchen?«

Buffy drehte sich und sah Ian an ihrer Seite stehen. Er zwinkerte ihr zu.

»Ich bin ein Druide«, erklärte er. »Druiden sind Meister der Träume.«

Eric starrte ihn fassungslos an. »Wie ist das möglich? Du verfügst nicht über diese Macht!«

Ian lächelte Buffy an. »Wer sagt, dass ich dafür verantwortlich bin? Schließlich handelt es sich bei dieser Vision an meiner Seite um die Auserwählte. Aber warum hat sie überhaupt diesen Traum?« Er wandte sich ab und funkelte Eric an. »Könnte es sein, dass jemand versucht, sie einzuschüchtern, sie mit Zweifeln zu erfüllen, damit sie im kritischen Moment die falsche Entscheidung trifft? Oh, Eric … wie sehr du doch die Jägerin unterschätzt!«

Buffy grinste Ian an. »Wenn das ein Traum ist, brauche ich mir nur eine Waffe herbeizuträumen.«

Ein Holzpflock erschien in ihrer Hand.

»Das werde ich nicht zulassen!«, schrie Eric. »Das kannst du nicht tun!«

»Natürlich kann sie das«, erklärte Ian freundlich. »Jägerinnen können alles tun.« Er sah wieder den Vampir an. »Wie gering du doch jene schätzt, die deine Gegner sind, Eric. Das wird dein Verderben sein!«

»Ihr erbärmlichen Kinder!«, grollte Eric. »Du magst vielleicht in der Lage sein, ihre Träume zu beeinflussen, aber du kannst nicht ändern, was vorherbestimmt ist!«

»Und was genau ist vorherbestimmt?«, konterte Ian.

»Ich denke, einem Vampir ist es vorherbestimmt, aufgespießt zu werden.« Buffy stürmte mit der Waffe in der Hand los.

Eric verschwand mit einem wütenden Aufschrei.

Ian pfiff. »Die meisten Vampire sind Feiglinge, nicht wahr?«

Buffy sah den Jungen an, der plötzlich wieder an ihrer Seite stand. »Bist du wirklich?«

Ian schüttelte den Kopf. »Das ist ein Traum. Ich weiß nicht einmal genau, wie ich hier reingeraten bin oder ob ich mich morgen an alles erinnern werde. Aber ich bin froh, dass ich die Chance hatte, dich zu sehen, trotz der Umstände.«

»Ja, sicher«, stimmte Buffy zu. »Ich würde dich gern besser kennen lernen, selbst wenn es nur in einem Traum passiert. Vielleicht könnten wir – ich weiß nicht – zusammen Vampire jagen oder so.«

»Die Vampirjagd ist nur eins von vielen Dingen, die wir gemeinsam haben. Ich weiß, wie es ist, ein Außenseiter zu sein. Es gibt eine Menge, das uns verbindet, Buffy Summers.«

Sie lag in seinen Armen. Sie wollte in seinen Armen sein. Er beugte sich nach unten, um sie zu küssen.

Buffy erwachte.

Was hatte *das* zu bedeuten? Nun, es war ein Traum, aber sie hatte ihn nicht allein geträumt. Ein Teil stammte von einem Vampir, ein anderer Teil – vielleicht – von Ian.

Wie viel davon war allein ihr Werk?

Sie blinzelte und sah sich im Zimmer um. Es war fast Morgen, ungefähr eine halbe Stunde bevor ihre Mutter sie normalerweise für die Schule weckte. Durch die Jalousien ihres Fensters drangen bereits die ersten Sonnenstrahlen.

Aber was war mit dem Traum? Er schien anzudeuten, dass das Ende dieser Druidengeschichte sehr nahe war. Vielleicht war Willow in Gefahr.

Sie musste aufstehen und die anderen suchen. Möglicherweise konnte Giles ihr erklären, was der Traum zu bedeuten hatte, aber das setzte natürlich voraus, dass sie die richtigen Worte fand, um ihr Traumerlebnis zu beschreiben.

Buffy seufzte. Ihre Lippen wünschten, sie hätte noch ein paar Sekunden länger geschlafen, zumindest bis nach dem Kuss.

21

Tagsüber war sie sicher. Cordelia musste sich diese Tatsache immer wieder in Erinnerung rufen, während sie duschte, sich die Zähne putzte und ein Glas Orangensaft hinunterstürzte – das einzige Frühstück, das sie sich gönnte. Sie sagte sich das erneut, als sie zur Schule eilte. Tagsüber war sie sicher.

Nur in der Nacht konnte Naomi sie zu sich rufen.

Aber wenn Naomi sie wieder rief, wie konnte Cordelia verhindern, dass sie etwas Schreckliches tat? Gestern Nacht hatte Cordelia versucht, die arme Barb in Naomis Klauen zu locken. Nein, schlimmer noch: sie hatte Barb dem Biss eines Vampirs ausgeliefert. Wenn Dave nicht eingegriffen hätte, wäre Barb jetzt tot. Oder etwas Schlimmeres. Alles wegen Cordelia.

Und sie konnte sich an nichts davon erinnern.

Es war, als würde Naomi Cordys Gehirn ohne ihre Erlaubnis benutzen. Als hätte sich eine weitere Person in ihrem Schädel breit gemacht.

Cordelia schauderte. Oh, hoffentlich hatten Giles und Willow während der Nacht einen Ausweg gefunden!

»Hi, Cordelia!«

Cordelia schrak zusammen. Aber es war nur Amanda, die ihr von der Treppe der Highschool zuwinkte.

»Heute ist die große Nacht, nicht wahr?«, strahlte Amanda.

»Die große Nacht?«, wiederholte Cordelia verständnislos. Hatte Amanda irgendetwas gehört? Sie zog die Tür auf und Amanda glitt an ihre Seite.

»Der Frühjahrsball, Dummerchen!«

»Oh, richtig, der Frühjahrsball.« Cordelia rang sich ein Lächeln ab.

»Hast du Xander gesagt, was für ein Mieder er besorgen soll? Es muss schließlich zu deinem Kleid passen und diese Jungs sind so hilflos, wenn es um Modefragen geht.«

Cordelia starrte Amanda an. Wie war es nur möglich, dass sie diese Dinge jemals wichtig gefunden hatte? Oder nein – Modefragen waren wichtig, nur nicht jetzt.

Sollte sie Amanda alles erzählen? Ausgerechnet Amanda? Ein absurder Gedanke. Aber Cordelia musste sich irgendeine Erklärung einfallen lassen.

Sie schüttelte den Kopf. »Nein – nun, ich glaube nicht, dass ich hingehen werde.«

»Was? Obwohl du zum Planungskomitee gehörst? Hast du dich mit Xander gestritten?« Amanda machte eine empörtes Gesicht. »Ich denke, du solltest ohne ihn hingehen.«

Dir würde es natürlich wahnsinnig gefallen, mich ohne Begleitung auf dem Ball zu sehen, nicht wahr?, dachte Cordelia. Dann seufzte sie. »Ja, ich schätze, wir haben uns gestritten. Und ich muss die Sache mit Xander klären.«

»Du willst lieber irgendwelche Sachen klären, als auf den Frühjahrsball zu gehen?« Amanda schüttelte verblüfft den Kopf. »Manchmal, Cordelia, bist du richtig unheimlich.«

Amanda hatte Recht. Im Moment war Cordelia tatsächlich unheimlich. Aber es war nicht ihre Schuld. Sie musste sich auch das immer wieder in Erinnerung rufen. Naomi hatte etwas mit ihr gemacht, etwas, das Cordelia rückgängig machen würde. Mit Willows und Giles' Hilfe würde sie dieses »unheimlich« nehmen und es Naomi in den Hals stopfen.

»Hör zu«, sagte Amanda abrupt, »ich habe hier noch was zu erledigen.«

Cordelia blickte auf. Sie hatte heute Schwierigkeiten, ihre

Umgebung überhaupt wahrzunehmen. Sie standen direkt vor der Tür zum Umkleideraum der Mädchen, ein paar Klassenzimmer von Cordelias eigenem Spind entfernt.

Mann, sie hoffte nur, dass sie nicht wieder Naomis Gesicht im Spiegel sah.

»Okay, bis später!«, rief Amanda.

Sie öffnete die Tür und gellende Schreie schlugen ihr entgegen.

Sie ließ die Tür wieder zufallen.

»Vielleicht«, sagte Amanda, »sollte ich später noch mal reinschauen.«

Nun, das schlägt dem Fass den Boden aus, dachte Cordelia. Noch eine Krise. Sollte sie irgendetwas unternehmen?

Zwei Schülerinnen stürmten aus dem Raum, die eine in Straßenkleidung, die andere in Turnhose und offener Bluse, die sie hastig zuknöpfte. Nach dem Ausdruck auf ihren Gesichtern zu urteilen wollten sie überall sein, nur nicht in diesem Umkleideraum.

»Was ...«, begann Cordelia, aber keines der beiden Mädchen blieb stehen, um mit ihr zu reden.

Was war denn jetzt schon wieder passiert? Zweifellos etwas unglaublich Gespenstisches. Ob Buffy in Schwierigkeiten steckte? Buffy zog gespenstische Dinge magnetisch an. Vielleicht konnte Cordelia ihr irgendwie helfen. Vielleicht sollte sie Giles holen. Cordelia seufzte wieder. Warum konnte sie nicht einfach auf eine Schule gehen, wo die einzige Krise aus der Frage bestand, ob man am Frühjahrsball teilnehmen sollte oder nicht?

»Ist jemand da drinnen?«, rief sie.

Eine weitere Schülerin stürmte an ihr vorbei. Sie hatte sich nicht einmal die Zeit genommen, ihr T-Shirt ganz überzustreifen, bevor sie aus dem Raum floh.

Die Tür zum Umkleideraum schwang auf und zu. Der Gestank traf Cordelia zuerst. Sie hatte ihn schon einmal gerochen. Er hatte irgendetwas mit Naomi zu tun.

»Iiiih«, beschwerte sich Amanda. »Ist hier ein Abfluss verstopft? Oder das ganze Abwassersystem von Sunnydale?«

Lärm drang aus dem Umkleideraum, ein Poltern und Schaben. »Etwas bewegt sich da drinnen.« Sie hörte ein Krachen, als wäre gerade eine ganze Spindreihe umgekippt.

Amanda lachte unbehaglich. »Wer braucht schon Sportkleidung? Ich kann auch in meinem Anne-Klein-Rock am Lacrossetraining teilnehmen.«

Ein weiteres Krachen. Cordelia wich einen Schritt zurück, Amanda vorsichtshalber gleich drei. Ein paar weitere Schülerinnen hatten sich vor der Tür eingefunden, aber keine von ihnen schien besondere Lust zu haben, als Erste diesen Umkleideraum zu betreten. Cordelia bemerkte, dass sich auch niemand entfernen wollte. Es war wie bei einem Unfall auf der Autobahn ... man wollte eigentlich nicht hinschauen, aber irgendwie musste man es doch tun.

Sie hörte auf der anderen Seite der Tür ein Stöhnen.

»Hu-hu-hu.«

Die Tür schwang auf.

Alle Mädchen auf dem Korridor kreischten gleichzeitig los.

Ein haariges Monster stand im Türrahmen. Die meisten Mädchen rannten davon. Aber Cordelia konnte nicht. Da war etwas ...

Einen Augenblick später dämmerte Cordelia, dass sie diese Kreatur kannte!

Die Erinnerung traf sie wie ein Hammerschlag. Naomi hatte ihr dieses Wesen vorgestellt und verschiedene unaussprechliche Dinge von sich gegeben – irgendeine Art Drohung gegen Cordelia. Das meiste, was sie gesagt hatte, schien eine Drohung gegen Cordelia gewesen zu sein.

Jetzt hatte Naomi ihren Diener geschickt!

Also war Cordelia nicht einmal am Tag sicher! Aber sie war in der Schule, umgeben von ihren Mitschülerinnen. Was konnten die Mächte des Bösen schon tun, wenn jeden Moment die Unterrichtsglocke losschrillen musste?

Es musste irgendeinen Ausweg geben.

Cordelia winkte dem Monster zu. »Bryce?« Sie versuchte ein Lächeln. »Ich weiß, dass wir uns früher etwas bedeutet haben. Aber – halt dich fern von mir. Ganz gleich, was Naomi sagt, ich fürchte, wir passen einfach nicht zueinander.«

»Iiih!«, schrie Amanda, die ein Dutzend Schritte zurückgewichen war. »Du kennst den Namen dieses Dings?«

»Wir alle kennen dieses Ding. Es hieß früher Bryce Abbot.«

»Das ist Bryce Abbot?«, fragte eins der Mädchen. »Ugh. Er muss schon eine Ewigkeit nicht mehr geduscht haben.«

»Ich hörte, dass das College einen Menschen verändern kann«, stimmte ein anderes zu.

»Was will er?«, fragte ein drittes Mädchen.

Das, durchfuhr es Cordelia, war eine sehr gute Frage. Immerhin hatte das Ding, seit es im Umkleideraum aufgetaucht war, keine bedrohliche Bewegung gemacht. Um genau zu sein, es hatte so gut wie gar keine Bewegung gemacht.

»Was willst du?«, fragte Cordelia.

»Hu«, sagte Bryce.

»Er versucht zu sprechen!«, rief Amanda.

»Jäk-jäk«, brachte das Monster hervor.

Cordelia glaubte unter all dem verfilzten Haar Bryces Augen zu sehen. Wenn sie sich richtig erinnerte, waren es sehr schöne Augen gewesen. Er würde sie nicht angreifen. Im Gegenteil, er schien vor ihr und all den anderen Mädchen, die sie in einem weiten Kreis umgaben, Angst zu haben.

Da war ein Zettel in seiner Hand.

Sie sprang fast zurück, als er einen schlurfenden Schritt nach vorn machte.

»Jägga!«, quäkte er.

Jägga? Jägerin? War die Nachricht für Buffy bestimmt? Sie

nahm ihm den zerknüllten Zettel aus der Hand. Das Papier war nicht nur verdreckt, sondern auch ein wenig schleimig. »Sicher. Ich werde dafür sorgen, dass sie die Nachricht bekommt.«

»Du *verstehst* dieses Ding?«, entfuhr es Amanda.

»Jägger?«, fragte ein anderes Mädchen.

»Wer zum Henker ist das?«, wollte die Nächste wissen.

Cordelia zuckte die Schultern. »Oh, das ist bloß – äh – der Spitzname einer Freundin von mir.« Sie lächelte das Monster an, als sie zurückwich. »Danke, Bryce. Ich sorge dafür, dass sie die Nachricht bekommt.«

Amanda nickte beifällig. »Jägger. Klingt irgendwie cool. Gehört sie zu einer Motorradgang?« Sie blickte zur Tür des Umkleideraums, die gerade zuschwang. Das haarige Monster war verschwunden. »Aber woher wusstest du, dass es Bryce Abbot war? Mann, Cordelia, du bist wirklich unheimlich.«

Cordelia entschied, dass sie für diesen Morgen genug von Amanda hatte. Sie starrte den zerknüllten Zettel in ihrer Hand an. Zwischen den Schmutz- und Schleimflecken waren Worte zu erkennen. Es war tatsächlich eine Nachricht.

»Woher ich wusste, dass es Bryce war?« Sie blickte zu Amanda auf. »Man vergisst keinen Jungen, mit dem man mal zusammen war.«

»Iiiih!«, kreischten die anderen Mädchen zustimmend.

Die Stimme der Autorität schnitt durch das Geschrei.

»He, was geht hier vor?«

Cordelia ließ die Nachricht hastig im Ausschnitt ihres Pullovers verschwinden. Sie wusste schon, was kommen würde, bevor sie den Direktor sah.

Direktor Snyder war ein kleiner, nervöser Mann mit einer Halbglatze und einem stechenden Blick. Jedes Mal, wenn er einen mit diesem Blick durchbohrte – und er durchbohrte einen *immer* mit diesem Blick –, sagte sein Gesichtsausdruck: Du bist schuldig.

Cordy hatte sich in den letzten Monaten bemüht, Snyder aus dem Weg zu gehen. Sie hatte mindestens drei Direktoren der Sunnydale High überstanden, ohne jemals Ärger zu bekommen. Das entsprach wahrscheinlich zwei Jahren. Endlose Stunden nachsitzen? Nein, danke. Sie hatte Besseres zu tun.

»Nun?«, riss die Stimme des Direktors sie aus ihren Gedanken. Schuldig, schuldig, schuldig. Was auch immer hier vorging, Direktor Snyder würde dem ein Ende machen. Direktor Snyder konnte allem ein Ende machen.

»Ich wollte gerade in den Umkleideraum«, sagte Amanda, »als dort drinnen plötzlich dieses Geschrei losging.«

Direktor Snyder nickte knapp.

Nun, die Sache lag jetzt in den Händen der Schulverwaltung und Cordelia hatte andere Dinge zu tun.

»Bis später, Amanda.«

Cordelia fand sich plötzlich von Snyders stechendem Blick aufgespießt. »Wo willst du hin, junge Dame? Cordelia Chase, nicht wahr? Niemand wird diesen Ort verlassen, bis ich der Sache auf den Grund gegangen bin. Du wartest hier, bis ich zurück bin.«

War das gerecht? Dabei war sie es doch gewesen, die alle beruhigt hatte, eingeschlossen einen gewissen Footballstar, der sich in ein haariges Monster verwandelt hatte. Natürlich stellte sich die Frage, wie man so etwas einem Mann wie Direktor Snyder erklären sollte. Er stieß die Tür des Umkleideraums auf.

Amanda zeigte auf Snyder. »Aber Sie sind ... das ist der Madchen ... Sie können nicht ...«

»Ich bin der Direktor«, fauchte Snyder. »Ich kann alles.«

Alle drängten sich vor der Tür. Der Gestank war noch immer da.

Snyder rümpfte die Nase. »Ist hier ein Abfluss verstopft?«

Niemand antwortete ihm. Im Umkleideraum war es totenstill. Cordelia dämmerte, dass die Spindreihen jede Menge

Verstecke boten. Wer wusste, wie Bryce reagieren würde? Er war schließlich nicht mehr ganz menschlich zu nennen. Oder was war, wenn Naomi Bryce nicht … allein geschickt hatte?

Der Direktor betrat den Raum.

Die Tür schwang hinter ihm zu.

Man missachtete keine Anweisungen von Direktor Snyder. Cordy und die anderen Mädchen würden warten müssen.

Die Tür schwang wieder auf.

Direktor Snyder fixierte Cordelia mit seinem Röntgenblick. »Du bist sicher, dass ein Mann in dem Raum war? Das Ganze ist doch nicht irgendein Scherz, oder?«

Cordelia konnte sich schon sehen, wie sie den ganzen Morgen in Snyders Büro schmachtete. Schuldig, schuldig, schuldig. »Fragen Sie nicht mich. Fragen Sie die Mädchen, die kreischend rausgerannt sind!«

Ms. Applebaum, die Lacrossetrainerin der Mädchen, stand mit verschränkten Armen in der Tür am Ende des Korridors, dem Eingang zur Sporthalle. »Niemand hat den Raum verlassen – abgesehen von einem Dutzend Schülerinnen. Ich habe die Tür sofort geöffnet, als das Geschrei losging.«

»Wo könnte er bloß sein?«, jammerte Amanda.

»Nun, jedenfalls sieht es da drinnen aus wie in einem Schweinestall!« Snyder musterte die Mädchen. »Ich hätte nie gedacht, dass junge Frauen so … unordentlich sein können.«

Amanda war nicht bereit, so schnell aufzugeben. »Aber was ist mit dem … *Ding* da drinnen?«

»Da ist nie ein Mann gewesen!«, fauchte Snyder. »Der Raum hat nur zwei Ausgänge. Der eine führt auf diesen Flur, der andere in die Sporthalle. Beide standen unter Beobachtung. Wie soll er unter diesen Umständen wohl entkommen sein? Durch die *Toilette*?«

»Iiiih!«, kreischten Amanda und die anderen Mädchen.

Cordelia schüttelte den Kopf. »Ich glaube nicht, dass wir das wissen wollen.«

Direktor Snyder funkelte die vier Mädchen an, aber es gab keinen Grund, sie länger festzuhalten. Er hielt ihnen einen kurzen Vortrag über persönliche Hygiene und sagte ihnen dann, dass sie gehen könnten – bis zum nächsten Mal. Und er fügte hinzu, dass er von jetzt an jede Einzelne von ihnen im Auge behalten würde.

Cordelia sah Snyder nach, wie er zurück zu seinem Büro marschierte. Nun, das schien ja ein großartiger Tag zu werden. Jetzt fehlte nur noch, dass Amanda ihr noch einmal sagte, wie unheimlich sie sie fand.

Sie spürte den zerknitterten Zettel unter ihrem Pullover. Die Nachricht war vielleicht wichtig. Am besten begab sie sich sofort in die Bibliothek.

Xander betrat die Bibliothek, in der es noch stiller als gewöhnlich war.

»Kundschaft!«, sagte er fröhlich, wie er es in einem britischen Film gesehen hatte.

Er hörte ein Stöhnen hinter dem Bibliothekarstisch. Xander eilte durch den Raum, bis er Giles entdeckte, der mühsam auf die Beine kam.

»He! G-Man!«, rief Xander. »Sind Sie okay?«

Giles nickte. »Ich denke schon.« Er rückte seine Brille zurecht. »Es ist Morgen, nicht wahr?«

»Vielleicht sollten Sie Ihre nächtlichen Streifzüge durch die Kneipen etwas reduzieren«, schlug Xander vor. Der Bibliothekar sah ziemlich mitgenommen aus, als hätte er die ganze Nacht durchgefeiert. »Soll ich die Schulschwester holen?«

Giles schüttelte den Kopf.

»Sie haben Willow«, sagte er. »Der ältere Druide, George, tauchte plötzlich auf und nahm sie mit.«

Xander konnte es nicht glauben. »Sie haben Willow mitgenommen? Diese elenden, verlogenen, doppelzüngigen, hinterlistigen Druiden? Aber wohin haben sie sie gebracht?«

Giles sah sich um, fand einen Stuhl und setzte sich. »Ich habe nicht die leiseste Ahnung.«

»Mann, ich habe diesen Kerlen vertraut!« Xander blickte sich wild um, als erwartete er, dass eins der Bücher aus den Regalen springen und ihm die Antwort geben würde. Er wusste nicht, was er tun sollte.

Buffy platzte in den Raum. Sie lächelte zur Abwechslung sogar. Nun, das würde nicht lange anhalten.

»He, was ist gebacken?«, rief sie.

Sie informierten sie kurz über die Situation. Georges Verrat, Willows Entführung, Giles' ungewollte Ruheperiode.

»Diese Kerle sind also nur hergekommen, um uns zu hintergehen?«, fragte Xander, als sie mit der Erklärung fertig waren.

»Ich weiß es nicht«, antwortete Buffy. »Vielleicht können wir einigen von ihnen doch noch trauen. Ian hat gestern Nacht seinen Onkel gesucht. Als ich mit ihm sprach, schien er zu befürchten, dass sein Onkel irgendetwas Verrücktes vorhat.«

»Er hat etwas Verrücktes mit Willow vor?« Xander ballte die Fäuste. Er konnte den Gedanken, dass Willow in Gefahr war, nicht ertragen. Er kannte sie viel länger als Buffy. Willow war seit einer Ewigkeit seine beste Freundin! Sie standen einander so nahe, dass jeder von ihnen die Sätze des anderen beenden konnte.

»Ich will niemanden unnötig beunruhigen«, sagte Giles, während er sich mit beiden Händen den Kopf hielt, »aber ich halte es für möglich, dass George Willow entführt hat, um sie als Opfer darzubringen.«

»Sie meinen als Menschenopfer? Er will sie als Teil dieser Beschwörung umbringen?«

»Ich fürchte ja.«

Bevor Xander richtig wütend werden konnte, öffnete sich erneut die Bibliothekstür.

Cordelia stürmte in den Raum. »Oh, Xander, was bin ich froh, dich zu sehen. Gerade ist etwas Seltsames pass …« Sie brach ab und starrte den Bibliothekar an. »Geht es Ihnen nicht gut?«

»Er hatte eine kleine Auseinandersetzung mit einem Druiden«, erklärte Xander.

»Aber ich dachte, die Druiden gehören zu den Guten!«

»Das dachten wir auch«, nickte Buffy.

»Ich schätze, sie haben sich nur verstellt«, vermutete Xander.

Cordelia runzelte die Stirn. »Ist Willow nicht hier?«

Giles seufzte. »Nein. Ich fürchte, Willow wurde gestern Nacht von einem der Druiden entführt.«

»Sie wurde entführt?« Cordelia sah ihn entgeistert an. »Das bedeutet, dass sie nie einen Weg finden wird, mich von Naomis Bann zu befreien. Mann, diese Druiden werden immer übler!«

Sie machte sich Sorgen wegen diesem verdammten Bann? Xander konnte es nicht fassen. Offenbar war ihr nicht ganz klar, was wirklich passiert war.

»Cordy! Konzentrier dich. Giles glaubt, dass Willow entführt wurde, um als Menschenopfer zu dienen!«

»Menschenopfer. Das klingt auch ziemlich ernst, schätze ich.«

Nun, dachte Xander, Cordy steht unter dem Einfluss eines Vampirs. Man musste das stets berücksichtigen. Auch wenn Vampirzauber und Menschenopfer nicht zu den Dingen gehörten, die er gern berücksichtigte.

»Nur einer der Druiden war an der Entführung beteiligt«, fügte Giles hinzu, »der ältere, George. Aber er ist ihr Anführer. Vielleicht sind die anderen gezwungen, seinen Befehlen zu gehorchen.«

Xander war sich dessen nicht mehr so sicher – er befürchtete in jeder Hinsicht das Schlimmste. »Hat irgendjemand Oz gesehen? Vielleicht haben sie ihm auch etwas angetan!«

»Ich habe Oz gestern Nacht zusammen mit Ian gesehen«, sagte Buffy. »Ian hat mich nach Hause gebracht, aber Oz ist noch weitergezogen ... um Willow zu suchen.«

Für einen Moment sagte niemand ein Wort. Zuerst Willow, dann Oz?, dachte Xander. Warum?

»Wir müssen das Schlimmste annehmen, nicht wahr?« Giles schnitt eine Grimasse. »Und wir müssen einen Plan entwikkeln.« Buffy lief bereits durch die Bibliothek und sammelte ihre Tasche, ein paar Pflöcke und eine Armbrust zusammen. Sie war wirklich ein Mädchen der Tat.

»Das ist grauenhaft!«, schrie Xander. Vielleicht war seine Reaktion übertrieben. Aber er wollte übertrieben reagieren. »Willow ist verschwunden, zusammen mit ihren Computerfähigkeiten. Oz ist verschwunden, zusammen mit – nun, mit seinen Oz-Fähigkeiten.« In Wirklichkeit wusste Xander natürlich, dass Oz auch keine Niete am Computer war, obwohl es eine Menge Überredungskunst erforderte, ihn vor einen Monitor zu lotsen. »Wir befinden uns hier mitten in einer der großen Bibliotheken des Okkulten und ich weiß nicht, wo ich nachschlagen soll. Manchmal wünsche ich, dass eins Ihrer Bücher uns einfach sagen würde, was zu tun ist!«

»Oh«, machte Cordelia. »Das erinnert mich an etwas. Ich habe eine Nachricht für Buffy.«

»Eine Nachricht?«, fragte Buffy, die soeben aus dem Waffenraum kam. »Von wem?«

Cordelia runzelte die Stirn. »Tja, weißt du, da war dieses haarige Müllmonster im Mädchenumkleideraum. Ich kannte dieses Müllmonster von früher, aber da war es kein Monster, sondern, nun ja, ein Footballspieler. Aber da er mich kannte oder mich wenigstens von früher kannte, hat er mir wohl genug vertraut, um mir das hier zu geben. Als er es mir gab, sagte er was, das wie ›Jägger‹ klang, deshalb schätze ich, dass es für dich bestimmt ist.« Sie sah Buffy bedeutungsvoll an. »Jedenfalls habe ich diese Nachricht verstecken müssen, als Direktor Snyder aufkreuzte. Na, du weißt schon ...«

Buffy nickte, als würde sie verstehen.

Cordelia griff in den Ausschnitt ihres Pullovers. Sie funkelte Xander an. »Also wirklich!«

Xander hob hilflos die Hände. »Na, woher sollte ich wissen, was du mit deiner Hand vorhast?«

Cordelia verdrehte die Augen. Manchmal war Xander ein richtiger Trottel. Sie zog ein besonders schmutziges Stück Papier aus seinem Versteck, drehte sich wieder zu Buffy um und reichte ihr den schmierigen und zerknitterten Zettel.

Buffy las die Nachricht laut vor. Xander sah ihr dabei weiter über die Schulter.

JÄGERIN

HÜTE DICH HEUTE NACHT VOR DEM ANGRIFF AUF DEN ABPACKBETRIEB. ES IST EIN HINTERHALT. PASS AUF ERIC AUF. ER IST DER GEFÄHRLICHERE.

EIN FREUND

»Ein Freund?«, fragte Xander verständnislos. »Buffy hat einen Freund, der ein Müllmonster ist?«

Cordelia schüttelte den Kopf. »Ich glaube nicht, dass Bryce – oder das Ding, das einst Bryce war – die Nachricht geschrieben hat.«

»Du kennst dieses Müllmonster so gut, dass du es beim Vornamen nennst?« *Das* war also der Bryce, von dem sie gesprochen hatte? Eigentlich kein Grund, wütend zu werden. Aber im Moment machte Xander alles wütend.

»Xander, bitte«, sagte Cordelia, »ich habe heute schon genug durchgemacht.«

»Du hast Recht. Warum sollte ich auf ein Müllmonster eifersüchtig sein?« Er deutete auf den Zettel. »He, es überrascht mich, dass ein Müllmonster überhaupt schreiben kann! Vor allem, wenn man bedenkt, dass Bryce früher *Footballspieler* war.«

»Das reicht, Xander«, griff Buffy ein. »Ich bin sicher, dass es in Cordelias Leben eine Menge Dinge gibt, von denen du nichts weißt.« Sie runzelte die Stirn. »Ups. Das habe ich wohl nicht gerade glücklich formuliert.« Sie hielt den Zettel in ihrer Hand hoch. »Konzentrieren wir uns wieder auf die Nachricht.«

Giles griff nach dem Zettel. »Das muss mit dieser Prophezeiung über die zunehmende Zahl der Vampire zusammenhängen. Vielleicht auch mit allen drei. Die zweite hatte mit Verrat zu tun. Das könnte sich auch auf Eric beziehen. Oder George.«

Buffy wedelte frustriert mit dem Zettel. »Wir brauchen Willow, um herauszufinden, was das hier bedeutet!«

»Willow ist eine unschätzbar wertvolle Ressource gewesen«, stimmte Giles zu. »Aber wir werden uns schon irgendwie durchwursteln.« Sein Tonfall verriet, dass er nicht besonders erfreut über diese Aussicht war.

»Wir müssen uns jetzt an die Arbeit machen«, erklärte Giles. »Wir haben eine Menge Vorbereitungen zu treffen. Nach allem, was wir wissen, ist draußen bei dem alten Abpackbetrieb irgendeine Art Verrat geplant. Vielleicht finden wir einen Weg, ihrem Hinterhalt mit einem eigenen Hinterhalt zuvorzukommen, wenn ihr versteht, was ich meine. Und ich denke, einer von uns sollte die Druiden aufsuchen.«

22

Ihr gemietetes Cottage hatte sich in ein Schlachtfeld verwandelt.

»Ihr habt geschworen, mir zu dienen«, donnerte George.

»Du bist verrückt geworden!«, schrie sein Neffe Ian. »Das ist alles, was ich sehe!«

George hatte mit einem derartigen Widerstand nicht gerechnet. Um genau zu sein, ihm war nicht einmal der Gedanke gekommen, dass er überhaupt auf Widerstand stoßen könnte. Die Ereignisse hatten sich in der letzten Zeit überschlagen und George hatte keine Gelegenheit gehabt, seine Schritte zu planen. Willows Entführung war zwar notwendig gewesen, aber er hatte aus einer Art Eingebung heraus gehandelt, die keinen Aufschub duldete.

Seltsam, wie perfekt Erics Angebot, ihm das Lagerhaus zu überlassen, zu der neuen Lage passte. Er hatte daheim in Wales schon mehrmals etwas Ähnliches erlebt. Der Vampir schien in der Lage zu sein, ihm alles zur Verfügung zu stellen, was er brauchte – manchmal sogar schon bevor George erkannte, dass der Bedarf existierte. Er bedauerte, wie sehr und wie schnell er von der Hilfe des Vampirs abhängig geworden war, aber nichts durfte ihn an dem hindern, was er in dieser Nacht tun musste.

Das alte Lagerhaus befand sich in einem viel abgelegeneren Viertel als das Cottage. Selbst in einer ruhigen Nachbarschaft wie dieser würden gewisse Lichter und Geräusche Aufmerksamkeit erregen. Aber in diesem einsamen Betonbunker, mitten in der Nacht, sollte es ihnen möglich sein, ungestört alles zurückzuschlagen, was ihnen der Höllenschlund entgegenwerfen mochte.

Sofort nach Willows Entführung hatte George seine weiteren Schritte überlegt. Er wusste, dass er in das Cottage zurückkehren musste, um die verschiedenen Instrumente und Ingredienzen zu holen, die er brauchte, um seine Mission erfolgreich durchzuführen. Und er erwartete, dass ihm seine drei Neffen mit ihren Beschwörungen zur Seite stehen würden, die sie bereits begonnen hatten, um sich zusätzlich vor jenen Kreaturen von der anderen Seite zu schützen.

Unglücklicherweise hatte zumindest einer seiner Neffen andere Vorstellungen.

Ian starrte seinen Onkel trotzig an. »Mein Vater hätte einem derartigen Plan niemals zugestimmt!«

Zorn kochte in George hoch. »Du wagst es, so mit mir über deinen Vater zu reden? Ich war es, der zusehen musste, wie dein Vater starb.«

Nein! Lasst sie nicht näher kommen! Lasst es nicht zu!

George! George!

Ich war nicht schnell genug, dachte George. Vielleicht hätte ich ihn sonst retten können. Ich war einfach nicht gut genug vorbereitet.

George wusste, dass es seine eigene Unentschlossenheit, seine Schwäche gewesen war, die sie gezwungen hatte, nach Sunnydale zu kommen und die Beschwörung zu wiederholen. Wenn jemand seinen Zorn verdient hatte, dann er selbst.

Warum sah Ian denn nicht ein, dass sein Onkel diesmal Erfolg haben musste?

In dem Moment, als er in das Cottage zurückgekehrt war, hatte Ian gewusst, dass George die Blutbeschwörung einsetzen wollte. Er konnte diese Dinge nicht vor den Jungen verbergen, vor allem nicht vor Ian. Er hatte sie zu gut ausgebildet.

Ian war jetzt klar, dass George nur deshalb ohne die anderen Ältesten nach Sunnydale gereist war, weil er nicht wollte, dass jemand seine Autorität in Frage stellte. Vielleicht hatte er schon von Anfang an geplant, die Blutbeschwörung einzusetzen. Zweifellos hatte er sich auf alle Eventualitäten vorbereitet.

Und jetzt wagte es sein eigener Neffe, ihm zu widersprechen!

»Wir haben seit beinahe zweitausend Jahren keine Menschenopfer mehr dargebracht. Es waren diese alten Blutrituale, die uns fast zerstörten, uns in den Untergrund zwangen. Du hast mir oft genug erzählt, wie wir sanftere, bessere Methoden zum Erreichen unserer Ziele entwickelten.«

George fühlte sich plötzlich sehr alt. »Das war vor ... vor dem letzten Jahr. Du hast nicht gesehen, was ich gesehen habe. Du hast nicht ...«

»Dann solltest du es uns jetzt endlich erklären! Was *genau* hast du gesehen?«

George öffnete den Mund, aber kein Wort drang über seine Lippen. Er konnte sich nicht dazu überwinden, es zu beschreiben. Denn wenn er es tat, würde er in Tränen ausbrechen.

Es würde die Zweifel der drei Jungen nur verstärken, wenn sie ihn weinen sahen.

George wandte den Blick von seinem Neffen ab. »Die Diskussion ist beendet. Ich werde keine weitere Respektlosigkeit dulden. Du wirst tun, was ich dir sage!«

»Nein«, erwiderte Ian leise. »In diesem Fall nicht.«

George seufzte. Es war eine höllische Nacht gewesen. Er hatte nicht geschlafen und erst bei Sonnenaufgang das Lager haus verlassen. Und seit über einer Stunde stritt er sich hier herum.

Was sollte er tun? Er sah keine andere Möglichkeit. Manchmal mussten sogar Unschuldige geopfert werden, wenn es einem höheren Ziel diente. Wenn Ian älter war, würde er es verstehen.

Tom und Dave hatten sich während der Auseinandersetzung zurückgehalten. Nur drei Jahre trennten die Jungen, aber Ian, der älteste, war schon immer ihr Anführer gewesen.

Nun gut. Wenn Ian ihn nicht unterstützen wollte, dann musste George sich eben mit zwei Helfern begnügen.

»Dave!«, rief er. »Tom! Packt alles zusammen, was wir brauchen. Wir müssen alles für heute Nacht vorbereiten.«

Er sah Ian ein letztes Mal an. »Ich werde dich hier zurücklassen. Die Ältesten werden sich mit dir befassen, wenn wir heimkehren.«

»*Falls* wir heimkehren«, korrigierte Ian. »Falls wir diese Nacht überleben.«

George wollte unbedingt das letzte Wort haben. »Wir hätten weit bessere Erfolgsaussichten, wenn wir zusammenhalten würden.«

Ian schüttelte den Kopf. »Nein. Wir hätten weit bessere Erfolgsaussichten, wenn wir uns an die Anweisungen meines verstorbenen Vaters halten würden.«

»Nun gut. Wir werden dich zurücklassen. Ich glaube, wir können es auch ohne dich schaffen.«

Die beiden anderen Brüder standen an der Haustür. Sie schienen sich nicht wohl in ihrer Haut zu fühlen. George konnte es verstehen. Bis jetzt hatten die drei immer alles zusammen gemacht.

»Es tut mir Leid, Onkel«, sagte Tom, »aber ich kann auch nicht mitkommen.«

George war wie betäubt. Er hatte es mit einer ausgewachsenen Revolte zu tun. Er sah den jüngsten der drei Brüder an. »Und was ist mit dir, Dave?«

Dave blickte zu Boden. »Wir haben geschworen, die Regeln unseres Ordens zu befolgen. Ich werde dich begleiten, wie ich es den Ältesten zu Hause versprochen habe.«

George seufzte. »Wenigstens einer von euch ist vernünftig.«

Er sah seine beiden anderen Neffen an, bevor er ging. »Ihr wisst, dass ihr mich nicht aufhalten könnt.«

»Ich kann wenigstens versuchen, dich zur Vernunft zu bringen!«, gab Ian scharf zurück.

»Nein. Ich denke, es ist sinnlos. Wenn wir beide diese Nacht überleben, werden wir vielleicht eines Tages zu einer Einigung gelangen. Ich hoffe es jedenfalls.«

Ian schwieg.

»Diese Nacht ist noch längst nicht vorbei. Meine größte Herausforderung ist die Macht des Höllenschlundes.«

Diesmal antwortete Ian. »Die Nacht hat noch nicht einmal angefangen. Ich fürchte, es werden Dinge geschehen, die wir uns nicht einmal vorstellen können.«

George ließ Ian stehen und half seinem Neffen Dave, die Taschen und Kartons in den Lieferwagen zu laden.

»Hoffen wir, dass wir darauf vorbereitet sind«, sagte George. »Und hoffen wir, dass einige von uns überleben werden.«

Die Auseinandersetzung zwischen Ian und seinem Onkel hatte Oz schwer beeindruckt. Einen guten Streit wusste er immer zu schätzen. In seiner Familie kam so etwas nicht mehr allzu häufig vor. Um genau zu sein, er war so selten zu Hause, dass er kaum noch mitbekam, was seine Eltern so trieben. Aber er hoffte, dass sie sich nicht so häufig stritten wie in den Stunden, in denen er zu Hause war.

Dieser Streit wurde jedoch offen und direkt ausgetragen, sodass Oz, der sich draußen vor dem Fenster versteckte, sofort wusste, wer auf welcher Seite war.

Als Eric das Lagerhaus verlassen hatte – und er musste ein Vampir oder ebenfalls eine Druide sein, denn er war plötzlich wie vom Erdboden verschluckt gewesen –, hatte Oz noch ein paar Minuten gewartet und durch das verdreckte Fenster gespäht in der Hoffnung, Willow zu sehen. Er hatte gehört, wie

George sie hineingebracht hatte, aber der Druide musste sie in einem der kleineren Räume des Erdgeschosses eingesperrt haben, denn Oz konnte weder einen schwebenden Körper noch das gespenstische Leuchten entdecken. Er war um das ganze Gebäude geschlichen und hatte die anderen Fenster ausprobiert, doch alles, was er sehen konnte, war George, wie er irgendwelche Gegenstände aus einer großen schwarzen Segeltuchtasche zog. Oz hatte nicht mitbekommen, dass der Druide das Zeug ins Haus getragen hatte. Er vermutete, dass Eric es zurückgelassen haben musste. Die Dinge, die George aus der Tasche zum Vorschein brachte, sagten ihm auch nicht viel – Steine und Zweige und Glasscherben und ein paar kleine Beutel, die offenbar mit Erde gefüllt waren. Eine tolle Sammlung. Aber er war überzeugt, dass es bestimmt jemanden gab, der etwas damit anfangen konnte.

George hatte sich mehrmals umgesehen, als wüsste er, dass Oz in der Nähe war. Dieser hatte sich geduckt und George hatte sich wieder seinen Utensilien zugewandt.

Oz hatte sich bereits entschlossen, sein Glück nicht weiter zu strapazieren und sich zu verdrücken, als George zum Lieferwagen zurückkehrte. Er dachte daran, nach Willow zu suchen, doch dann fiel ihm ein, in welchem Zustand er Giles vorgefunden hatte. Die Druiden hatten bestimmt irgendwelche Schutzmaßnahmen getroffen. Er würde wahrscheinlich ebenfalls zur Statue erstarren – oder ein schlimmeres Schicksal erleiden. Wenn er Willow retten wollte, brauchte er Hilfe.

Oz entschloss sich, wieder auf dem Dachgepäckträger mitzufahren. Wenn George in die richtige Richtung fuhr, war dies zweifellos bequemer, als zu laufen. Und wenn er in die falsche Richtung fuhr, konnte Oz jederzeit abspringen.

Wie sich herausstellte, fuhr George direkt zu dem gemieteten Cottage.

Nun, das war eins von Oz' möglichen Zielen.

Während der Fahrt ging die Sonne auf, sodass Oz von dem Wagen sprang, als George am Ende der Straße das Tempo verlangsamte. Oz landete nach einem Salto auf dem Rasen eines der Nachbarhäuser und wunderte sich, dass er sich nicht alle Knochen gebrochen hatte. Vielleicht hatten sich all diese Jahre, in denen er im Sportunterricht auf die Nase gefallen war, am Ende doch gelohnt.

Er wartete, bis George im Haus verschwunden war, und spazierte dann die Straße hinauf.

Als er das Fenster erreichte, war der Streit im vollen Gang.

Doch jetzt war George fort. Ian und Tom standen auf der Seite der Guten. Und Oz musste etwas unternehmen.

Er spazierte durch die offene Haustür. »Hi, Jungs. Kann ich mal euer Telefon benutzen?«

Ian und Tom starrten ihn an.

»Oder nicht«, sagte Oz nach einer Weile. »Ist mit euch alles okay?«

Tom fand als Erster die Sprache wieder. »Äh, ja. Hör mal, was das Telefon angeht ... wir würden es dich gerne benutzen lassen, aber es geht nicht.«

Ups. Vielleicht hatte Oz sie falsch eingeschätzt. »Warum nicht? Habt ihr etwa Angst, euren Onkel zu verraten?«

»Nein«, fügte Tom hinzu, »wir würden unseren Onkel jederzeit verraten, wenn wir Willow dadurch retten könnten.«

»Du weißt, was mit Willow passiert ist, nicht wahr?«, fragte Ian.

»Ich weiß Bescheid«, bestätigte Oz.

»Irgendwie hatte ich das Gefühl. Jedenfalls würden wir dich das Telefon benutzen lassen, aber wir haben keins.«

»Kein Telefon?«, wunderte sich Oz.

»Nein. Unser Onkel konnte sich nicht vorstellen, dass irgendjemand einen Druiden anrufen würde.«

»Außerdem«, fügte Tom hinzu, »ist er, um ehrlich zu sein, schon immer geizig gewesen.«

»Wir werden dir helfen, wenn wir können«, sagte Ian. »Die Angehörigen unseres Ordens sind schon seit sehr langer Zeit gegen Menschenopfer. Nun, wenigstens die meisten ...«

Tom nickte. »Außerdem ist Willow zäh.«

»Das ist sie«, stimmte Ian zu. »Es wird nicht einfach sein, sie zu befreien. Vielleicht sogar unmöglich. Unser Onkel ist ein sehr mächtiger Mann.«

»Vielleicht ist er das«, meinte Oz. »Aber wir haben die Jägerin auf unserer Seite.«

Dies war die letzte Gelegenheit für George, ein wenig Ruhe zu finden.

Er musste auf die Nacht und auf Eric warten, bevor er die letzten Vorbereitungen treffen konnte.

Sie hatten im Lauf des Tages getan, was sie konnten, aber Dave war der jüngste und unerfahrenste seiner Mündel. Er konnte George höchstens Handlangerdienste leisten und einige der einfacheren Beschwörungen durchführen.

Vielleicht würden seine Brüder ihre Meinung noch ändern. In der Umgebung des Höllenschlundes war alles möglich.

Trotz seiner Erschöpfung hatte George an diesem Morgen einen klaren Kopf gehabt. Das Gefühl, von einem Werwolf verfolgt zu werden, war kurz nach Sonnenaufgang verschwunden. Er wusste noch immer nicht, was es bedeutete; vielleicht deutete es auf eine andere, bislang unerkannte Gefahr hin. Es würde ihn nicht überraschen, wenn der Einfluss des Höllenschlundes nachts stärker war als am Tage. Wenn sich der Einfluss auch in dieser Nacht wieder bemerkbar machte, musste er ihn irgendwie bekämpfen, um nicht abgelenkt zu werden.

Dann dachte er an ihre Gefangene. Er rief seinen Neffen zu sich.

»Hol die junge Dame aus dem Büro. Der Schlüssel hängt neben der Tür.«

Er konnte sie nicht den ganzen Tag eingesperrt lassen. Sollte sie ruhig die frische Morgenluft atmen und ein letztes Mal den Sonnenschein sehen. Er war kein gefühlsduseliger Mann, aber er war auch nicht grausam.

Einen Moment später kam Dave mit Willow an seiner Seite zurück. Sie ging ein wenig steifbeinig und blinzelte mehrmals, als wäre sie noch nicht ganz wach, aber ansonsten schien sie in guter Verfassung zu sein. Die Widerstandskraft der Jugend, vermutete George. Überraschenderweise machte die junge Frau einen völlig gefassten Eindruck. George war auf alles vorbereitet gewesen, sogar auf Hysterie. Er fand ihre Ruhe ein wenig irritierend.

Er nickte der jungen Frau zu. »Ich entschuldige mich für das, was ich tun muss. Ich habe keine andere Wahl.« Er machte eine weit ausholende Handbewegung. »Ich habe das Gebäude mit einem Zauber geschützt; niemand kann es ohne meine Erlaubnis betreten oder verlassen. Also werden du, Dave und ich die nächsten Stunden ungestört sein.«

»Ich muss ... mit Ihnen ... reden«, sagte Willow, die noch unter den Nachwirkungen des Betäubungszaubers litt.

»Wenn du möchtest. Aber ich kann dir jetzt schon versichern, dass du meine Meinung nicht ändern wirst.«

»Ich muss Ihnen mehr über die drei Prophezeiungen erzählen. Ich glaube in etwa zu wissen, was sie bedeuten, aber ich denke, sie werden Ihnen viel mehr sagen.«

»Mir?« George wurde neugierig. Schließlich gehörte Prophetie zu den Gaben, die von den Ältesten am höchsten geschätzt wurden.

»Unser Computer hat sie generiert«, fuhr Willow fort. »In Sunnydale kann fast alles unerklärliche Phänomene hervorrufen.«

Und der Computer war lediglich ein Werkzeug, dachte George, ein Mittel der Kommunikation. Er schien außerdem ein ideales Werkzeug der Prophetie zu sein.

»Möchten Sie sie hören?«, fragte sie.

George nickte. Es gab keinen Grund, ihr den Mund zu verbieten. Sie war die junge Dame, die noch in dieser Nacht ihr Leben opfern würde, um die Welt zu retten. Wenn dieses Gespräch sie glücklich machte, dann konnte er ihr den Wunsch nicht abschlagen.

»Die Erste lautet: ›Es gibt eine Veränderung bei den Untoten. Es besteht die Möglichkeit, dass die Zahl der Vampire zunimmt.‹«

Sie schwieg, als wartete sie auf eine Reaktion.

Die Zahl der Vampire sollte zunehmen? Eric hatte ihm gesagt, dass die meisten Vampire die Stadt verlassen hatten. War es möglich, dass Eric gelogen hatte?

Druiden konnten oft spüren, wenn jemand log, indem sie einfach auf den Pulsschlag, die Körpertemperatur und die Körpersprache der entsprechenden Person achteten. George bezweifelte, dass dies bei Vampiren funktionierte.

Wenn er Eric bei einer Lüge ertappte, würde George ihn sofort fallen lassen; so zerbrechlich war ihr Bündnis. Natürlich nur, wenn die Lüge nicht so groß war, dass George sie nicht einmal als solche erkennen konnte.

George verdrängte den Gedanken. Wer kannte schon die wahre Quelle dieser so genannten Prophezeiungen oder ihre Zuverlässigkeit? Er ließ sein Urteilsvermögen von seinen persönlichen Sorgen beeinflussen.

Eric half ihm von »innen« her, von der Seite des Bösen, im Austausch gegen den Schutz durch den Blutzauber. Der Vampir hätte ihm dieses Angebot nicht gemacht, wenn er nicht davon überzeugt wäre, dass George Erfolg haben würde.

Willow fuhr fort: »Die Nächste lautet: ›Eine neue Welle wird die Oberfläche leer fegen. Hütet euch vor denen, die darunter lauern.‹«

George war die neue Welle. Es passte genau. Und jene, die darunter lauerten? Waren damit die Kreaturen auf der anderen Seite gemeint? Oder bezog es sich auf Erics Verrat?

George war weitaus beunruhigter, als ihm bewusst gewesen war. »Fahre fort«, bat er Willow.

»Okay.« Sie nickte. »Hier ist die Dritte: ›Eine einzige Nacht wird die Entscheidung bringen. Die Macht könnte alles verändern.‹«

Dies war die klarste der drei Prophezeiungen. Die »einzige Nacht« war die heutige Nacht. Und er beabsichtigte, die Macht des Höllenschlundes zu benutzen, um die Ordnung der Dinge grundlegend zu verändern. Aber in der alten Auguration standen alle Prophezeiungen einer Gruppe in direktem Zusammenhang zueinander. Die Vampire, die neue Welle, die Macht – alle waren Teile eines Ganzen. Jede Komponente beeinflusste die anderen und nur wenn man alle drei zusammen betrachtete, konnte man das Ganze sehen.

Ihm war jetzt klar, dass es doppelt wichtig gewesen war, Willow zu finden. Sie war nicht nur das ideale Opfer, sondern auch im Besitz einer Nachricht von größter Wichtigkeit.

Ihre Warnung würde vielleicht sogar die Beschwörung retten und sicherstellen, dass sie nicht umsonst starb.

Aber bezogen sich diese Warnungen tatsächlich auf Eric? Oder galten sie in Wirklichkeit seinem eigenen Leichtsinn? War diese Frau so unschuldig, wie sie zu sein schien, oder wusste sie weit mehr, als sie zugab?

Das war das Problem mit den Prophezeiungen. Man konnte alles Mögliche in sie hineindeuten. Diese drei bezogen sich wahrscheinlich alle direkt auf die Jägerin und hatten nichts mit ihm zu tun. Und dennoch …

»Also?«, fragte Willow ungeduldig.

George nickte. »Sie sind überaus interessant. Es ist sehr gut möglich, dass sie sich auf diese Nacht beziehen.«

»Sie ändern also Ihre Meinung?«

»Nein. Aber ich danke dir dafür, dass du sie mir mitgeteilt hast. Sie werden mich noch wachsamer machen. Vielleicht helfen Sie mir, Fehler zu vermeiden, und garantieren so meinen Erfolg.«

»Das sind gute Neuigkeiten, schätze ich. Nun, ich möchte schließlich nicht, dass mein Opfer umsonst ist.« Willows Unterlippe zitterte. »Verzeihung. Ich glaube, ich fange gleich an zu weinen.«

»Das hatte ich befürchtet. Warum unterhältst du dich nicht mit meinem Neffen weiter?«

George blickte Willow nach, als sie davontrottete. Dies war äußerst unangenehm.

Ian war klar, dass sie einen Plan brauchten. »Wir müssen irgendeinen Weg finden, meinen Onkel aufzuhalten. Aber wir wissen nicht, wohin er verschwunden ist.«

»Ich weiß es«, sagte Oz. »Er hat sich in einem alten Lagerhaus einquartiert, knapp zwei Kilometer von hier entfernt.«

Irgendwie würde es Ian nicht überraschen, wenn Oz alles wüsste. Über alles.

Von draußen klang lautes Scheppern, als hätte jemand die Mülltonnen umgerannt. Xander platzte ins Zimmer.

»In Ordnung!«, donnerte er. »Was habt ihr mit ihnen gemacht?« Er verstummte und starrte Oz an. »Oh. Hi, Oz.«

»Hi«, nickte Oz.

»Wir haben einiges zu tun«, sagte Xander zu Oz. »Giles will, dass wir herausfinden, was die anderen Druiden wissen.«

»Deshalb hat er dich geschickt?«, fragte Ian und versuchte seine Enttäuschung zu verbergen.

»Nein, eigentlich hat er Buffy geschickt. Ich habe nur kurz zu

Hause vorbeigeschaut, um meinen alten Schwinn-Flitzer zu holen und sie zu schlagen.«

»Und du hast mich nur knapp geschlagen.« Buffy kam durch die Tür spaziert.

So unpassend es unter den gegebenen Umständen auch sein mochte, Ian konnte ein Lächeln nicht unterdrücken.

»Giles will, dass wir uns alle in der Bibliothek treffen«, erklärte sie. »Wir müssen irgendetwas tun, um Willow zu retten.«

Tom blickte zweifelnd drein. »Ich weiß nicht, ob wir das können. Möglicherweise verderben wir die Beschwörung.«

Ian hatte sich den Wünschen seines Onkels lange genug gefügt. »Wenn diese Beschwörung so wichtig ist, warum weiht er uns dann nicht ein? Seit zweitausend Jahren hat unser Orden kein Menschenopfer mehr dargebracht. Ich denke, wenn irgendetwas schief geht, ist es allein die Schuld meines Onkels. Ich sage, wir retten Willow.«

Tom zögerte nur einen Augenblick, bevor er nickte.

»Und was machen wir jetzt?«, fragte Xander.

»Wir kennen die Beschwörungsformel meines Vaters auswendig«, sagte Ian. »Vielleicht müssen wir eingreifen, wenn es Schwierigkeiten gibt.«

»Aber was ist, wenn Onkel George seine Formel verändert und uns nichts davon gesagt hat?«, wandte Tom ein.

Ian nickte. »Die Druiden haben ihre Geheimnisse nie schriftlich niedergelegt. Wir verlassen uns allein auf unser Gedächtnis. Aus diesem Grund hat mein Onkel auch keine Notizen gemacht. Er könnte alles Mögliche planen.«

»Giles hat eine umfangreiche Bibliothek«, erinnerte Buffy. »Zauber, Gegenzauber, was ihr wollt!«

Ian sah seinen Bruder an. »Ich denke, es ist Zeit, dass die Druiden lesen lernen.«

»Aber was ist mit Willow?«, fragten Xander und Oz gleichzeitig.

»Oz sagte, dass George sie an einem nicht weit von hier entfernten Ort eingesperrt hat. Er wird den Ort wahrscheinlich mit einem Schutzzauber gesichert haben. Vielleicht kann ich ihn überwinden, aber nicht ohne unsere Anwesenheit zu verraten. Wenn wir auf diese Weise eindringen wollen, brauchen wir einen Plan.«

»Nun, wir sind Meister im Pläneschmieden«, versicherte Buffy.

»Und wenn unsere Pläne mal nicht funktionieren«, fügte Xander hinzu, »entwickeln wir einfach neue Pläne! Auch bekannt als Notfallpläne!«

»Sie sind unsere Spezialität«, bestätigte Buffy. »Wir greifen immer darauf zurück.«

Ian nickte. »Nun, ich denke, dann fangen wir am besten sofort mit dem Planen an.«

23

Buffy war so bereit, wie sie nur sein konnte.

Die Nacht brach herein.

Sie hatten den Nachmittag mit Planen verbracht. Giles hatte entschieden, dass sie sich in zwei Gruppen teilen sollten, allerdings nicht in die Gruppen, die ihre Feinde erwarteten. Wie er es ausdrückte: »Irgendjemand hat sehr ernste Pläne mit uns. Wenn es uns gelingt, sie durcheinander zu bringen, werden wir sie vielleicht am Ende durchkreuzen können.« Er hatte sich im Raum umgesehen, von Buffy und Xander zu Oz und Cordelia und weiter zu Ian und Tom. »Jeder Einzelne von uns verfügt über einzigartige Fähigkeiten. Und gemeinsam bilden wir eine überaus schlagkräftige Truppe.«

Oz und Ian waren zu dem Lagerhaus gefahren, in dem sich Ians Onkel eingenistet hatte. Es war genau so, wie Ian befürchtet hatte. Ihr Onkel hatte das Gebäude mit einem Schutzzauber umgeben. Knapp zwei Meter vor den Betonwänden liefen sie gegen eine weitere Wand, die zwar unsichtbar, aber nicht weniger massiv war.

Giles, Ian und Buffy sollten gegen George losschlagen. Giles war überzeugt, die Barriere mit einem Antischutzzauber durchdringen zu können. Sollten sie auf andere Hindernisse stoßen, würde Ian sich darum kümmern. Und Buffy? Nun, sie würde die Vampire und alle anderen Kreaturen bekämpfen, die aus dem Höllenschlund über sie herfallen sollten. Nachdem Ian die Einzelheiten von Georges Beschwörung preisgegeben hatte, verstand Giles die chaotischen Vorhersagen des Computerprogramms besser. George hoffte, das Böse zu bannen, indem er sich an das Böse band und sich dessen Kräfte zunutze machte, doch das erlaubte dem Bösen nur, sich an George zu binden und so einen Weg in diese Welt zu finden. Was ins Chaos führen würde.

Tom und Ian waren von Oz' Bericht über das Bündnis ihres Onkels mit Eric fasziniert. Nach Ians Meinung erklärte es eine Menge. Für Tom warf es nur noch mehr Fragen auf.

Während Team A versuchen würde, George aufzuhalten und Willow zu retten, würde Tom die tapferen Freiwilligen, also Xander und Oz, in den Kampf gegen die Vampire führen. Ihre Zahl hatte tatsächlich zugenommen – insgesamt mussten es über hundert Vampire sein, die bereit standen, die Stadt mit Mord und Terror zu überziehen, um so die Jägerin abzulenken und zu beschäftigen, während sich die wahre Bedrohung woanders entwickelte.

Tom hatte den Großteil des Nachmittags damit verbracht, die beiden in die Geheimnisse der Armbrust einzuweihen. Ihr Plan war, reinzugehen, Naomis Pläne zu durchkreuzen, sich wieder zurückzuziehen und Buffy den Rest zu überlassen. Natürlich erst, nachdem Team A Willow gerettet hatte.

In der Zwischenzeit würde Cordelia den Werwolfplan, wie Oz ihn nannte, in die Tat umsetzen. Hauptsächlich bedeutete dies, dass sie die Nacht in sicherem Gewahrsam verbrachte. Nach kurzer Diskussion hatte Giles entschieden, für diesen Zweck den Bibliothekskäfig zu benutzen, in dem er die seltenen Bücher aufbewahrte. Auf diese Weise blieb ihnen die Peinlichkeit erspart, Cordelias Eltern die Umstände erklären zu müssen. Sie würde wie gewöhnlich behaupten, dass sie bei einer Freundin schlief. Außerdem glaubte Giles nicht, dass die Vampire hier nach ihr suchen würden. Und in der ersten Hälfte der Nacht würden sich viele andere Menschen in der Schule aufhalten.

Schließlich war dies die Nacht des traditionellen Frühjahrsballs.

Im Übrigen hatte Cordelia auf diese Weise eine Menge Lesestoff zur Verfügung.

Obwohl Cordelia nicht gerade mit Begeisterung auf den Plan reagierte, war er immer noch besser als alle anderen Möglichkeiten, die ihr einfielen. Xander versprach, sofort nach ihr zu sehen, wenn sie die Pläne der Vampire durchkreuzt hatten.

Sie waren bereit zum Losschlagen.

»Die Sonne geht unter!«, rief Xander von seinem Platz am Fenster.

»Sehr gut«, nickte Giles. »Cordelia, ich denke, es ist Zeit, dass du in den Käfig gehst.«

»Mann«, sagte Xander, »ich versuche schon seit Jahren, sie in einen Käfig zu bekommen.«

Cordelia fand das gar nicht komisch. »Xander!«

Er zuckte die Schultern. »Tut mir Leid. Nur ein weiteres Beispiel für Xander Harris' abseitigen Humor. Das Patent wurde angemeldet.«

Cordelia lächelte plötzlich. »He! Ich habe eine Idee!« Sie wandte sich an Buffy. »Wusstest du, dass es draußen bei dem alten Abpackbetrieb einen richtig abgefahrenen neuen Club gibt? Er soll sogar besser als das *Bronze* sein. Du solltest mal reinschauen.«

Xander und Buffy wechselten einen Blick. »Naomi«, meinten sie.

Cordelia blinzelte und runzelte dann die Stirn. »Warum habe ich das gesagt? Ich war noch nie in der Nähe des Abpackbetriebs. Das ist so ziemlich die ödeste Gegend der Stadt.« Sie hob ruckartig den Kopf. »Die Vampire sammeln sich! Sie werden über die Stadt herfallen! Halb Sunnydale wird sterben!«

Cordelia schüttelte den Kopf. »Ugh. Es ist, als wäre in meinem Kopf noch eine andere Person, deren Gedanken sich mit meinen mischen.«

Dann zuckte ihr ganzer Körper. Sie funkelte Buffy an. »Cordelia wird nie wieder frei sein, wenn du dich mir nicht stellst!«

Cordelia wimmerte. »Benutzt Naomi jetzt auch meine Stimme?«

»In den Käfig mit dir, Cordy«, drängte Xander sanft.

Cordelia gehorchte sofort und Giles schloss sie ein. »Ich werde einen Schlüssel mitnehmen. Ein zweiter liegt in der Schublade meines Schreibtischs. Wie werden hierher zurückkehren, wenn wir unsere Mission beendet haben, und Cordelia im Morgengrauen herauslassen. Und ich verspreche dir, Cordelia, sobald Willow gerettet ist, werden wir alles tun, um dich von Naomis Einfluss zu befreien.«

Cordelia nickte. »Xander!«, rief sie. »Ich will, dass du vorsichtig bist. Ich will, dass du mich morgen aus dem Käfig lässt. Ich will, dass ihr alle mich aus dem Käfig lasst!«

Xander nickte ebenfalls. »Ich habe meinen Schlafsack von zu Hause mitgebracht. Er liegt in der Ecke.« Cordelia sah den alten Pfadfinderschlafsack in der Käfigecke und nickte. »Warum versuchst du nicht zu schlafen?«

»Nun«, sagte Giles, »ich glaube, es ist Zeit, dass wir uns an die Arbeit machen.«

Cordelia winkte, als die anderen die Bibliothek verließen. Buffy, die das Schlusslicht bildete, winkte zurück.

Hatte denn keines dieser Bücher eine vernünftige Handlung?

Cordelia warf das zwölfte Buch, in dem sie geblättert hatte, zur Seite. Sie tat ihr Bestes, um nicht in Depressionen zu verfallen, aber die Auswahl hier war nicht gerade sehr hilfreich. Selbst die illustrierten Bücher schienen nur Bilder von Dämonen und Höllenlandschaften zu enthalten. Es war hart, hier festzusitzen, vor allem wegen der Musik, die vom Tanzfest in der Sporthalle in die Bibliothek drang. Statt sich auf dem Ball zu vergnügen, großartig auszusehen und den Neid der ganzen Sunnydale High zu erregen, war sie in der Bibliothek eingesperrt.

Ich hoffe, niemand kommt hier rein ...

Cordelia blickte auf. Die Musik verklang und ein grauenhafter Gestank stieg ihr in die Nase.

Okay, dachte Cordelia.

Sie hörte eine nur zu vertraute Stimme:

»Ja, sage ich, ›Ich weiß, wo wir Cordelia finden.‹ Oh, Cordelia!«

Da Cordelia jetzt über Naomis Zauber Bescheid wusste, erinnerte sie sich auch an alle anderen Einzelheiten. Auch an die Person, die vor dem Eingang zur Bibliothek stand.

Gloria betrat den Raum, dicht gefolgt von Bryce. »Tut mir Leid. Ich muss das tun. Sonst wird Königin Naomi Verdacht schöpfen. ›Bring diese Cordelia her‹, sagt sie. ›Sie wird diese Jägerin anlocken!‹, sagt sie. Klar. Wenn einer ihrer Pläne schief geht, gibt sie mir die Schuld. Sie gibt uns beiden die Schuld, stimmts, Brycie?«

»Hu-hu-hu.«

»Wir haben dich irgendwie ins Herz geschlossen, Brycie und ich. Wir werden dafür sorgen, dass dir nichts passiert. Schließlich gibt es keinen Mangel an Blut. Dies ist die Nacht, in der die Welt untergeht.« Sie sah sich im Raum um. »Also, wo ist der Schlüssel?«

Cordelia musste gegen ihren Willen antworten. »Im Schreibtisch.«

»›Im Schreibtisch‹, sagt sie. »Dieser Raum ist voller Schreibtische.«

In Wirklichkeit war der Raum voller Tische. Der einzige Schreibtisch stand hinter dem Schalter des Bibliothekars.

»Es ist der in der Mitte«, hörte Cordelia sich sagen. »Rechts von dir. Nein, nein, das ist links. Jetzt geradeaus. Das ist er.«

Gloria zog die oberste Schublade auf und nahm den Schlüssel. Sie schloss den Käfig auf.

Cordelia wünschte, an ihrem Platz bleiben zu können, doch ihre Füße trugen sie bereits nach draußen.

»Hört mal, Leute«, begann sie, »ich weiß eure Fürsorge ja zu schätzen …«

»Es ist nicht unsere Entscheidung. Wir führen nur Befehle aus …«

»Hu-hu-hu«, bestätigte Bryce.

»Außerdem brauchen wir dich, um die Jägerin anzulocken, und wir brauchen die Jägerin, um Naomi zu vernichten.«

Cordelia warf dem haarigen Müllmonster an ihrer Seite einen Blick zu und versuchte, nicht zu atmen. Unglücklicherweise sah Bryce in der Nacht genauso abscheulich aus wie am Tage.

»Nun«, sagte Gloria, »was haltet ihr davon, einen kleinen Spaziergang zu machen? Ich denke, es ist Zeit, dass wir diesen Kids auf dem Ball einen Besuch abstatten!«

Eric hatte befürchtet, dass genau das passieren würde.

Er hatte seine Gruft in dem Moment verlassen, als die Sonne am Horizont verschwunden war. Die Gruft lag am Rand des Friedhofs, was auch der Grund war, warum er sie ausgewählt hatte, aber die anderen Vampire, die hier schliefen, hatten nicht so viel Glück.

Einer der Hilfszauber der Druiden entfaltete bereits seine Wirkung. Er hatte gehört, dass er sich in der vergangenen Nacht kurz bemerkbar gemacht hatte, um dann am Morgen wieder abzuklingen. Doch in dieser Nacht manifestierte er sich viel früher und viel stärker.

Jetzt ähnelte der Friedhof einem Dschungel, einer Masse unablässig wuchernder Ranken, die jeden Vampir verschlangen und töteten, der das Pech hatte, in ihrer Mitte zu sein. Während die Pflanzen wuchsen, wurden die Ranken härter und schärfer, stets bereit, das Herz eines Vampirs zu durchbohren. Eric hörte ein Dutzend verschiedene Schreie und sah sogar, wie einer seiner Artgenossen in einer Staubwolke explodierte. Es gab nichts, was er für ihn tun konnte. Er starrte die wuchernde Vegetation an, die die Grabsteine und Statuen, die Bäume und Mausoleen unter einer lückenlosen Blätterdecke verschwinden ließ. Wenn er in diesen Dschungel zurückkehrte, würde er dasselbe Schicksal erleiden wie seine Artgenossen.

Nun, viele von Naomis Kämpfern waren verloren. Aber es sollte noch genug von ihnen geben, um ein Ablenkungsmanöver zu starten, und eine Ablenkung war alles, was er brauchte.

Eric durfte seine Kontrolle nur sehr zurückhaltend ausüben. Niemand durfte etwas davon bemerken. Er konnte nicht alle Zauber der Druiden schwächen. Einige Fehler konnten dem »Einfluss« des Höllenschlundes zugeschrieben werden, aber zu viele davon würden Georges Misstrauen erregen. George musste glauben, dass er noch immer Herr seines eigenen Schicksals war, auch wenn er schon vor langer Zeit all seine Macht verloren hatte.

Eric war ein Meister der Träume. Er konnte nicht alle Druiden kontrollieren, aber er hatte die Kraft, einen oder zwei zu beeinflussen. Er hatte die Ältesten beobachtet und die Brüder Stephen und George ausgewählt – beide waren ehrgeizig, der eine war begabt, der andere neidisch. Wie einfach es doch war, Stephen zu töten und George seinem Willen zu unterwerfen. Jetzt konnte er die Macht der Druiden benutzen, um alles Natürliche, alles, was sie liebten, zu vernichten.

Die Beschwörung, die George verwenden wollte, war nicht genau das, wofür der Druide sie hielt. Sie würde vorübergehend den Großteil der Macht des Höllenschlundes blockieren und nur eine einzige, vom Blut geschaffene Öffnung übrig lassen, eine Öffnung, die Eric benutzen würde, sobald er Georges Beschwörung an sich gerissen hatte – eine Öffnung, die es ihm erlauben würde, die zehntausend Dämonen und die zehn Millionen verdammten Seelen zu kontrollieren, die auf der anderen Seite warteten. Keiner von ihnen würde zur Erde gelangen, ohne Eric Treue zu schwören. Und all jene, die er passieren ließ, vielleicht nur ein paar Hundert zunächst, später aber Tausende, würden es Eric mit Blut und Macht vergelten.

Am wichtigsten war das Opfer. Naomi musste die Jägerin nicht unbedingt töten. Es genügte, sie lange genug hinzuhalten, bis Eric die ersten Dämonen von der anderen Seite herübergeholt hatte, Kreaturen, die selbst die Jägerin mit einem einzigen Blick vernichten konnten.

Aus dem wuchernden Dschungel drangen die letzten Schreie. Es war schade um die Vampire. Aber Eric konnte jederzeit neue erschaffen.

Naomi war überhaupt nicht zufrieden.

Wo waren ihre hundert Vampire? Sie zählte dreißig, vielleicht vierzig auf dem Parkplatz vor der Laderampe. Inzwischen hätten alle hier sein müssen, um von ihr auf ihre Posten geschickt zu werden. Hatte die Jägerin bereits einige von ihnen beseitigt?

»He«, rief eine Stimme hinter ihr, »wir haben dir ein Mädchen mitgebracht.«

Nun, wenigstens waren Gloria und Bryce gekommen. Sollte sie sie wirklich töten? Nun, vielleicht wartete sie noch ein paar Stunden damit.

»Bringt Cordelia zu mir«, befahl Naomi mit mehr Selbstvertrauen in der Stimme, als sie eigentlich besaß. »Ich will, dass sie mit ansieht, wie alles, was sie liebt, vernichtet wird, bevor sie stirbt.«

Sie runzelte die Stirn, als sie wieder den Parkplatz absuchte. Ein paar weitere bleiche Gestalten waren aufgetaucht, aber sie konnte weit mehr rissigen Asphalt als Untote sehen.

Das war nicht besonders ermutigend. Die Hälfte ihrer Armee

fehlte. Hatten ihre Kämpfer etwa verschlafen? Wussten sie nicht, dass dies die große Nacht war, die Nacht, die Naomi in alle Ewigkeit triumphieren lassen würde? Wenn sie wollte, dass Eric sie auf ewig liebte, musste sie ihren Teil der Abmachung einhalten. Sonst würde er sich eine neue Teenqueen suchen, um sie zum Supervamp zu machen.

Nun, sie musste sich mit denen begnügen, die gekommen waren. Naomi brauchte nur einen guten Plan, sagte sie sich. Und vielleicht etwas Dramatik.

Cordelia war hier. Das bedeutete, dass Buffy nicht weit sein würde. Die Rampe, auf der sie stand, war eine perfekte Bühne und sie war die Inspizientin. Sie würde Cordelia aussaugen, aber erst, wenn Buffy auftauchte. Sie wollte die Jägerin reizen und in blinde Wut versetzen, sodass sie einen Fehler machte. Dann würden ihre Kämpfer über sie herfallen und sie töten!

Cordelia trat steifbeinig an Naomis Seite. Sie stand wieder völlig unter dem hypnotischen Einfluss der Vampirin.

»Ich grüße euch, meine Kinder!«, rief Naomi. »Dies ist die Nacht unseres Triumphes! Neben mir seht ihr Cordelia, die ich vor den Augen der Jägerin aussaugen werde!« Naomi lachte bei dem Gedanken. »Cordelia war die Königin. Aber wer ist jetzt die Königin?«

Der Chor setzte etwas schleppend ein, gewann aber mit jeder Wiederholung an Lautstärke. »Naomi! Naomi! Naomi!«

Ja, dachte Naomi. Warum hatte sie auch nur einen Moment an sich gezweifelt? Es würde funktionieren! Sie würde triumphieren!

»Naomi! Naomi! Naomi!«

Cordelia schüttelte den Kopf. »Oh, bitte? Mit wem redest du da? Mit einer Horde Vampire? Was wissen die denn schon?«

Naomis hypnotischer Bann war schwächer geworden, weil sie sich von ihren Gefühlen hatte mitreißen lassen. »Schweig!«, zischte sie.

»Du warst eben niemals gut genug!«, konterte Cordelia. »Du hast keine Sache bis zum Ende verfolgt. Du hast jedes Mal einfach aufgegeben und etwas anderes versucht. Deshalb habe ich dich immer geschlagen.«

»Naomi! Naomi!« Die Begeisterung der Menge ließ erneut nach.

»Das war, bevor ich meine Berufung fand!«, sagte Naomi zu Cordelia.

»Als Vampir? Erspar mir das. Sicher, du hast ein paar Erfolge gehabt. Aber ich habe Freunde, die dich am Ende besiegen werden ...«

Naomi hatte genug davon. »Du wirst dich meinem Willen beugen!« Cordelia, die gerade zur nächsten Tirade ansetzen wollte, schloss abrupt den Mund. Schluss mit den Frechheiten! Woher nahm Cordelia die Kraft für ihren Widerstand? Naomi musste Erics Lektionen beherzigen.

Sie konnte aber auch Cordelia eine Lektion erteilen. Sie wollte die junge Frau noch nicht aussaugen; nein, das musste warten, bis die Jägerin da war. Aber was konnte es schon schaden, einen kleinen Schluck zu nehmen?

Vom Parkplatz drang Lärm. Sie blickte auf und sah einen langen schwarzen Cadillac heranrasen.

Was war das?

Elektrische Fenster senkten sich und enthüllten die Gesichter zweier junger Männer. Sie hielten etwas in den Händen.

Armbrüste!

»Passt auf!«, schrie Naomi.

Aber sie feuerten bereits ihre tödlichen Holzbolzen in die Menge.

Sie fuhr herum und sah, dass sich Gloria hinter dem Müllmonster versteckt hatte. Die Bolzen schienen dem großen haarigen Wesen nicht das Geringste auszumachen. Gloria und Bryce wollten sich verdrücken! Auch die anderen Vampire ergriffen die Flucht – jene glücklichen, die dem Armbrustfeuer entkommen waren.

Das war es, was Naomi brauchte – einen Schild. Und es befand sich sogar einer in Griffweite. Zur Hölle mit Eric und seinen Plänen! Sie musste von hier verschwinden, wenn sie die morgige Nacht noch erleben wollte.

Sie zog an Cordelias Arm. »Komm mit.« Aber Cordelia war wie erstarrt.

Naomi hatte keine Zeit für Spielereien. Mit einer Handbewegung hob sie den Bann auf. Cordelia sackte kurz in sich zusammen und straffte sich dann.

»Du kommst jetzt mit mir«, befahl Naomi. »Und Bann oder nicht, ich kann dich jederzeit zerquetschen!«

»Wir machen also einen kleinen Ausflug?« Cordelia blickte zu dem schwarzen Auto hinüber. Einer der Insassen winkte ihr sogar zu. »Erinnerst du dich noch an unsere gemeinsame Cheerleaderzeit?«

Naomi reagierte sofort. »Ich hätte Teamcaptain sein sollen – nicht du!«

»Du hättest nie Captain sein können!«, sagte Cordelia und lachte. »Du hast den ›Rah Sunnydale Rah‹-Cheer nie richtig hinbekommen.«

Was sagte diese Frau da? »Habe ich doch!«

»Du konntest ihn dir keine Sekunde lang merken!« Cordelia ging leicht in die Knie. Wollte sie ihr etwa zeigen, wie man den Cheer machte? Ha! Naomi würde es *ihr* zeigen!

Sie ging hinter Cordelia in die Hocke.

»So sicher wie die Sonne über dem Hügel aufgeht«, riefen sie im Chor, sich dabei langsam in ihrer Cheerleaderimitation der Sonne aufrichtend, »so sicher wird Sunnydale siegen! Kill! Kill! Kill!«

Naomi sprang zum vollen Sunnydale-Cheer hoch. Aber Cordelia war nicht bei ihr. Sie war hingefallen. Tollpatschige Cordelia!

Eine donnernde Stimme ließ Naomi aufblicken.

»Das ist dafür, dass du am Gehirn meiner Freundin herumgepfuscht hast!«

Sie war völlig ungeschützt. Von drei Armbrüsten schossen Bolzen auf sie zu.

Cordelia hörte eine vertraute Stimme zwischen den Mülltonnen.

»Hu-hu-hu. Naomi wehtun.«

»›Naomi wehtun‹, sagt er«, antwortete Glorias Stimme. »Sie werden uns auch wehtun, wenn wir nicht von hier verschwinden, und zwar pronto.«

»Hu-hu«, machte Bryce.

Und dann war Xander an Cordelias Seite.

Sie war in ihrem ganzen Leben noch nie so froh gewesen, einen Mann zu sehen.

24

George hatte Willow erneut in Trance versetzen müssen. Er konnte es nicht ertragen, sie weinen zu sehen.

»Es tut mir Leid, Onkel«, sagte sein Neffe Dave. »Ich kann das nicht tun. Nicht mit Willow.«

»Oh, nein«, sagte Eric von der Tür. »Es ist jetzt zu spät. Du wirst uns helfen, oder ich werde dich töten.«

Dave sah den Vampir an, dann wieder George.

»Onkel?«

»Eric hat Recht. Wir müssen dies zu Ende bringen. Es ist vielleicht unsere letzte Chance. Es muss heute Nacht enden!«

»Ich habe ein paar Dinge mitgebracht, um die Beschwörung zu beschleunigen«, sagte Eric, während er eine Schultertasche öffnete.

George war erstaunt, als er hineinblickte. »Woher weißt du so viel darüber?«

Eric lächelte. »Ich dachte, das wäre inzwischen offensichtlich. Komm. Lass uns anfangen. Ich werde es dir unterwegs erklären.«

George beeilte sich, die letzten Vorbereitungen zu treffen. Er holte das Opfermesser hervor, das in den letzten zweitausend Jahren nicht mehr als schmückendes Beiwerk gewesen war. Heute Nacht würde es wieder seinem ursprünglichen Zweck dienen.

Und sobald Willows Blut das Becken füllte, würde die wahre Magie beginnen.

Buffy beobachtete, wie die beiden Männer mit besorgten Gesichtern vor der unsichtbaren Mauer verharrten.

Giles runzelte die Stirn. »Ich war sicher, es würde funktionieren.«

»Die Zauber meines Onkels können sehr mächtig sein.«

Giles' erster Versuch, den Zauber zu durchbrechen, schien nicht viel bewirkt zu haben. Nicht, dass man es mit Sicherheit sagen konnte. Wenn man nicht gerade totalen Erfolg hatte, ließ sich schwer abschätzen, welche Wirkung man auf etwas hatte, das unsichtbar war.

Es war doppelt frustrierend, weil Buffy schwören konnte, gesehen zu haben, wie ein anderer Mann das Gebäude betrat, als sie sich dem Lagerhaus näherten. Ian kannte den Mann nicht, aber Oz' Beschreibung ließ Buffy vermuten, dass es Eric war.

Ian und Giles diskutierten hitzig über ihren nächsten Schritt. Dabei warf ihr Ian immer wieder verstohlene Blicke zu. Buffy lächelte ihn an. Selbst wenn nie etwas zwischen ihnen sein konnte, war es schön, an seiner Seite zu kämpfen.

Ian warf etwas gegen die unsichtbare Barriere, während Giles fremde Worte vor sich hin murmelte. Es gab einen grellen Blitz.

Buffy blinzelte, um ihre Nachtsicht zurückzugewinnen. Ian und Giles rappelten sich vom Boden auf.

»Nun, das war etwas dramatischer, als ich erwartet habe«, räumte Giles ein.

»Ja«, erwiderte Ian. »Aber hat es funktioniert?« Er stieß seine Hand nach vorn. Sie prallte ab, was bedeutete, dass die unsichtbare Wand noch immer existierte.

Buffy konnte sich nicht länger beherrschen. »Willows Zeit läuft ab!«

Giles nickte. »Ich weiß. Es muss doch irgendetwas geben, das wir tun können.«

»Aber was?«, fragte Ian.

George intonierte die primäre Beschwörungsformel, Eric die sekundäre.

Sie verstummten. Alle Vorbereitungen waren getroffen. Es war Zeit für das Opfer.

Aber inzwischen kannte George die Antwort. »Du hast nicht nur die Druiden studiert. Du bist selbst ein Druide.«

Eric nickte. »Ich war einer zu meinen Lebzeiten. Und ich habe mir viele der Fähigkeiten bewahrt, die ich damals erworben habe.«

»Ich hätte es erkennen müssen, als du in jener Nacht zu mir gekommen bist, ohne dass ich dich eingeladen hatte ...«

»Ja. Ich hatte mein Bild projiziert.«

»Etwas, das ich selbst schon viele hundert Male getan habe.« George schüttelte den Kopf. »Kein Wunder, dass du verstehst, wie wichtig mein Vorhaben ist.«

»Kein Wunder«, stimmte Eric zu.

»Aber wir sollten jetzt anfangen. Die Zeit läuft ab.«

Eric warf einen Blick zu David, der auf der anderen Seite des Raumes stand und sie schweigend beobachtete. »Was ist mit deinem Neffen?«

George tat die Bedenken des anderen mit einer Handbewegung ab. »Er wird uns nicht helfen, aber er wird es auch nicht wagen, uns zu behindern.«

»Wie du meinst.«

Dave verließ den Raum. Sein Onkel wünschte, er könnte dem jungen Mann seine Handlungsweise begreiflich machen.

Aber die Zeit verrann. George musste das Opfer darbringen. »Komm. Es ist Zeit für uns, die Welt zu verändern.«

Giles war in seinen Bücher vertieft, während Ian nur in seinen Gedanken vertieft war.

»He«, rief Buffy. »Seht mal!«

Ian blickte zu einem zerbrochenen Fenster auf. »Da ist Dave!«

»Ich habe den Schutzzauber aufgehoben!«, rief Dave. »Kommt rein! Wir müssen Willow retten.«

Die drei sammelten ihre Sachen zusammen und liefen zum Eingang, ohne diesmal auf ein Hindernis zu stoßen.

»Ich musste warten, bis sie zu sehr mit der Beschwörung beschäftigt waren, um etwas zu bemerken«, erklärte Dave. »Aber da mein Onkel mich mit der Durchführung aller Hilfszauber betraut hat, war es kein Problem, einen von ihnen zu neutralisieren. Aber wir müssen uns beeilen! Uns bleiben nur noch ein paar Minuten, bis mein Onkel das Messer benutzt.«

Ein winziger Kreis aus Licht erschien vor ihnen – ein pulsierendes rotes Licht. Ein Eingang zum Höllenschlund. George konnte kaum atmen.

Er hatte dieses Licht schon einmal gesehen.

Nein! Nein! Lasst sie nicht näher kommen!

Der Lichtkreis wurde größer und George konnte die ersten leisen Schreie der Verdammten und die Befehle ihrer Kerkermeister hören. Jeder von ihnen hatte die Macht, die Welt zu vernichten. Aber laut der Beschwörungsformel, die Eric ihm gegeben hatte, musste man den Höllenschlund öffnen, bevor man ihn versiegeln konnte.

Lichtblitze zuckten durch die immer noch recht kleine Öffnung, als versuchten die Wesen auf der anderen Seite, sich mit Gewalt einen Weg durch das Tor zu bahnen. Aber ohne das Blutopfer würde die Öffnung nicht weiter wachsen.

George starrte das vor ihm liegende Messer an. In einem Moment konnte er alle Schreie seines Bruders hinter sich lassen.

Er hob das Messer auf und ritzte sich in den Finger. Das erste Blut. Die Stimmen auf der anderen Seite wurden lauter, flehten, lockten, forderten. Sie wollten ihn überwältigen. *Aber bald werde ich sie für immer verbannt haben.*

Das Licht wirbelte und wuchs – es hatte jetzt ungefähr die

Größe eines Konservendosendeckels. Wenn es die Größe eines Fensters erreicht hatte, war es Zeit für das Blut. Der Druide setzte seinen Beschwörungsgesang fort und Eric fiel ein. Sie zogen weitere Energie aus dem Höllenschlund und konzentrierten sie.

Irgendetwas stimmte nicht mit dem Licht.

Es war viel zu rot, die Farbe der Macht, die seinen Bruder vernichtet hatte – die Farbe, die George gezwungen hatte, das Böse auf der anderen Seite zu sehen, sodass er fast von ihm verschlungen worden war.

Sie konnten diese Macht nicht kontrollieren. Im Gegenteil, sie würde sie kontrollieren.

»Nein!«, schrie George. »Die Beschwörung entgleitet uns wieder!«

Eric lächelte. »Oh nein, die Beschwörung läuft genau nach Plan.«

George verstand nicht. »Was meinst du damit?«

»Du hast es nie kapiert, nicht wahr? Diese Beschwörung hat immer nur meinen Zwecken gedient.«

»Was?«, stieß George hervor. »Deinen Zwecken? Wie ist das möglich? Mein Bruder und ich …«

»Ihr habt mir vor über einem Jahr in die Hände gespielt. Diese Beschwörung war nie dazu gedacht, die Mächte der Finsternis zu verbannen. Das war bloß die Erklärung, die ich dir eingeflüstert habe. Diese Beschwörung sollte von Anfang an die Mächte der Finsternis herbeirufen, damit sie unter meiner Herrschaft die Erde mit Chaos überziehen.«

George war verwirrt. Das war unmöglich. Kein einfacher Vampir konnte in der Lage sein, die Schutzzauber eines ausgebildeten mächtigen Druiden zu durchbrechen.

Eric kicherte. »Aber ich hätte es ohne die Mittel meiner früheren Sekte nicht geschafft. Oder ohne die Macht des Höllenschlundes.«

George verfolgte entsetzt, wie der rote Ball größer wurde.

»Eigentlich trifft dich keine Schuld«, fuhr Eric fort. »Du hast unter meinem hypnotischen Einfluss gestanden. Es war einfach, dich zu kontrollieren, nachdem ich deinen Bruder getötet hatte. Du warst viel zu sehr mit dir und deiner Schuld und deiner Scham beschäftigt. Aus reinem Vergnügen habe ich einem der hiesigen Vampire eine viel primitivere Version des Kontrollzaubers beigebracht, damit er in Sunnydale Unruhe stiften konnte. Aber ich habe meine eigenen Kräfte über tausend Jahre lang entwickeln können und so war es mir möglich, dich nach Gutdünken zu manipulieren, ohne dass du es bemerktest. Bis zu diesem Zeitpunkt natürlich. Du ahnst nicht, wie befriedigend es ist, mit anzusehen, wie einer der großen und heiligen Druiden erkennt, dass er die ganze Welt verdammt hat.«

»Nein!«, schrie George. Wie hatte das nur passieren können?

»Du hast noch die Kontrolle über deine Stimme, aber das ist auch alles.« Eric lächelte. »Jetzt beende die Beschwörung. Nimm das Messer. Opfere das Mädchen.«

»Nein!«, sagte George wieder, aber er spürte, wie sich seine Finger um den Knauf legten, wie seine Hand das Messer über seinen Kopf hob. Willow war an den improvisierten Altar vor ihm gefesselt.

»Ich habe einen Trost für dich, George«, fuhr Eric fort. »Es gibt jetzt keine Möglichkeit mehr, das Blutvergießen zu verhindern. Die Beschwörung ist dafür zu weit fortgeschritten. Sie verlangt Blut oder sie wird uns alle vernichten, wahrscheinlich sogar zusammen mit ganz Sunnydale. Also töte sie jetzt, damit wir fortfahren können.«

Nein! Er würde dabei nicht mitmachen. Er würde einen Weg finden, die Beschwörung zurückzunehmen. Er versuchte mit aller Kraft, das Messer zu senken, aber es gelang ihm nicht.

»Was?«, erklang hinter ihnen die Stimme einer jungen Frau. »Ihr gebt eine Party und wir wurden nicht eingeladen?«

Er musste sich nicht einmal umdrehen, um zu wissen, dass es die Jägerin war.

Buffy stürmte vor den anderen in den Raum und ging in Kampfstellung.

Willow war in der Mitte des Raumes auf einen Tisch gefesselt. Sie schien ohnmächtig zu sein. Die beiden anderen standen an ihrer Seite, George in einer zeremoniellen Robe, Eric im Schwarz der Vampire.

»Töte sie!«, verlangte Eric von George. »Töte sie jetzt! Sobald die Beschwörung ihre volle Kraft entfaltet, werde ich Wesen aus dem Höllenschlund rufen, die die Jägerin an einem Stück verschlingen werden.«

George schien mit dem Messer in seinen Händen zu kämpfen, als hätte er es sich anders überlegt. Oder als hätte das Messer einen eigenen Willen. Buffy entschied, zuerst Eric auszuschalten und dann den Druiden zu entwaffnen.

»Oh, das klingt lecker«, rief sie Eric zu. »Aber ich glaube nicht, dass ich länger bleiben kann. Auch wenn ich es hasse, die Partykillerin zu spielen.«

Sie wirbelte herum und zielte mit einem ihrer bewährten Jägertritte nach seinem Unterleib.

Aber Eric war nicht mehr an seinem Platz. Buffy verlor fast das Gleichgewicht und blieb schwankend stehen.

»Pass auf!«, schrie George. »Er ist ein Druide! Er kann Trugbilder von sich erzeugen!«

Eric war plötzlich an Georges Seite. »Wenn du das Mädchen nicht töten kannst, werde ich es tun!« Er griff nach dem Messer.

Buffy trat seine Hand weg. »Diesmal hab ich dich erwischt!«, rief sie.

George schrie gellend auf, als er das Messer gegen sich selbst richtete und sich eine lange Schnittwunde am rechten Arm zufügte.

Aber der rote Kreis wuchs und wuchs und hatte jetzt die Größe eines Kanaldeckels erreicht. Und Laute drangen von der anderen Seite – Stöhnen und Schreie und grausiges, grausiges Gelächter. Aber es klang nicht so, als hätten die Verdammten besonders viel Spaß dabei.

»Wir müssen es stoppen!«, rief George. »Wir müssen es sofort stoppen!«

»Nein!«, sagte Giles.

Sie waren durch das alte Gebäude gerannt und von Dave zu jenem Raum geführt worden, in dem sein Onkel die Beschwörung vornahm. Aber der Raum war vom Flackern eines grausigen Lichts erhellt und in den Ecken und an den Wänden brannten kleine Feuer.

Sie konnten nicht hineinstürmen. Im Nebenzimmer kroch der Höllenschlund in die Welt. Wenn sie sich zu nahe heranwagten, würde er sie verschlingen.

»Dort drinnen ist es nicht sicher!«

»Das habe ich mir schon gedacht«, nickte Oz. »Aber Willow ist dort drinnen!«

»Buffy auch«, fügte Ian hinzu.

Giles kniff die Augen zusammen und versuchte in dem greller werdenden Licht etwas zu erkennen. Die beiden Männer in dem Raum schienen miteinander zu streiten.

»Hast du irgendeine Möglichkeit, uns zu schützen?«, rief er Dave zu.

»Nur mein Onkel beherrscht den Zauber!«, antwortete der junge Druide.

»Bleibt zurück!«, befahl Giles den anderen. Es musste irgendeinen Weg geben, den Raum zu betreten und wieder zu verlassen. Wenn ihm doch nur etwas einfiele!

Eine neue grelle Entladung zuckte aus der größer werdenden Lichtscheibe in der Mitte des Raumes. Der Eingang zum Höllenschlund öffnete sich weiter.

Ihnen blieb nur noch ein Moment Zeit, um Buffy und Willow zu retten.

George war ein schrecklicher Narr gewesen.

Er hatte diesem Eric alles gegeben, was er wollte: eine Möglichkeit, den Höllenschlund zu öffnen, und sogar eine junge Frau, um sie zu opfern. Und jetzt, durch seine Dummheit, lieferte George die Welt genau jenem Grauen aus, vor dem er sie hatte retten wollen.

Das Tor wurde größer. Schon jetzt konnte er die Schatten auf der anderen Seite sehen, die Wesen, die begierig darauf waren, über diese Welt herzufallen und sie zu vernichten.

Und Eric hatte Recht. Die Beschwörung war Georges Kontrolle entglitten und Eric würde sie mit der Macht des Blutes vollenden. Wenn der Vampir nicht Willow opfern konnte, würde er George zwingen, sich selbst zu opfern, um das Tor zu stabilisieren.

Aber Blut war nur ein Bestandteil der Beschwörung. Es konnte das Tor kontrollieren – aber es konnte das Tor auch schließen. George hatte mit den anderen Ältesten darüber gesprochen, die alten Riten mit ihnen diskutiert, bis er jeden Aspekt kannte, an den sich die Druiden erinnerten. Die Beschwörung erforderte Blut. Aber zusammen mit der richtigen Formel konnte Blut die Beschwörung auch beenden.

Georges Kopf war völlig klar. Er konnte zahllose Stimmen auf der anderen Seite hören.

»Bitte, befreie mich.«

»Ich kann es nicht länger ertragen.«

»Gebt mir Seelen und ich werde euch alles geben, was ihr wollt.«

Er glaubte Augen in den Feuern zu sehen – Augen und Münder und Hände – Wesen, die fleischliche Gestalt annehmen würden, wenn es ihnen gelang, das Tor zu durchschreiten. Sie waren ganz nahe. Die Beschwörung würde ihnen die Passage ermöglichen.

Eric lachte. »Meine Zeit ist jetzt gekommen! Ich werde euch alle vernichten!«

Es gab keinen anderen Ausweg. George hatte diese Macht an den Rand der Welt geholt. Er musste sie wieder zurückdrängen.

Er hatte noch immer das Messer.

Er hob es, rammte es sich tief in den Bauch und brachte sich mit einem ruckartigen Längsschnitt eine klaffende Wunde bei. Das sollte für genug Blut sorgen.

Aber wenn er nicht vorsichtig war, würden sich seine Eingeweide über den Boden ergießen. Er presste eine Hand auf die Wunde und während er die fünf Worte sprach, die die Beschwörung beenden würden, sprang er in den größer werdenden roten Ball.

Feuer umloderte ihn. Sein brennendes Fleisch würde das Tor schließen und den Weg blockieren. Er würde das Siegel sein, das die Welt vor dem Höllenschlund beschützen würde.

Ihm blieb nur Zeit für einen einzigen Schrei.

Alle erstarrten, als der Kreis verschwand.

»Buffy?« Willow öffnete die Augen und setzte sich auf.

»Was ist passiert?«, fragte Buffy.

»Mein Onkel hat sich geopfert, um die Beschwörung zu beenden«, erklärte Ian. »Die Magie hat diesen Ort vollständig verlassen.«

»Die Magie ist fort?« Buffy drehte sich zu der schwarz gekleideten Gestalt um. »Dann ist Eric nur ein Vampir. Ich weiß, wie man mit Vampiren fertig wird.« Sie zog einen Holzpflock aus ihrer Tasche.

Eric stürzte sich brüllend auf Buffy.

Buffy blieb stehen, überzeugt, seinen Vampirzähnen ausweichen und ihn mit dem Pflock durchbohren zu können. Sie griff nach seinem Handgelenk.

Aber er war nicht mehr da. Er war ihrem Gegenangriff ausgewichen. Er war der schnellste Vampir, gegen den sie je gekämpft hatte.

»Jägerin!«, flüsterte Eric.

Fast hätte sie in sein Gesicht geschaut, doch gerade noch rechtzeitig fiel ihr der hypnotische Bann ein. Er hatte Kendra getötet und er konnte auch sie töten. Die Druidenmacht war aus diesem Raum verschwunden, aber bedeutete dies auch, dass die alte Vampirmagie verschwunden war?

Sie durfte nicht zulassen, dass ihr Eric in die Augen sah.

»Sieh mich an, Jägerin!«

Aber Buffy war bereits wieder in Bewegung, seine Augen meidend, allein auf seine Hände und Füße konzentriert, auf seinen nächsten Schritt wartend.

»Ich weiß nicht«, sagte sie leichthin. »Wenn man einen Vampir gesehen hat, hat man eigentlich alle gesehen.«

Eric brüllte noch lauter auf als zuvor. Sie beobachtete, wie er sich näherte, und als sie ihr Gewicht auf eine Seite verlagerte, bemerkte sie, wie er die Richtung änderte, um sie seitlich zu rammen. Er wollte sie aus dem Gleichgewicht bringen und sie dann herumreißen, um seine Zähne in ihren Hals zu bohren.

Vielleicht konnte sie ihn übertölpeln.

Sie wich einen Schritt zurück und senkte die Hand mit dem Pflock, als hätte sie plötzlich Angst bekommen und wäre nur noch von dem Gedanken an Flucht besessen. Eric änderte erneut die Richtung und stürmte diesmal direkt auf sie zu, von Mordlust erfüllt.

Sie wich einen weiteren Schritt zurück, um sich dann plötzlich dem angreifenden Vampir entgegenzuwerfen und einen seiner ausgestreckten Arme zu ergreifen. Sie zog an dem Arm und nutzte den Schwung des Vampirs, um ihn in die Luft und über ihren Kopf zu schleudern. Er landete auf dem Rücken.

Einen Moment später durchbohrte Buffys Pflock sein Herz.

»Wow«, stieß Ian hervor.

Buffy zuckte lässig die Schultern, als wäre der Sieg eine Kleinigkeit gewesen. »He, ohne dieses ganze Druidenzeug war er nichts Besonderes.«

25

Joyce wachte auf.

In den letzten Tagen hatte sie die sonderbarsten Träume gehabt; Träume, die alle eine tiefere Bedeutung zu haben schienen.

Doch dieser letzte schoss wirklich den Vogel ab.

Sie hatte mit Buffy darüber reden wollen, um zu erfahren, ob ihre Tochter die Traumbilder vielleicht zu deuten wusste. Nicht, dass sich ihre Tochter jemals die Zeit genommen hatte, ihr zuzuhören, und in den letzten Tagen schon gar nicht. Aber nach diesem letzten Traum war es wahrscheinlich auch besser so.

Er handelte von einem von Buffys Freunden, einem der Jungs. Nur dass er in diesem Traum kein Junge, sondern eine Art … Hund gewesen war.

Oder sogar ein Wolf.

Joyce verstand den Symbolismus dieses Traumes sofort. Ein Junge, der ein Wolf war? Dies war eine typische mütterliche Sorge, und zwar eine, von der ihre Tochter besser nichts erfuhr.

Nun ja. Dieser letzte Traum war viel angenehmer gewesen, ohne all die unheilvollen Schattengestalten, die über das Ende von Sunnydale sprachen. Vielleicht bedeutete es, dass diese früheren, beängstigenden Träume vorbei waren. Joyce wäre heilfroh, wenn sie nicht mehr wiederkämen.

Die früheren Träume waren ihr viel zu real erschienen, aber dieser neue – ein Junge, der auch ein Tier war … Wer hatte je von so etwas gehört?

Es war fast Morgen.

Sie hatten sich alle wieder in der Bibliothek versammelt – alle Mitglieder der Gang und auch die drei jüngeren Druiden.

»Nun«, räumte Giles ein, »es ist vielleicht nicht alles nach Plan gelaufen, aber wir haben Erfolg gehabt.«

»Hat das denn irgendjemand bezweifelt?«, fragte Buffy. Als alle sie anstarrten, fügte sie hinzu: »In Ordnung, es gab offenbar jede Menge Zweifel. Aber am Ende schaffen wir es immer.«

»Das ist unsere Buffy«, nickte Willow.

»Ich habe mit Ian gesprochen«, fuhr Giles fort, »und wir beide sind uns einig, dass der Bann, unter dem Willow und Cordelia standen, keine Nachwirkungen haben wird.«

»Ich bin also so gut wie neu?«, fragte Willow.

»Vielleicht sogar noch besser«, warf Oz ein.

»Ich bin auch froh, dass es vorbei ist«, erklärte Cordelia, »auch wenn ich den Frühjahrsball verpasst habe.« Sie lächelte. »Natürlich hat mir Xander versprochen, es wieder gutzumachen.«

»Vermutlich werde ich damit den Rest meines irdischen Lebens beschäftigt sein«, seufzte Xander. »Tanzfeste, bis wir neunzig sind.«

»Das können wir nur hoffen«, fügte Cordelia hinzu.

»Ich habe noch eine Frage«, sagte Buffy. »Warum habt ihr Jungs uns die kalte Schulter gezeigt, als die Druiden hier ankamen?«

Xander grinste ein wenig verschämt. »Ich dachte, wenn ich ihnen helfe, würden sie mir ein paar Tricks beibringen – ich wollte unbedingt, na ja, der Assistent der Jägerin werden.«

Buffy schüttelte den Kopf. »Unglücklicherweise habe ich nur eine Stelle frei – die des Freundes der Jägerin.«

»Das erinnert mich an etwas«, sagte Ian. »Ich muss mich bei Oz entschuldigen. Ohne unseren Onkel, fürchte ich, können wir nicht viel gegen deine Lykanthropie tun.«

Oz zuckte die Schultern. »Schon gut. Wenn ihr mal wieder in der Stadt seid …«

»Was mich an etwas erinnert«, unterbrach Buffy. »Was wollt ihr Jungs jetzt tun, nachdem ihr die Welt gerettet habt? Vielleicht Urlaub in Sunnydale machen?«

Ian schüttelte den Kopf. »Ich wünschte, wir könnten das tun. Aber wir müssen nach Hause zurückkehren und den Ältesten berichten. Erics böser Einfluss war vielleicht nicht allein auf Onkel George beschränkt. Und wir müssen uns vergewissern, ob es noch andere seiner Art gibt.«

»Oh«, machte Buffy traurig.

»Aber bevor wir abreisen, Buffy«, fuhr Ian fort, »muss ich dir etwas zeigen.«

»Oh?«, machte sie wieder, hoffnungsvoll diesmal.

»Ja. Ich fürchte, ich habe es draußen auf dem Flur gelassen.« Er durchquerte den Raum und nahm Buffys Arm. Seine Brüder wollten ihm folgen, aber er hob abwehrend eine Hand. »Gebt uns eine Minute allein, Leute.«

Er führte sie aus der Bibliothek. Buffy konnte nichts Ungewöhnliches entdecken.

»Was willst du mir denn zeigen?«, fragte sie.

»Ich fürchte, nur mich ...« Er legte seine Hand sanft auf ihre Schultern. »Du hast doch nichts dagegen?«

Dagegen? Was meinte er damit?

Er küsste sie.

Ian lächelte sie an. »Ich hätte es mir nie verziehen, wenn ich es nicht wenigstens einmal getan hätte.«

»Ich werde es dir nie verzeihen, wenn du es nicht noch mal tust«, antwortete Buffy und schmiegte sich an ihn.

»Es tut mir Leid, dass wir so früh wieder abreisen müssen«, sagte Ian, als sie sich voneinander lösten. »Vielleicht kann ich irgendwann zurückkehren und dich besuchen.«

Buffy lächelte. »He. Vielleicht kann ich auf die Druidensommerschule gehen.«

»Sieh doch.« Ian deutete auf das goldene Licht, das durch die

Fenster des Flures fiel. »Die Sonne kommt heraus. Und sie wird auch in Zukunft herauskommen, dank dem, was wir gestern Nacht getan haben.«

Buffy nickte. »Ja. Es versöhnt mich fast mit der Tatsache, dass ich in anderthalb Stunden wieder in der Schule sein muss.«

Ian nickte. »Und meine Brüder und ich müssen jetzt wirklich gehen.«

Sie sahen sich an, ihre Lippen näherten sich ...

Cordelia platzte aus der Bibliothek.

»Xander Harris! Ich weiß nicht, ob ich jemals wieder mit dir reden werde!«

Xander kam hinter ihr hergetrottet. »Nur weil ich vorgeschlagen habe, dass wir mal ein paar Sachen ohne Smoking machen? Woran hast du denn gedacht? An ein Wasserballett?«

Ian winkte Buffy zu und ging in die Bibliothek, um seine Brüder zu holen.

Buffy seufzte. Aber es war ein glücklicher Seufzer.

Es war der Anfang eines neuen Tages in Sunnydale.

Die Rückkehr zur Normalität.

Buffy
Im Bann der Dämonen
Jetzt testen!
Comic-Magazin
Mit Poster und Infos zu den Stars und zur Serie!
36 Seiten, voll farbig!
Jeden Monat neu!
Nur DM 4,90
»Buffy« ist im Buch- und Comic-Handel, sowie am Kiosk jeden Monat neu erhältlich!
CARLSEN COMICS
www.carlsen.de
Klasse!
Schickt mir ein kostenloses Probeheft!
Bitte abschneiden oder kopieren und auf Postkarte kleben.
Vergesst eure Anschrift nicht!
CARLSEN VERLAG
»Buffy« Probe-Heft
Postfach 500 380
22703 Hamburg